Außer Kontrolle

von

Andreas Adlon

*Die vorliegende Handlung ist frei erfunden.
Übereinstimmungen mit lebenden oder toten Personen
wären zufällig und sind nicht beabsichtigt.*

ISBN- **13: 978-1530760985**
ISBN- **10: 1530760984**

Kapitel 1

Sie mobilisierte ihre letzten Kräfte. Wie in Trance nahm sie ihre Umgebung wahr. Vor sich sah sie bunte Lichter. Reklame oder eine Tankstellenbeleuchtung, sie erkannte es nicht genau. Die Schmerzen im Bauch waren zu stark. Unmengen an Blut musste sie schon verloren haben. Sie hielt sich beide Hände auf den Bauch, konnte die Blutung aber nicht stoppen. Warum half ihr keiner?

Obwohl es mitten in der Nacht war, müsste sie doch jemand bemerken. Ein Spaziergänger, der nachts nicht schlafen konnte; ein Nachtschichtarbeiter, der mit dem Auto unterwegs war oder ein Bäckerlehrling auf dem Weg zur Frühschicht. Sie wusste nicht einmal, wo genau sie war. Falls sie jemand aus der Ferne beobachtete, dachte er womöglich, sie sei betrunken und torkele deswegen so stark. Sie fiel auf den kalten Bürgersteig, rappelte sich wieder auf und kroch auf allen Vieren weiter. Dem Licht entgegen.

Alle Warnungen ihrer besten Freundin hatte sie in den Wind geschlagen. »Triff dich mit ihm an einem neutralen Ort, wo viele Menschen sind«, hatte sie gesagt. Wie hätte sie ahnen können, dass er ein völlig anderer Mensch war als der er sich ausgegeben hatte? In einem harmlosen Internetforum lernte sie ihn kennen. Nie verspürte sie das Verlangen, einen ihrer Chatpartner persönlich zu treffen. Es war ein angenehmer Zeitvertreib für sie. Erst nach vielen Monaten, nachdem sie ihn, wie sie glaubte, in- und auswendig kennengelernt hatte, war es soweit, sie wollte ihm nun endlich doch im wirklichen Leben gegenübertreten. Nach einem stundenlangen Telefonat schlug sie selbst ein spontanes Treffen vor. Er solle sie mit dem Auto abholen. Es fühlte sich so vertraut für sie an, und sie musste lächeln, als er meinte, er würde sie schon nicht fressen. Das Pfefferspray, das sie stets in ihrer Handtasche mit sich führte, wenn sie das Haus verließ, gab ihr Sicherheit. Heute hätte sie es benutzen müssen. Doch sie kam nicht mehr dazu.

Mit ihren 37 Jahren gehörte sie zu den lebenserfahrenen Frauen. Niemals hätte sie vermutet, ihr könne ein solcher Fehler passieren, wie es allenthalben in der Zeitung stand: *Frau stieg zu Unbekanntem ins Auto und wurde Opfer eines Verbrechens.* So etwas passiert nur jungen, naiven Frauen, die keine Ahnung vom Leben haben. Ihr ursprüngliches Misstrauen ihm gegenüber legte sie nach und nach ab. Er war keiner von diesen ungebildeten Proleten, die nach dem dritten Satz im Chat nach ihrer Körbchengröße fragten. Dieser Mann hatte Klasse. Das hätte jeder so gesehen, der seine Zeilen las. Er wusste, wie man sich gewählt ausdrückte und verfügte über eine hohe Allgemeinbildung. Angeblich arbeitete er als Unfallchirurg in einer Klinik, deren Namen er nie preisgab. Allein das hätte sie stutzig machen müssen. Andererseits behielt sie den Namen der Schule, an der sie unterrichtete, auch lieber für sich. Was wäre, wenn ein Schüler oder ein Kollege mit ihr chattete und herausbekam, wer sie war und dass sie nach Männern suchte?

Ab dem Zeitpunkt, als sie zu ihm ins Auto gestiegen war und die Beifahrertür geschlossen hatte, beschlich sie ein beklemmendes Gefühl. Sie konnte nicht sagen, warum. War es sein Geruch oder war es, dass sein Bild, welches im Laufe der Zeit in ihrem Kopf von ihm entstanden war, sich nicht mit der Realität deckte? Sie hatten zwar nie Fotos ausgetauscht, aber sich detailliert beschrieben. Ein aristokratisches Gesicht, schwarze Haare und angebliche 1,87 Meter Körpergröße. Es stimmte bloß die Haarfarbe. Seine Körpergröße konnte sie nur schätzen, da er zur Begrüßung nicht ausgestiegen war. Sie vermutete, dass er tatsächlich nicht größer als 1,80 Meter war. Seine Gesichtszüge waren allenfalls durchschnittlich. Da sie selbst ein wenig geflunkert, sich ein paar Kilos leichter und ganze zwei Zentimeter größer gemacht hatte, versuchte sie ihre Bedenken beiseite zu schieben. Das unangenehme Gefühl in der Magengegend blieb.

Erst, als sie merkte, dass er langsamer wurde und rechts ran fuhr, erkannte sie ihren großen Fehler. Da war es bereits zu spät.

Keuchend krabbelte sie auf die Tankstelle zu. Nur der penetrante Benzingeruch sagte ihr, wo sie war. Wie in Watte gehüllt drangen Worte an ihre Ohren.

»Um Himmels willen. Was ist mit Ihnen passiert?« Was der unbekannte Mann sonst noch zu ihr sagte, bekam sie nicht mehr mit. Um sie herum wurde alles schwarz und still.

Kapitel 2

»Ich weiß selbst, wie spät es ist, Paul. Ein Mörder richtet sich nicht nach unseren Arbeitszeiten.«

Natürlich wusste Kriminalhauptkommissar Paul Schweigert, dass seine Kollegin Lisbeth Eicken recht hatte. Er versuchte sich in der Dunkelheit zu orientieren.

Die roten Ziffern auf dem Radiowecker zeigten 2:15 Uhr an. Er hatte kein Licht angeschaltet, um seine Frau Wiebke nicht zu wecken.

»Wir haben eine tote Frau an der Tankstelle in Nadorst.«

Er wechselte das Handy von der rechten in die linke Hand. Als er um das Doppelbett herumging, stieß er mit seinem großen Zeh mit voller Wucht gegen den Bettpfosten. Er sah Sterne vor Schmerzen. Es gelang ihm nicht gänzlich, einen Schmerzensschrei zu unterdrücken.

»Mensch, mach dir Licht!«, murmelte Wiebke aus dem Hintergrund und schaltete die Nachttischlampe ein. »Durch das Smartphone-Surren bin ich doch eh schon wach geworden.«

»Paul, bist du noch dran?«, schallte es blechern aus seinem Mobiltelefon.

»Ja doch. Autsch. Schick mir die Adresse als SMS. Mann, tut das weh! Ich bin in 20 Minuten da.«

»Du kannst dir ruhig Zeit lassen. Die läuft nicht weg«, bemerkte Lisbeth und beendete das Gespräch.

Die letzten Monate auf der Dienststelle waren verhältnismäßig ruhig verlaufen. Mehrere Wohnungseinbrüche, die mutmaßlich auf das Konto einer osteuropäischen Bande gingen. Im letzten Fall dieser Einbruchserie überwältigten vier vermummte Täter ein Ehepaar und deren 18jährigen Sohn mitten in der Nacht. Dabei fesselten die Täter die Familie mit Panzertape. Der Wert der erbeuteten Gegenstände belief sich laut Angaben der Familie auf lediglich rund 1.000 Euro. Paul vermutete, dass der Vater, ein Gebrauchtwagenhändler, ungewöhnlich hohe Bargeldbestände bei sich zu Hause bunkerte. Vermutlich Geld, welches er am Finanzamt vorbeischleusen wollte. Die Bande wusste, wie viele Personen sich im Haus aufhielten und dass es sich lohnen würde. Normalerweise scheuten Einbrecher das Risiko, wenn sie wussten, die Bewohner sind zu Hause. Diese Bande zog ihr Vorhaben eiskalt durch. Bis heute konnten die Täter nicht gefasst werden. Diese Art von Verbrechen beunruhigte zwar die Bevölkerung, aber der öffentliche Druck, die Täter zu präsentieren, war erträglich.

Lisbeth hatte bis gestern ein Seminar beim BKA in Wiesbaden besucht. Paul erinnerte sich nicht, ihren Namen für diese Nacht auf der Bereitschaftsliste gesehen zu haben. An sich hatte sie sich die beiden Tage im Anschluss an das Seminar freigenommen. Vermutlich hatte sie der Leiter der Gerichtsmedizin, Dr. Reinhard Janssen, aus alter Gewohnheit direkt auf dem Handy angerufen.

Bevor Paul losfuhr, sah er noch nach Levke und Tom. Ihr regelmäßiges Atmen gab ihm ein gutes Gefühl. Leise schloss er die Zimmertür und hastete die Treppen hinunter.

Beim Eintreffen am Tatort bot sich Paul ein vertrautes Bild, an das er sich nicht gewöhnen mochte. Rot-weißes Flatterband mit der Aufschrift *Polizeiabsperrung* sorgte dafür, dass neugierige Passanten nicht zu nahe herankamen und Spuren vernichteten. Mitten in der Nacht hielt sich die Zahl der Gaffer in überschaubaren Grenzen. Paul Schweigert zählte insgesamt vier

Einsatzfahrzeuge mit eingeschaltetem Blaulicht. Er fuhr seinen Audi A 4 bis an die Absperrung heran. Ein uniformierter Kollege erkannte ihn und hob das Flatterband so an, dass Paul bequem unter diesem durchschlüpfen konnte. Anschließend gab Paul ihm zur Begrüßung die Hand.

»Moin, Herr Kollege Schulte. Wie geht es Ihnen?« Der angesprochene Polizeioberkommissar schüttelte mit dem Kopf, während er Pauls Hand ergriff.

»An sich ganz gut, aber ich könnte mir angenehmere Tätigkeiten vorstellen, zumal um diese Uhrzeit. Mich mussten sie wenigstens nicht aus dem Bett klingeln. Ich habe sowieso Nachtschicht. Zusammen mit dem Kollegen Heidinger war ich als Erstes vor Ort.«

»Wissen wir schon, wer das Opfer ist?«

»Tamara Renken, 37 Jahre, sie trug ihren Personalausweis bei sich. Sie wohnte in Hahn-Lehmden. Schlimme Sache. So viel Blut hat sie verloren. Alarmiert wurden wir durch den Mitarbeiter der Tankstelle, die noch geöffnet hatte. Der Mann heißt Jan Schubert. Laut seiner Angabe hat sie noch gelebt, als er sie fand. Sie konnte jedoch nichts mehr sagen.«

»Danke Ihnen, Herr Schulte.« Paul zog den Reißverschluss seiner Jacke bis obenhin zu. Für Ende Oktober war es bereits empfindlich kalt geworden. Er trat auf Lisbeth Eicken zu, die sich im Gespräch mit Dr. Janssen befand. Auf dem Weg zum Tankstellengelände fielen Paul Blutspuren auf, die mit unterschiedlichen Ziffern gekennzeichnet worden waren. Emsige Kollegen in weißen Einteilern aus Vlies arbeiteten daran, weitere Spuren zu sichern.

»Nabend, Kollegen.« Dr. Janssen brummelte etwas, das Paul nicht verstand.

»Wohl eher: Guten Morgen«, antworte Lisbeth gereizt.

Paul überhörte die Spitze und wandte sich an den Leiter der Rechtsmedizin: »Setzen Sie mich ins Bild, Herr Doktor. Was können Sie uns bisher sagen?«

»Der Fundort ist offensichtlich nicht der Tatort. Der hohe Blutverlust hat zu ihrem Tod geführt.« In der Hocke drehte sich Dr. Janssen um und wies mit einer Hand in Richtung des Weges, den Paul zuvor gekommen war. »Die zahlreichen Blutspuren werden Sie bereits bemerkt haben. Die Kollegen suchen nach weiteren.«

»Fährtenhunde habe ich bereits angefordert«, schaltete sich Lisbeth ein. Paul nickte zustimmend.

»Verursacht durch mehrere Stichverletzungen in der Bauchregion. Ich vermute ein Messer. Über Art und Größe der Klinge kann ich erst nach der Obduktion etwas sagen.«

»Entschuldigung, darf ich mal?« Ein Polizeifotograf beugte sich mit einer Spiegelreflexkamera über das Opfer, betätigte zweimal den Auslöser. Zur Kontrolle sah er auf sein Display, schien jedoch nicht zufrieden zu sein mit dem Ergebnis. Er veränderte die Stellung des Blitzes und drückte erneut ab. Ein weiterer Kontrollblick, ein zufriedener Gesichtsausdruck, und er schoss weitere Fotos aus verschiedenen Blickwinkeln.

Paul konnte seinen Blick nicht von den weit aufgerissenen Augen von Frau Renken abwenden. Leichen erzählten Geschichten, gaben Hinweise. So stand es nicht nur in Polizeihandbüchern, wie Dr. Janssen nicht müde wurde, immer wieder zu betonen. Diese glasigen Augen klagten an: »Warum hilft mir keiner? Warum musste ausgerechnet mir so etwas passieren?« So kam es Paul in den Sinn. Frau Renken hatte glatte, brünette, schulterlange Haare. Sie trug eine Seidenbluse, die leuchtend blau gewesen war, bevor sie in Blut getränkt worden war. Ihre schwarze Stoffhose wies einige blutige Verunreinigungen auf. Ihre Füße steckten in schwarzen, hochhackigen Schuhen.

»Was schätzen Sie, wie weit kann sie mit diesen schweren Verletzungen gegangen sein?«, wollte Paul wissen.

Der Leiter der Gerichtsmedizin rückte die Kapuze seines Einteilers mit seinen behandschuhten Fingern zurecht, während er überlegte.

»Das ist unmöglich genau zu sagen, allenfalls ganz grob. Wir wissen nicht, wie viel Blut sie pro Minute verloren hat und wie schnell sie gegangen oder vielleicht gestolpert ist. Oder ist sie am Anfang sogar gelaufen?«

»In diesen Schuhen«, mischte sich Lisbeth ein, »läuft selbst eine unverletzte Frau nicht besonders schnell.«

»Wir dürfen nicht vergessen: Ihr Körper wird voller Adrenalin gewesen sein. Der Kampf gegen den eigenen Tod verleiht ungeahnte Kräfte. Ich schätze jedoch«, Dr. Janssen drehte die Handfläche wie auf der Wählscheibe eines alten Telefons, »sie wird nicht länger als einen Kilometer gegangen sein, bevor sie hier letztlich zusammengebrochen ist. Eher weniger.«

Paul wandte sich an Lisbeth. »Was ist mit dem Mitarbeiter, der das Opfer gefunden hat?«

»Jan Schubert. Ist zurückgegangen in den Laden.« Sie zeigte mit dem Finger in die Richtung des Verkaufsraumes mit der Aufschrift: *24h/365 – alles super*. »War wohl ein bisschen zu viel für ihn. Ein Sani kümmert sich gerade um ihn.«

»Gut, lass uns reingehen und ihn befragen.«

Dadurch, dass das Gebiet rund um die Tankstelle abgesperrt war, fand selbstverständlich kein Verkauf mehr statt. Sie fanden den Tankstellenmitarbeiter in einem kleinen Aufenthaltsraum, der augenscheinlich für Pausen und Büroarbeiten diente. Zusammengesunken saß Jan Schubert auf einem Holzstuhl. Vor ihm stand ein Sanitäter, der ihm gerade den Blutdruck maß.

»Er ist okay. Ich habe ihm etwas gegen die Kreislaufschwäche gegeben. Es ist nur ein leichter Schock.« Paul nickte. Die Gesichtsfarbe von Jan Schubert unterschied sich kaum von dem schäbigen Weiß der schlecht verputzten Wand. Der Sanitäter schulterte seinen Verbandskoffer und verschwand.

»Das ist meine Kollegin Lisbeth Eicken, ich bin Paul Schweigert. Wir sind von der Kripo Oldenburg. Herr Schubert, Sie haben Tamara Renken gefunden?«

Der Angesprochene sah an den beiden Kripo-Beamten vorbei ins Nichts.

»Herr Schubert?« Paul sprach lauter. »Haben Sie mich verstanden?«

»Tamara …« Paul sah verständnislos zu Lisbeth. Sie zuckte mit den Schultern und murmelte: »Vielleicht noch der Schock.«

»Tamara hieß sie also. Mein Gott, die arme Frau!« Er redete monoton wie die Stimme eines Navigationssystems. »Ich habe so etwas noch nie gesehen. Außer vielleicht im Fernsehen, im Krimi.«

»Herr Schubert, sagen Sie uns genau, was passiert ist.« Zeugenangaben waren besonders wertvoll, wenn die Erinnerungen frisch waren, selbst wenn die Leute noch unter

Schock standen. »Was haben Sie beobachtet?«

Erst jetzt schaute Jan Schubert Paul direkt in die Augen. »Ich habe einen Schatten gesehen, dachte zunächst, es sei vielleicht ein Hund. Ich bin dann raus, um nachzusehen. Manchmal treiben sich hier auch Jugendliche herum. In dem Augenblick, als ich merkte, es handelt sich um eine Frau auf allen Vieren, brach sie zusammen und fiel auf den Bauch. Ich habe sie dann umgedreht, also auf den Rücken. Und … und dann sah ich das ganze Blut. Welche Kreatur macht so etwas?« Schubert sah die Kommissare mit weit aufgerissenen Augen an. »Wie kann man einem Menschen so etwas antun?«

»Hat sie noch etwas gesagt?«

»Ich glaube, sie wollte noch etwas sagen. Ich sprach sie an. Sie holte Luft. Aber es kam kein einziger Laut über ihre Lippen.« Jan Schubert bekam glasige Augen.

»Haben Sie sonst noch etwas bemerkt? Ein schnell anfahrendes Auto? Jemand, der weggerannt ist?«

»Nein.«

Ein älterer Herr mit Hut betrat den Verkaufsraum. Er stellte sich als Besitzer der Tankstelle vor.

»Arno Siefken. Was glauben Sie, wann ich die Tankstelle wieder öffnen kann?.« Als er von Lisbeth einen strafenden Blick erntete, schien er sich rechtfertigen zu müssen. »Ja, ich weiß, das ist schlimm. Herrn Schubert stelle ich selbstverständlich frei.«

»Sagen Sie es ihm, nicht uns. Wir haben seine Personalien. Von uns aus können Sie ihn erst einmal nach Hause fahren. *Das machen Sie sicherlich gerne, Herr Siefken?*« Den letzten Satz sprach

Lisbeth fast als Drohung aus.

Arno Siefken schnappte nach Luft. »Und wer bezahlt mir meinen Verdienstausfall? Der Laden muss rund um die Uhr laufen. Beim Verkauf von Benzin behalte ich gerade einmal einen Cent pro Liter. Das deckt nicht die Kosten. Ich verdiene, wenn überhaupt, über das Ladengeschäft.«

Ja klar, an alkoholischen Getränken und Tabak, dachte Lisbeth, *wenn alle anderen Geschäfte geschlossen haben.*

»Woher bekomme ich jetzt Ersatz für Herrn Schubert, noch dazu um diese Uhrzeit?«

»Lassen Sie es gut sein, Herr Siefken. Ein paar Stunden werden die Kollegen der Spurensicherung noch brauchen. Bis dahin beginnt die Frühschicht, und wenn Sie Glück haben und friedlich sind, dürfen Sie wieder öffnen. Bis dahin kümmern Sie sich bitte um Ihren Mitarbeiter. Ein Unternehmen besteht nicht nur aus Umsatz und Gewinn, sondern auch aus Menschen«, belehrte ihn Paul.

»Und *Ihr* Mitarbeiter hat beobachten müssen, wie eine Frau blutüberströmt und unter starken Schmerzen krepiert ist. Geht das in Ihren Unternehmerschädel, Herr Siefken?«

Missmutig fasste der Jan Schubert am Arm. »Kommen Sie, ich fahre Sie nach Hause.«

Lisbeth sah auf ihre Armbanduhr: 3:11 Uhr, als ein uniformierter Beamter hereinkam.

»Frau Eicken. Die beiden Fährtenhunde mit ihren Hundeführern sind jetzt da.« Lisbeth bedankte sich. Sie wusste, dass sie diese Nacht keinen Schlaf mehr finden würde.

Kapitel 3

»Warum bist ausgerechnet du angerufen worden? Du hattest gar keine Bereitschaft, oder?«

Lisbeth seufzte. »Weiß ich nicht. Ich hätte mein Handy einfach ausschalten sollen, nachdem ich völlig erledigt vom BKA-Seminar nach Hause gekommen war. Da Janssen mich eh schon aus dem Tiefschlaf geholt hatte, dachte ich mir: Nun ist es auch egal. Jetzt kann ich auch losfahren.«

In der Tat hätte Lisbeth am liebsten ihr Smartphone gegen die Wand geschmissen, als die Stimme von Dave Gahans Lied 'Wrong' sie aus ihrem traumlosen Schlaf riss. Auch nach der zweiten Tasse Kaffee auf der Dienststelle fühlte sich Lisbeth noch ganz verwirrt im Kopf, als würden ihre Gedanken in Zeitlupe arbeiten.

Bei den eingesetzten Fährtenhunden handelte es sich um sogenannte *Mantrailer,* die speziell darauf geschult waren, Menschen und ihre Duftspuren zu verfolgen. Dabei ließ die Diensthundeführerin ihren Bloodhound an den Haaren des Opfers schnuppern. Der Hund führte sie etwa 600 Meter auf der Nadorster Straße stadtauswärts bis auf die Wilhelmshavener Heerstraße. Dort verlor sich die Spur. Die Ermittler gingen davon aus, dass Tamara Renken aus einem Fahrzeug geflüchtet war und so dem Täter entkommen konnte. In diesen Stunden begannen ihre Kollegen, die Anwohner rund um den vom Hund lokalisierten Ort zu befragen, ob sie in der Nacht etwas gesehen oder gehört hatten.

Paul und Lisbeth kam die unangenehme Aufgabe zu, die Eltern der Verstorbenen zu informieren. Sie lebten, ebenso wie ihre einzige Tochter, in Hahn-Lehmden. Es gab wohl nie die richtige Uhrzeit, um Eltern solch eine schreckliche Nachricht zu überbringen. Sie morgens um fünf Uhr aus dem Bett zu klingeln und ihren Dienstausweis vorzuzeigen, machte die Sache nicht leichter.

Dichter Nebel lag über den Feldern des Ammerlands. Der Wind, der in dieser Gegend fast immer zuverlässig seine Arbeit verrichtete, schien sich heute freigenommen zu haben. Das Szenario wirkte friedlich. Die meisten Leute schliefen noch.

Erst nachdem Paul zum dritten Mal geklingelt hatte, rührte sich etwas in dem Klinkerbau, der früher als Bauernhof gedient haben dürfte. Licht wurde im oberen Stockwerk angeschaltet. Kurz darauf hörten sie, wie jemand die Treppe herunterkam. Eine schlanke Frau Mitte 60 in einem aus der Mode gekommenen Morgenmantel öffnete vorsichtig die Tür.

»Schweigert von der Kripo Oldenburg. Das ist meine Kollegin, Frau Eicken. Sie sind Frau Renken, die Mutter von Tamara?«

»Ja, Irmgard Renken. Tamara wohnt schon lange nicht mehr bei uns im Haus. Sie wohnt nur ein paar Straßen weiter …« Irmgard hob den Zeigefinger, um den Weg zu beschreiben, als Paul sie unterbrach: »Frau Renken, dürfen wir einen Augenblick hereinkommen?«

»Natürlich, warum? Ist etwas passiert?« Während die alte Frau die Frage stellte, sahen sie ihrem Gesichtsausdruck die schlimmsten Befürchtungen an. So, wie es nur eine Mutter instinktiv spürt, welche grausame Nachricht gleich überbracht werden würde.

Irmgard Renken nahm die Hand vor den Mund als sie den Weg freimachte, damit die beiden Kommissare an ihr vorbeigehen konnten.

Ihre Stimme klang fest und leise: »Nun sagen Sie schon, was ist mit meiner Tochter passiert?« Sie schaute zu Lisbeth, als könne sie noch etwas verhindern, und fasste sie so fest an beiden Armen, dass Druckstellen zurückbleiben würden. »Ich sehe es Ihnen an. Sie ist tot, nicht wahr?«

»Ja, es tut uns sehr leid. Wir haben Ihre Tochter heute Nacht tot aufgefunden.«

Irmgard Renken sah aus, als sei sie zu einer Wachsfigur erstarrt. Sie bewegte sich nicht, sie atmete nicht. Ihr Mund stand offen.

»Wollen Sie sich nicht einen Augenblick setzen, Frau Renken?« Anstatt einer Antwort kamen aus ihrem Mund nur undefinierbare, kehlige Laute. Lisbeth führte sie zu einer durchgesessenen beigen Couch.

»Was ist hier los?« Die sonore Stimme von Hartmut Renken füllte den Raum.

Ehe Paul oder Lisbeth antworten konnten, stammelte Frau Renken: »Tamara … tot … Kripo.«

»Was? Das kann nicht sein. Sie müssen sich irren. Sie war erst gestern hier zum Teetrinken. Das ist bestimmt eine Verwechslung.«

Paul trat auf Herrn Renken zu. »Wir haben ihren Personalausweis bei ihr gefunden. Er steckte in ihrem Portemonnaie aus rotem Leder.«

»Tamara hat so ein Portemonnaie«, flüsterte Frau Renken. Nun schien auch ihr Mann die grausame Nachricht vom Tod seiner Tochter zu realisieren.

»Ich brauche einen Schnaps.« Hartmut Renken nahm ein Schnapsglas aus der Vitrine, stellte es mechanisch auf den Wohnzimmertisch und verschwand in der Küche.

»Wie ist Tamara gestorben? Sie sind doch von der Kripo. Dann muss etwas ganz Schreckliches passiert sein, oder?«

»Sie wurde Opfer eines Gewaltverbrechens.«

Irmgard Renken fing verzweifelt an zu weinen. Lisbeth reichte ihr ein Taschentuch. Nachdem sich Frau Renken etwas beruhigt hatte, fragte Lisbeth: »Lebte Ihre Tochter in einer festen Beziehung?«

»Nein, sie hat sich vor ungefähr einem Jahr von Markus getrennt.« Sie stand auf, zog den Gürtel des Morgenmantels straff, ging zum Fenster und sah in den dunklen Garten hinaus. »Ob sie danach jemanden kennengelernt hat, weiß ich nicht. Das kann dann nichts Ernstes gewesen sein. Sonst hätte sie mir davon erzählt.«

Lisbeth hakte nach, bevor sie den Ex-Freund des Opfers gedanklich von der Liste der Verdächtigen streichen konnte. »Wissen Sie, ob Ihre Tochter noch Kontakt zu ihrem Ex-Freund hatte?«

»Bestimmt nicht. Er schrieb ihr zwei Monate nach der Trennung noch einen Brief mit der Hand. Ist ja heutzutage aus der Mode gekommen. Darin stand, er müsse aus beruflichen Gründen nach Bayern ziehen. Seitdem hat sie nichts mehr von ihm gehört.«

»Was war der Grund für die Trennung?«

»Markus konnte einfach nicht treu sein. Als sie davon erfuhr, machte sie sofort Schluss. Hinterher kam heraus, es war nicht nur einmal. Der Mistkerl hatte sich durch halb Rastede gevögelt.«

»Irmgard, hör auf, so zu reden!« Mit einer Flasche tiefgekühltem Korn kehrte Hartmut Renken zurück, schenkte sich ein Glas ein.

»Wenn es doch wahr ist«, verteidigte sich seine Frau.

Damit schied der Ex-Freund als Verdächtiger vorerst aus. Es sei denn, sie hatten wieder Kontakt, und Tamaras Eltern wussten nichts davon. Moralisch verurteilte Lisbeth diesen Markus, obwohl sie ihn gar nicht kannte. Dennoch zwang sie sich, diesen Gedanken zu verdrängen. Schließlich ging es um eine Straftat und nicht darum, menschlich Fragwürdiges zu verurteilen.

»Wollen Sie vielleicht auch einen?« Er winkte ab, als wollte er seine Frage selbst beantworten. »Sie dürfen wahrscheinlich im Dienst gar keinen Alkohol trinken.«

»Das ist richtig«, beantwortete Paul die Frage für beide.

Der Hausherr leerte das Glas in einem Zug.

»Was machte Ihre Tochter beruflich?«

Frau Renken seufzte und holte tief Luft. »Tamara unterrichtete am Gymnasium in Jaderberg Deutsch und Geschichte.« Sie blickte die Kommissare hilfesuchend an. »Wer informiert die Schulleitung, dass Tamara heute nicht in die Schule kommen kann … nie mehr …?« Frau Renken ging zum Telefon.

Solche pragmatischen Reaktionen erlebte Lisbeth häufiger, wenn sie eine Todesnachricht überbringen musste. Die

Menschen funktionierten einfach weiter, handelten pflichtbewusst wie immer.

»Irmgard, lass das. Du erreichst um diese Zeit dort sowieso niemanden.«

Paul nahm Frau Renken den Telefonhörer aus der Hand, steckte ihn zurück in die Ladestation. »Ist schon gut, Frau Renken. Wir werden nachher in die Schule fahren, um mit den Kollegen Ihrer Tochter zu sprechen.« Er begleitete Irmgard Renken zur Couch. »Hatte Ihre Tochter eine beste Freundin?«

»Claudia Evers. Die beiden haben zusammen Abitur gemacht. Heute lebt sie in Oldenburg. Ich schreibe Ihnen die Adresse auf.« Sie nahm sich einen Zettel und einen Kugelschreiber, notierte in gut leserlicher Handschrift die Adresse.

»Haben Sie einen Zweitschlüssel für die Wohnung Ihrer Tochter?«

»Natürlich, warten Sie.« Frau Renken stand auf, ging zum Wohnzimmerschrank und nahm einen einzelnen Schlüssel heraus. »Hier, bitte, soll ich Ihnen Tamaras Adresse auch aufschreiben. Es ist nicht weit von hier?«

»Nein, nicht nötig. Die Adresse steht in ihrem Personalausweis.«

Lisbeth übergab ihre Visitenkarten. »Melden Sie sich bei uns, wenn Ihnen noch etwas einfällt.«

Die beiden Kommissare verabschiedeten sich und trafen zeitgleich mit der Spurensicherung bei der Wohnung der Verstorbenen ein.

***

Die Wohnung von Tamara Renken wirkte aufgeräumt. Lediglich die Kollegen der Spurensicherung begannen damit, diese Ordnung aus dem Lot zu bringen. Hier hatte ein Mensch darauf geachtet, seine Behausung bestmöglich zu präsentieren. Ihre Schuhe standen in Reih und Glied auf dem Schuhregal. Auf der Kommode standen zwei Erdmännchen als Dekoration neben dem Telefon. In der Küche standen keine Tasse, kein Glas und kein Teller herum. Paul zog sich Einmalhandschuhe über und öffnete den Geschirrspüler. In diesem fand er nur eine benutzte Kaffeetasse und einen Teller nebst Messer. Am Kühlschrank hingen verschiedene Postkarten, die mit Magneten befestigt worden waren. Paul nahm eine davon ab. Ein Urlaubsgruß aus Jamaika. Dem Text nach zu urteilen von einer Lehrerkollegin namens Sylvia, die im Februar dort *unvergessliche Stunden* verbracht hatte.

Im Wohnzimmer verfestigte sich der Eindruck von einer aufgeräumten Wohnung. Tamara Renken war für Pauls Geschmack eine übertrieben ordentliche Hausfrau. Oder wollte sie auswärts einen Fremden treffen mit der Möglichkeit, ihn mit zu sich nach Hause zu nehmen? Wollte sie sich von ihrer besten Seite präsentieren?

Zeitschriften lagen säuberlich verstaut in einem Kasten unter dem Couchtisch, zusammen mit Faltblättern unterschiedlicher Pizza- und Dönerlieferdienste. Eine Wolldecke wartete akkurat zusammengelegt auf ihre Besitzerin.

»Ein iPad und einen Laptop haben wir bereits sichergestellt«, berichtete ein Kollege.

»Haben Sie ein Mobiltelefon gefunden?«

Der Kollege schüttelte den Kopf. »Das heißt, ein altes Nokia habe ich gefunden. Ich denke jedoch, es ist ein Handy, das nicht mehr in Gebrauch war. Es lag hier in der Schublade, und der Akku ist leer. Wir nehmen es trotzdem mit.«

»Lissi, haben wir ein Smartphone bei der Toten gefunden?«

»Nein.« Lissi kam auf Paul zu. »Sag mal, Paul, ganz ehrlich, würdest du dich hier wohlfühlen? Ich meine, ich halte mich für einen ordentlichen Menschen, aber für mich ist es hier so steril wie im Operationssaal eines Krankenhauses. Oder täusche ich mich jetzt total?«

Paul lachte kurz auf. »Nein, ich habe den gleichen Eindruck. Eine Wohnung, in der nichts rumliegt, kenne ich gar nicht. Du weißt, ich habe zwei Kinder, da kannst du aufräumen wie du willst, da liegt immer irgendwo etwas herum. Wie oft ich schon im Dunkeln auf Legosteine getreten bin, kann ich gar nicht mehr zählen. Aber selbst in meiner Zeit in Frankfurt, als ich solo war, sah es nie so aus wie hier.« Paul sah Erleichterung in den übermüdeten Augen seiner Kollegin.

»Danke, und ich habe geglaubt, ich sei eine schlechte Hausfrau.«

»Hey, Lissi, es ist alles in Ordnung mit dir und deiner Wohnung. Lass uns ins Schlafzimmer gehen. Vielleicht verrät uns das noch mehr über die Persönlichkeit von Frau Renken.«

»Du interessierst dich für ihre Unterwäsche?«, fragte Lisbeth gespielt empört.

Paul presste die Lippen aufeinander und rollte mit den Augen, ließ die Frage jedoch unbeantwortet im Raum stehen. *Trotz Übermüdung verliert sie ihren Humor nicht.*

Das kleine Schlafzimmer fühlte sich ebenso kalt an wie der Rest der Wohnung. Paul schätzte die Breite des Bettes auf 1,60 Meter, zur Not würde es für zwei reichen. Es lagen aber nur ein

Kopfkissen und eine Bettdecke mit Biberbettwäsche auf dem Bett. Es war so gut zurechtgemacht, wie man es sonst nur aus Hotelzimmern kennt. Dem Bett gegenüber stand ein Schlafzimmerschrank, dessen Schiebetüren ganzflächig mit Spiegeln versehen waren. In der Schublade des Nachtkästchens fand Paul das Buch 'Fifty Shades of Grey'. Er nahm es heraus und zeigte es Lissi.

»Sieh mal an, so bieder scheint Frau Renken wohl doch nicht gewesen zu sein.«

»Na ja, das haben doch Millionen von Frauen gelesen. Das ist heutzutage kein Aufreger mehr. Selbst Wiebke hat den ersten Teil gelesen.«

Handschellen oder Kabelbinder konnten die Kommissare nicht entdecken. Im Kleiderschrank hingen gewöhnliche Kleidungsstücke. Weder besonders teure noch besonders extravagante. Auf der Fensterbank befand sich nichts, außer einer künstlichen Kerze, nicht mal eine Pflanze. Paul drehte sie um, betätigte den Schalter, und die Kerze fing an zu flackern.

»Besonders romantisch finde ich das Licht nicht. Also wenn, dann sollten es echte Kerzen aus Wachs sein«, kommentierte Lisbeth.

Paul schaltete das Flackerlicht aus und stellte die Kerze zurück. Er fand, sie hatten genug von der Intimsphäre der Verstorbenen. Aufschlussreicher dürften die Auswertungen des iPads und des Laptops werden. Das hoffte er zumindest. Noch interessanter für die Ermittlungen könnte das verschwundene Smartphone des Opfers sein, wenn sie es denn finden würden.

Paul wies einen Kollegen der Spurensicherung an, eine Handyortung durchführen zu lassen, sobald sie die Nummer von Tamara Renken herausgefunden hätten. Der

Angesprochene nahm daraufhin den Hörer des Festnetztelefons aus der Ladestation, tippte sich durch das Menü und hielt es Paul vor die Nase: 'Tamara Renken Mobil'.

»Da hätte ich auch selbst drauf kommen können.« Er informierte Arne Claaßen, den IT-Spezialisten. Anschließend fuhr er zusammen mit Lisbeth zum Jade-Gymnasium nach Jaderberg.

Kapitel 4

Lisbeth kannte das Gymnasium sehr gut. Vor über zwölf Jahren bestand sie hier ihr Abitur mit einem Notendurchschnitt von 2,1. Seitdem hatte sich an der Schule kaum etwas verändert. Selbst der Direktor, Herr Kleinschmidt, war noch derselbe und hatte bereits während ihrer Schulzeit das Gymnasium geleitet. Er erkannte sie auf den ersten Blick, glaubte zuerst an einen Besuch aus nostalgischen Gründen. Lisbeth zog unvermittelt ihren Dienstausweis hervor.

»Aus dienstlichen Gründen, sagen Sie? Hat einer meiner Schüler etwas angestellt, dass die Kripo in Oldenburg sich dafür interessiert?«

»Herr Kleinschmidt, können wir das vielleicht in Ihrem Büro und nicht auf dem Gang besprechen?«

»Selbstverständlich. Kommen Sie bitte. Es ist immer noch dasselbe Zimmer wie damals.«

Lisbeth ging voraus. Unwillkürlich musste sie an ihre Schulzeit denken. Im Gegensatz zu vielen anderen dachte sie gern an ihre Schulzeit zurück. Ihre Mutter kritisierte oft, ihr flöge alles so zu, sie brauche nicht viel für die Schule lernen, bekäme gute Noten nachgeworfen. Bis zum Erreichen der Oberstufe stimmte das auch. Während der Zeit vor den schriftlichen Abiturprüfungen hatte sie sich jedoch ganz schön auf den Hosenboden setzen müssen, um möglichst viel von dem Stoff der letzten zwei Jahre präsent zu haben.

»Es geht um eine Ihrer Lehrerinnen, Frau Renken.«

Die Augen des Direktors schienen größer zu werden, während seine gesunde Gesichtsfarbe verschwand.

»Sie ist heute Morgen nicht zum Unterricht erschienen. Absolut ungewöhnlich für eine pflichtbewusste Kollegin wie sie. Was ist mit ihr?«

Lisbeth hatte Frau Renken nicht mehr kennengelernt. Sie musste nach ihrer Zeit an die Schule gekommen sein. Trotzdem schaffte Lisbeth es nicht, dem fragenden Blick des Direktors standzuhalten. Sie senkte ihre Augen.

»Wir haben Frau Renken heute Nacht tot aufgefunden und gehen von einem Gewaltverbrechen aus.«

»Oh mein Gott, das ist ja furchtbar!« Herr Kleinschmidt fuhr sich mit der Rückseite seiner Hand über das Kinn. »Wie ist das passiert?«

»Mit wem aus dem Lehrerkollegium hatte Frau Renken engeren Kontakt?«, mischte sich Paul in das Gespräch ein und ignorierte die Frage des Direktors.

»Mit Frau Schneider hatte sie am meisten zu tun. Sie trafen sich privat, soweit ich weiß. Und mit Frau Brunken verstand sie sich gut. Sie unterrichten beide im Moment. Soll ich sie holen?«

Lisbeth kannte lediglich Frau Brunken. Sie musste inzwischen kurz vor der Pensionierung stehen. Paul sah zu Lisbeth herüber.

»Wir möchten zunächst mit Frau Schneider sprechen.«

Herr Kleinschmidt verließ den Raum, um kurze Zeit später mit einer kurzhaarigen, blonden Frau, die nur wenige Jahre älter als Lisbeth zu sein schien, zurückzukommen. Sie trug eine enge Jeans, einen dunklen Rollkragenpullover und hatte glasige Augen. In der Hand hielt sie krampfhaft ein Tempotaschentuch. Augenscheinlich hatte der Direktor sie über den Tod ihrer Kollegin bereits in Kenntnis gesetzt.

»Herr Direktor, es macht Ihnen doch sicher nichts aus, uns mit Frau Schneider allein zu lassen?«

»Nein, natürlich nicht. Sie können mein Büro benutzen.«

Wie in Zeitlupe schritt Frau Schneider auf den Stuhl zu, den Paul ihr mit einer Geste anbot. Verschüchtert setzte sie sich auf den Lederstuhl am Besprechungstisch. Lisbeth wusste nicht, ob der Respekt vor der Kriminalpolizei oder die Todesnachricht ihr Verhalten begründeten. Wahrscheinlich eine Mischung aus beidem.

»Frau Schneider, es tut uns leid, was mit Ihrer Kollegin passiert ist«, begann Paul die Befragung.

Mit offenem Mund nickte Frau Schneider.

»Standen Sie Frau Renken nahe?«

»Wie meinen Sie das?« Sie schnäuzte sich in ihr zerknautschtes Taschentuch.

»Waren Sie miteinander befreundet?«

»Ja, das waren wir. Als sie vor etwa fünf Jahren zu uns ans Gymnasium kam, behandelte das Kollegium sie wie einen Fremdkörper, weil sie nicht in Oldenburg studiert hatte. Ihr Referendariat absolvierte sie in Osnabrück. Ich habe das nie wirklich verstanden. Es ist doch egal, ob jemand in Oldenburg, Göttingen oder in München studiert hat. Was zählt, ist doch der Mensch, oder?«

Lisbeth blickte kurz zu Paul. Sie fühlte sich an die Zeit erinnert, als sich Paul aus der Mainmetropole Frankfurt in die Provinz versetzen ließ. Obwohl Oldenburg keine Kleinstadt ist, betonte Paul in der Anfangszeit, was es doch für eine

Umstellung für ihn war. Er sprach sogar von einem Kulturschock. Diesen Scherz verstanden die meisten Kollegen nicht oder wollten ihn nicht verstehen. Viele mieden den Kontakt mit ihm, soweit es ging. Nicht so Lisbeth. Sie mochte seine Art Humor von Anfang an.

»Wann haben Sie Frau Renken zuletzt gesehen?«

»Gestern natürlich. Wir verabschiedeten uns nach der 6. Stunde.«

»Wirkte sie anders als sonst? Erzählte sie etwas von Plänen für den Abend?«

Frau Schneider dachte kurz nach. »Nein, sie wirkte sehr fröhlich, wie immer in den letzten Wochen. Ich habe sie am letzten Wochenende besucht. Sie war aufgedreht wie eine Jugendliche. Ich fragte sie, was los sei. Sie antwortete ausweichend und meinte, es wäre noch nicht *spruchreif*.« Frau Schneider malte imaginäre Anführungszeichen beim Wort *spruchreif* in die Luft. »Das einzige, was sie preisgab, war, dass sie im Internet einen Mann kennengelernt habe.«

»Hat sie mehr über diese Internetbekanntschaft erzählt?«, schaltete Lisbeth sich ein. Die iPad- und Laptopauswertungen dürften aufschlussreich werden. Lisbeth ging nicht davon aus, dass die gesamte Internetkommunikation über das Smartphone abgelaufen war.

»Ich wollte mehr darüber erfahren. Da machte sie dicht. Weder seinen Namen noch was er beruflich macht oder wie er aussieht, verriet sie mir. Ich blieb jedoch hartnäckig, wollte wenigstens wissen, wie er aussieht. Statt einer Antwort bekam ich ein vielsagendes Grinsen. Nach ihrer Trennung von Markus hätte ich ihr echt einen netten und vor allem treuen Mann gegönnt. Das hat sie sehr verletzt, dieses Fremdgehen. Sie wollte zunächst gar nichts mehr mit Männern zu tun haben, was ich sehr gut verstehen konnte.«

»Gab es noch Kontakt zu ihrem Ex-Freund?«

»Nur einen Brief von ihm, den sie nicht beantwortete. Danach gab es keinerlei Kontakt …« Es klopfte an der Tür. Wortlos erhob sich Paul von seinem Stuhl, um zur Tür zu gehen und diese zu öffnen. Lisbeths fragenden Blick beantwortete Paul mit: »Nur eine Schülerin, die den Direktor sprechen wollte. Fahren wir fort. Frau Schneider, was können Sie uns noch über Ihre Freundin sagen, insbesondere bezüglich der letzten Tage und Wochen?«

Die Lehrerin verschränkte die Arme vor der Brust und sah Richtung Fenster. »Tamara war häufig mit ihren Gedanken woanders.«

»Wie meinen Sie das konkret?«

»Tagträumerei. Ich musste sie manchmal zwei- oder dreimal ansprechen, bevor sie reagierte. Dem Gesichtsausdruck nach zu urteilen, muss es etwas Schönes gewesen sein, was sie ablenkte.«

Obwohl das Obduktionsergebnis noch nicht vorlag, ging Paul von einer Tat im Affekt aus. Der Täter hatte nicht nur einmal zugestochen. Einen Raubmord schloss er aus. Oldenburg war nicht die Bronx, wo jemand wegen 50 Dollar abgestochen wurde. Außerdem hatten sie das Portemonnaie inklusive Bargeld bei dem Opfer gefunden. Somit lagen sowohl eine Beziehungstat als auch ein Sexualdelikt nahe.

»Wurde Tamara Renken bedroht?«

Frau Schneider zog die Stirn in Falten. »Wie kommen Sie denn darauf?«

»Gab es Menschen, die Tamara hassten? Vielleicht einen hartnäckigen Verehrer, dem sie einen Korb gegeben hat?«

»Bestimmt nicht. Wenn, dann wüsste ich davon. Wie schon gesagt, in meinen Augen war sie gerade dabei, sich in jemanden zu verlieben.«

»In welchen Jahrgangsstufen hat Frau Renken unterrichtet?«

»Neunte bis zwölfte Klasse.«

»War sie als Lehrerin bei den Schülern beliebt?«

»Tamara benotete recht streng. Strenger als so manch anderer Kollege. Sie forderte viel von den Schülern. Auf der anderen Seite gab sie ihnen auch viel, konnte den Stoff sehr lebendig vermitteln. Zum Beispiel zog sie im Fach Geschichte immer wieder Parallelen aus der Historie zur aktuellen Politik. Das kam gut an, weil die Schüler einen Sinn im Lernen von Geschichte sahen. Ein Schüler sprach auf der diesjährigen Abiturfeier in seiner Rede von 'Zuckerbrot und Peitsche'. Diese Beschreibung traf auf zustimmendes Gemurmel. Sie freute es, obwohl sie dabei rot anlief.«

Pauls Handy klingelte. Er entschuldigte sich bei Frau Schneider und nahm das Gespräch entgegen. Nach kurzer Zeit legt er auf. »Frau Schneider, wir bedanken uns bei Ihnen und beenden jetzt die Befragung.«

Sie ließen die verdutzte Frau Schneider im Büro des Direktors zurück. Auf dem Gang erklärte Paul den plötzlichen Aufbruch. Arne Claaßen habe ihn über die erfolgreiche Ortung von Tamara Renkens Handy informiert. Kurz vor dem Verbrechen sei es abgeschaltet worden.

»Vor fünf Minuten wurde es wieder eingeschaltet, nicht lange, aber lange genug, um den Funkmast preiszugeben, wo es sich eingeloggt hatte.«

Kapitel 5

Er nahm sich eine Dose Cola aus dem Kühlschrank, öffnete sie unter lautem Zischen und trank einen kräftigen Schluck. Laut rülpsend kratzte er sich am Hintern, ging anschließend zu seinem Rechner, der in der Zwischenzeit hochgefahren war. Nervös rief er eine Internetadresse auf, die er seit Monaten regelmäßig besuchte. Niemand kannte den Gründer dieses Forums. Es enthielt nicht einmal ein Impressum, wie es gesetzlich für Internetseiten vorgeschrieben war. Auf der Startseite prangte ein einfaches Bild, das ein rot durchgestrichenes Symbol für Weiblichkeit zeigte, darunter der Name der Vereinigung: *No-Ma'am-Club.* Viele Besucher verirrten sich nicht auf diese schlecht zu findende Seite. Bis heute zählte der Club 78 registrierte Mitglieder. Drei davon befanden sich in diesem Moment im Chat. Registrieren konnte man sich nur auf Einladung eines schon bestehenden Mitglieds. Frauen waren gemäß der Regeln des Forums nicht zugelassen. Aus gutem Grund.

Hellboy schrieb an Spanner: »Bist du heute Abend online? Ich muss gleich weg.«

»Ja.«

Unter seinem Pseudonym BM schrieb er: »Hallo«, hier unter Gleichgesinnten fühlte er sich verstanden. Sie alle teilten das gleiche Schicksal. Jeder von ihnen konnte Geschichten erzählen, wie er bei einer Frau abgeblitzt war, ohne die Möglichkeit zu erhalten, sie näher kennenzulernen. Für die meisten Frauen waren diese Männer Luft. Sie wurden schlichtweg gar nicht wahrgenommen. Sein Problem bestand darin, dass er viel zu schüchtern war, um Frauen anzusprechen.

Spanner schrieb: »Gut, dass du da bist, BM. Ich habe gestern wieder was erlebt, das glaubst du nicht.«

Er antwortete: »Erzähl!«

»Na, ich war in einem Café. Drei Tische weiter saß eine Top-Frau. Du weißt schon, so eine typische Geschäftsfrau. Feines, dunkles Kostüm. Sinnlicher roter Lippenstift. Super Figur. Sie arbeitete an ihrem Laptop.«

»Und was hast du gemacht?«

»Ich habe sie die ganze Zeit angesehen, ohne auch nur die Chance auf einen Blickkontakt zu bekommen.«

»Gut, das verstehe ich. Sie hat offensichtlich gearbeitet. Da schaut sie sich nicht nach Männern um.«

»Nun warte es doch ab. Das ist mir ja auch klar. Also sie trank einen Kaffee. Bevor sie ihn ganz ausgetrunken hatte, bat ich die Kellnerin, ihr einen zweiten zu bringen, mit lieben Grüßen von mir.«

»Und?«

»Die hat den wieder zurückgehen lassen, ohne auch nur einmal in meine Richtung zu gucken.«

»Sie hätte sich zumindest bedanken können.«

»Siehst du, das meine ich. Aber es kommt noch härter. Kurze Zeit später musste sie los. Packte eilig alles zusammen und rannte zum Ausgang. Dabei übersah sie einen Stapel Unterlagen auf dem Tisch. Ich stand sofort auf, schnappte mir die Papiere und bin hinter ihr her. Und weißt du, was sie gemacht hat?«

»Keine Ahnung.«

»*Oh, danke, das gehört mir*, sagte sie. Kaum hatte sie es ausgesprochen, drehte sie sich um und war weg. Ich stand da mit offenem Mund, wollte doch nach ihrer Telefonnummer fragen.«

»Blöde Schlampe!«

»Ich sag's dir, für jeden Kartenabreißer an der Kinokasse hätte sie mehr Zeit gehabt. Oh, wie ich das hasse, wenn Frauen mich behandeln, als wäre ich Luft.«

»Verständlich. Mein Freund, unsere Zeit wird kommen.« Eine Phrase, die in diesem Forum öfter gedroschen wurde.

»Hoffentlich. Ich habe mir jetzt endlich das Lied von den Ärzten: *Zu spät* als Klingelton installiert. *Doch eines Tages werd' ich mich rächen …*«

»Sehr gut … *dann bin ich ein Star, der in der Zeitung steht …*«

»Ja, Mann, ich liebe diese Stelle … *und dann tut es dir leid, doch dann ist es zu spät.* In diesem Text steckt so viel Wahrheit. Die Weiber werden erst viel später erkennen, was sie falsch gemacht haben. Dafür sorge ich.«

Manchmal machten ihm diese anonymen Schreiber Angst. Keinen von ihnen hatte er bisher persönlich getroffen. Bei einigen war er sich nicht sicher, ob sie zwischen Fantasie und Realität unterscheiden konnten. Er tippte hektisch die nächsten Buchstaben ein: »Wie meinst du das?«

»Wir können uns nicht immer alles gefallen lassen. Du weißt doch, ich habe über einen Freund Zugang zu einem Fitnessstudio.«

Was zum Geier hatte dieser Typ vor? Er versuchte ruhig zu

bleiben.

»Ja, das hast du mal geschrieben. Was hast du nur vor?«

»Falsche Frage, mein Lieber. Du solltest fragen, was habe ich bereits gemacht?« Die letzte Frage garnierte *Spanner* mit einem teuflisch grinsenden Smiley.

Ich sollte besser nicht nachfragen, sagte er sich. Doch seine Neugier trieb ihn dazu, doch nachzuhaken.

»Na, sag schon. Oder soll das hier ein Quiz werden?«

»Ich weiß nicht, ob ich dir das mitteilen darf. Es ist nicht ganz legal, was ich …«

Der Typ ist doch total durchgeknallt. Seine Hände wurden feucht. »Jetzt quatsch nicht rum. Was hast du gemacht?«

»Ich habe Minikameras installiert. Drei Stück, die findet keiner, Alter. Eine davon in der Dusche.« Er konnte seinen Chatpartner förmlich durch die Internetleitung lachen hören. »Und das Beste ist, ich habe Online-Zugriff, jederzeit! Ist das nicht der Hammer?«

»Also, ich weiß nicht, ob das richtig war.«

»Die Biester wollen es doch nicht anders.«

Inzwischen war er sich nicht mehr so sicher, ob es nicht ein Fehler war, dieser Gemeinschaft beigetreten zu sein. Der eine Wahnsinnige installierte Kameras. Wer weiß, was die anderen vorhatten.

Er verabschiedete sich von Spanner und loggte sich aus. Er musste über einiges nachdenken.

***

Schneller als notwendig fuhr Paul den Dienstwagen von Jaderberg in Richtung Oldenburg. Saftige Weiden und zahlreiche Gräben flogen an ihnen vorbei.

»Kannst du mir bitte erklären, warum du so rast? Unsere Tote kann nicht mehr weglaufen, und die Obduktion dauert ihre Zeit«, fragte Lisbeth, während sie mit der rechten Hand den Griff fest umfasste.

Paul schwieg. In der Tat gab es keinen Grund zur Eile. Arne Claaßen hatte ihm am Telefon erklärt, das Mobiltelefon sei zwei Minuten eingeschaltet gewesen, in einer Funkzelle im Bereich des Pferdemarktes. Das war inzwischen über eine halbe Stunde her. Paul fragte sich, warum der Täter ein solches Risiko einging, das Handy einzuschalten. Vielleicht wusste er, dass sich etwas Verdächtiges auf dem Gerät befand. Was könnte das sein? Eine Kurznachricht, eine Telefonnummer oder ein Foto? »Wir sind uns doch einig: Der Täter ist im Besitz des Smartphones von Tamara Renken, oder?«

»Davon gehen wir aus.«

»Warum schaltet der Täter das Handy für zwei Minuten ein?«

»Zum einen denke ich, dass der Täter es nicht an seinem Wohnort eingeschaltet hat. So blöd wird er nicht sein. Zum anderen hat er sich beeilt. Er muss etwas gesucht haben, etwas, das ihn verraten könnte.«

»Sehe ich genauso wie du, Lissi.« Als er die Autobahnauffahrt Jaderberg erreicht hatte und auf die A 29 gefahren war, beschleunigte er das Auto auf 180 km/h. »Warum vernichtet er das Telefon nicht einfach? Vergräbt es oder schmeißt es in die Hunte?«

Lisbeth zuckte mit den Schultern. »Also gut, versetzen wir uns in den Täter hinein. Telefonate, die Tamara Renken führte, bekommen wir über den Einzelverbindungsnachweis heraus. Es könnte ein Kontakt im Adressbuch sein, ein Foto oder ein Video. Eventuell hat Frau Renken, kurz bevor sie ihren Mörder traf, telefoniert. Sie könnte einer Freundin etwas erzählt haben, was ihn verrät.«

»Möglich. Wieso hat der Täter das nicht schon nachts gemacht?«

»Nachdem ich drei- oder viermal auf das Opfer eingestochen hätte, wäre ich ziemlich durcheinander. Ich würde zunächst weg vom Tatort, so schnell wie möglich.«

»Es gibt noch eine weitere Möglichkeit.« Paul wechselte von der linken Spur auf die rechte. Es befanden sich nicht viele Fahrzeuge auf der Autobahn.

»Welche?«

»Vielleicht ist Tamara Renken das Handy aus der Tasche oder dem Mantel gerutscht. Der Täter hat es später erst gefunden. Vielleicht, als er das Auto reinigen wollte. Wenn die Tat im Auto geschah, müssen dort Blutspuren zu finden sein. Wir sollten alle Firmen kontaktieren, die sich auf Autoreinigungen spezialisiert haben. Außerdem will ich wissen, ob im Umkreis von, sagen wir, 100 Kilometern Autos ausgebrannt sind.«

Lisbeth verstand und tippte die Kurzwahltaste der Polizeiinspektion, um Anweisungen an die Kollegen zu erteilen. Kurz bevor sie auflegte, erreichten sie die Kreuzung am Pferdemarkt, einem zentralen Punkt in Oldenburg. Paul stoppte das Auto am Straßenrand und schaltete das Warnblinklicht ein.

»Und jetzt? Selbst wenn er sich noch hier aufhielte, was unwahrscheinlich ist, wir würden ihn nicht finden. Oder willst du jeden Mann, der ein Handy in der Hand hält, kontrollieren, jedes Fahrzeug anhalten?«

»Natürlich nicht. Lissi, du hast ja recht. Lass uns wieder so denken wie der Täter. Du bist in seiner Lage. Wie kommst du hierher? Zu Fuß oder mit dem Auto?«

Lisbeth musste nicht lange überlegen. »Mit dem Auto.«

»Gut. Während der Fahrt wirst du das fremde Mobiltelefon nicht einschalten, um etwas für dich sehr Wichtiges zu überprüfen.«

»Nein, also halte ich an, stelle mich an den Straßenrand. So wie wir jetzt.« Lisbeth sah aus dem Auto in Richtung des Marktplatzes.

»Warum ausgerechnet hier?«

»Vielleicht stehe ich gerade an der roten Ampel und muss sowieso warten.«

Paul schüttelte energisch den Kopf. »Nein, das glaube ich nicht. Vielleicht hast du nicht genügend Zeit, weil die Ampel zu schnell auf Grün schaltet. Du weißt genau, du darfst das Handy nicht lange einschalten.«

Lisbeth fuhr sich mit der Hand über das Kinn. »Vielleicht

habe ich das Mobiltelefon in diesem Augenblick zufällig gefunden. Ich werde panisch. Ich halte bei der nächstbesten Gelegenheit an, will sofort wissen, ob da etwas drauf ist, was mich verraten könnte.«

Zufrieden nickte Paul. »Sehr gut, Lissi. So könnte es gewesen sein. Wo kamst du her und wo willst du hinfahren?«

Die beiden letzten Fragen blieben unbeantwortet im Raum stehen, während Paul das Warnblinklicht ausschaltete und in Richtung Dienststelle fuhr.

Kapitel 6

Müde schloss Lisbeth den Briefkasten auf, nahm ihre Post und schleppte sich die Treppe bis zu ihrer Wohnung hinauf. Nachdem sie die Tür hinter sich mit der Hacke zugestoßen hatte, überflog sie den Stapel, den sie in der Hand hielt. Die Rechnungen interessierten sie ebenso wenig wie die Werbeprospekte. Sie legte die Post auf den Küchentisch. Anschließend schälte sie sich aus ihrer Lederjacke und massierte mit einem Seufzen ihren verspannten Nacken. In der Hoffnung, etwas Essbares im Kühlschrank zu finden, öffnete sie diesen. Zwei schrumpelige Paprika, die sie vor ihrem Seminar in Wiesbaden gekauft hatte, entsorgte sie im Mülleimer unter der Spüle. Zusammen mit der Butter und einer eingeschweißten Salami nahm sie ein Glas Essiggurken heraus und stellte es auf den Küchentisch. Im Lebensmittelschrank fand sie eine runde Dose Pumpernickel.

Das Brot aus Roggenschrot ließ sich nur mühsam bestreichen, weil die Butter zu hart dafür war. Erst als sie das Brot mit der Salami belegt und es mit einer geschnittenen Gurke garniert hatte, zeigte sie sich zufrieden und biss herzhaft hinein. Es war zwar kein Festessen, aber in diesem Augenblick fühlte es sich festlich an. Der süßliche Geschmack des Brotes und die Säure der Gurke ließen Lisbeth genussvoll stöhnen. Sie wünschte sich, ihr Freund Philip wäre jetzt bei ihr. Zuletzt hatten sie sich vor drei Wochen bei ihm in Hamburg getroffen. Er konnte wie kein Zweiter ihren Nacken und ihren Rücken und weitere Stellen massieren. Beim Gedanken daran musste sie unwillkürlich grinsen. Lisbeth legte das Brot zur Seite und tippte eine Nachricht in ihr Smartphone: *Ich vermisse dich schrecklich. Kuss L.* und schickte diese ab.

Nachdem sie das Salamibrot aufgegessen hatte, nahm sie sich noch einen Joghurt aus dem Kühlschrank und ging ins

Wohnzimmer. Sie machte es sich auf der Couch unter einer Wolldecke gemütlich und dachte über die Geschehnisse des Tages nach, während sie den Erdbeerjoghurt löffelte.

Beim Gedanken an den Besuch des Gymnasiums wurde ihr schmerzlich bewusst, dass sie sich schon länger nicht mehr bei ihrer Mutter gemeldet hatte, die nur zehn Gehminuten von der Schule entfernt wohnte. Lisbeth hielt das Telefon bereits in der Hand, als sie sich gegen einen Anruf bei ihrer Mutter entschied. Sie hatte keine Lust auf ein ellenlanges Gespräch und schon gar nicht auf Vorhaltungen, warum sie sich so lange nicht gemeldet hatte. Mit dem festen Vorsatz, das Gespräch am nächsten Tag zu führen, legte sie das Telefon zur Seite.

Als Paul und Lisbeth nach dem Stopp am Pferdemarkt die Dienststelle erreicht hatten, berief Paul eine Sonderkommission *Tankstelle* ein. Unterschiedliche Abteilungen der Polizeiinspektion stellten Beamte für die Soko *Tankstelle* ab. Damit wurden sie bis auf weiteres von ihren anderen Aufgaben entbunden.

Den Obduktionsbericht von Dr. Janssen würden sie erst morgen erhalten, auch wenn dieser Fall als sehr dringlich eingestuft wurde. Obwohl ihr in der Ausbildung eingetrichtert wurde, professionelle Distanz zu Fällen zu wahren, ging ihr das Schicksal der Getöteten nahe. Tamara Renken war nur wenige Jahre älter als sie und unterrichtete dort, wo Lisbeth aufgewachsen und ebenfalls zur Schule gegangen war. Zwar war Frau Renken erst nach ihrer Zeit an ihre Schule gekommen, aber vielleicht waren sie sich mal begegnet, beim Bäcker oder im Supermarkt. Ebenso wie Lisbeth lebte sie allein in ihrer kleinen Wohnung. Es fühlte sich an, als wäre eine Frau aus ihrer Nachbarschaft ums Leben gekommen, obwohl sie bereits seit einigen Jahren nicht mehr in Jaderberg wohnte.

Der flehende Gesichtsausdruck und die Verletzungen hatten

das Opfer entstellt, doch die Stupsnase und ihre feinen Gesichtszüge dürften anziehend auf Männer gewirkt haben. Als Lisbeth die Fotos vom Opfer auf den Tisch gelegt bekam, grub sich ihr erneut der Magen um. Was hatte Tamara gedacht, als sie den ersten Stich in den Bauch bekam? Hatte sie das Messer kommen sehen oder kam der Angriff überraschend? Lisbeth stellte sich vor, wie die arme Frau den Täter mit offenem Mund verstört ansah und gleichzeitig eine Hand auf die Einstichstelle drückte, um den verzweifelten Versuch zu unternehmen, die Blutung zu stoppen. Warum stach der Täter erneut zu? Wollte er sichergehen, dass sie starb? Hatte Tamara Renken ihn bewusst oder unbewusst in Rage versetzt? Ihn beleidigt oder abschätzig behandelt? Sie hatte mit Sicherheit geschrien, spätestens beim zweiten Stich. Sollte es im geschlossenen Auto passiert sein, so waren die Schreie kaum zu hören gewesen, falls nicht zufällig jemand direkt danebenstand. Die Befragungen der Anwohner des Ortes, an dem Tamara Renken mutmaßlich aus einem Auto geflüchtet oder gestoßen worden war, hatten bisher keine neuen Erkenntnisse gebracht.

Da Lisbeth als eine der Ersten am Tatort erschien und somit fast die ganze Nacht durchgearbeitet hatte, schickte Paul sie nach Hause. Im Gegensatz zu ihr würde Arne Claaßen sich die heutige Nacht mit der Auswertung des iPads und des Laptops um die Ohren schlagen. Auf seine Auswertungen warteten nicht nur Paul und Lisbeth gespannt, sondern auch die gesamte Sonderkommission. Das Klingeln des Festnetztelefons riss sie aus ihren Gedanken.

»Oh, jetzt nicht, Mama«, maulte Lisbeth und sah auf das Display: *Sanne.*

Hocherfreut drückte sie die Taste mit dem grünen Hörersymbol, um das Gespräch anzunehmen. »Moin, Sanne, das ist ja schön, dass du anrufst.«

»Moin, Lissi. Du alte Tröte hast versprochen, dich zu melden, sobald du aus Wiesbaden zurück bist.«

»Ja doch, zumal ich noch frei hatte.«

»Hatte?«, echote ihre beste Freundin Susanne Klein aus Hamburg.

»Sie haben mich heute Nacht aus dem Bett geklingelt. Eine Frau wurde erstochen an einer Tankstelle gefunden. Sie war nicht viel älter als ich.« Lisbeth fuhr sich über die Stirn und widerstand dem Impuls, sich Zigaretten aus dem Schrank zu nehmen. Eine eingeschweißte Schachtel lagerte dort für Notfälle, seit sie vor zwei Jahren mit dem Rauchen aufgehört hatte. Stattdessen knipste sie sich ein Kaugummi aus der Packung und steckte ihn in den Mund.

»Was ist bei dir los? Was raschelt da so? Hast du etwa wieder angefangen zu rauchen?«

»Nee, aber ich habe gerade daran gedacht, wieder anzufangen. Woher weißt du so etwas?«

»Liebes, ich kenne dich in- und auswendig. Und diese Notfallpackung musst du wegschmeißen, hörst du? Versprichst du mir das?«

»Ja, ich verspreche es«, log Lisbeth.

»Du, habe ich dir schon von Holger erzählt?«

»Nein, was für ein Holger?« Lisbeth lief unruhig auf ihrem Parkettboden auf und ab.

»Pass auf, ich hatte doch am Wochenende die Kunstausstellung in den Deichtorhallen.«

Lisbeth spürte das schlechte Gewissen, da sie sich aus Wiesbaden nicht gemeldet und nachgefragt hatte, wie es gelaufen war. »Ach ja, wie ist die denn gelaufen?«

»Nun warte es doch ab. Das will ich doch gerade erzählen. Also, der Laden war knüppeldicke voll. Viele Gäste, die ich noch nie dort gesehen habe. Einige Herren in teuren Anzügen, die wir schön mit Champagner und Canapés mit Lachs, Wurst und Eiern bewirtet haben. Natürlich nicht ich, sondern eine professionelle Bewirtungsmannschaft.«

»Sanne, das muss doch ein Vermögen gekostet haben, diese Leute und dann noch die Miete zu bezahlen.«

»Was du immer hast mit dem Geld! Es hat sich gelohnt. Jedenfalls stand plötzlich Holger Diekmann vor mir. Ein ganz bekannter Mäzen aus Blankenese. Der hat Verbindungen in die Kunstszene in ganz Deutschland. Und jetzt kommt der Knaller: Der will, dass ich in Dresden ausstelle!«

Der will noch ganz andere Sachen von dir, dachte Lisbeth, verkniff sich jedoch den Kommentar. Stattdessen sagte sie: »Das ist ja großartig. Ich freue mich für dich.«

»Mensch, das ist der Hauptgewinn. Nach der Ausstellung hat er mich noch ins Poletto eingeladen.«

Und dich anschließend zu sich nach Hause?

»Woher weißt du das?« *Hatte sie gerade ihre Gedanken wirklich ausgesprochen?*

»Ich kenne meine Sanne eben auch aus dem Effeff.« *Und die Männer*, fügte sie gedanklich hinzu. »Bist du dir sicher, dass er dich nicht nur fürs Bett wollte?«

»Ganz sicher.«

»Ist er verheiratet?«

»Ja, schon, aber sie leben getrennt.«

»Sagt er.«

»Och, Lissi, jetzt freu dich doch für mich. Wann ging es mir in letzter Zeit beruflich und privat so gut?« Da hatte ihre Freundin allerdings recht. Das dürfte schon ein ganzes Weilchen her sein. Meistens wusste sie nicht, wie sie ihre Rechnungen bezahlen sollte, und die Typen, die sie anschleppte, waren größtenteils Windbeutel. Und nun ein verheirateter Mann, da waren Ärger und Kummer vorhersehbar. Lisbeth beschloss, ihre Bedenken nicht zu äußern. Sanne würde sich ihren neuen Freund, oder besser gesagt: Liebhaber nicht ausreden lassen.

»Hast du dich in ihn verliebt?«, fragte sie stattdessen.

»Nö, wo denkst du hin, obwohl er echt eine leckere Schnitte ist. Wir gehen das ganz locker an.« *Dürfte ja ganz in seinem Sinne sein, schön unverbindlich, der Herr Ehemann.* »Ich soll morgen zu ihm ins Büro kommen, damit wir den Vertrag fixieren können. Aber genug von mir. Was ist mit Philip, wann kommst du wieder nach Hamburg?«

Lisbeth sah auf ihr Smartphone. Philip hatte ihre Nachricht zwar bekommen, aber sie noch nicht gelesen. »Ganz ehrlich, ich fürchte, das könnte schwierig werden. Der neue Fall wird vermutlich ziemlich zeitaufwendig werden …«

»Ach was, papperlapapp«, fiel Sanne ihr ins Wort. »Ein Wochenende wird doch drin sein. Lass nicht zu, dass dich der Job auffrisst.«

»Das sagst du so einfach.«

»Ja, sicher, weil ich recht habe. Du, ich muss gleich nochmal los. Ich drück dich, Liebes.«

»Ich dich auch, tschüss.«

Lag es an ihr, dass sie sich für Sanne nicht richtig freuen konnte, oder rannte ihre Freundin sehenden Auges in ihr Verderben?

Lisbeth ging heute sehr früh schlafen. Als ahnte sie, es könnte morgen ein aufreibender Tag werden.

***

Obwohl Wiebke Schweigert ihre Kinder gut versorgt wusste, fuhr sie mit einem mulmigen Gefühl nach Oldenburg. Tom würde sich bis zum Mittag in der Grundschule in Büppel aufhalten, während Wiebkes Mutter sich liebend gerne um Levke kümmerte.

»Jetzt fahr endlich los. Ich habe das hier im Griff. Wir werden uns gut verstehen, du Süße, oder?« Levke sah ihre Oma mit großen Augen und offenem Mund an, griff gleichzeitig nach einem Bauklotz, um mit diesem auf den Fußboden zu hämmern.

Ihre Mitgliedschaft im Fitnessstudio im Oldenburger Stadtteil Nadorst hatte sie bis jetzt ruhen lassen. Wiebke versuchte sich daran zu erinnern, wann sie das letzte Mal dagewesen war. Es musste vor ihrer Schwangerschaft gewesen sein. Jedenfalls viel zu lange her. Ursprünglich hatte sie sich vorgenommen, nach genau sechs Monaten, spätestens jedoch, nachdem sie Levke nicht mehr stillte, wieder etwas für ihre Fitness zu tun. Schließlich brachte sie es doch nicht übers Herz, ihren kleinen Sonnenschein länger alleine zu lassen. Bis sie vor ein paar Tagen beschloss, wieder einiges für sich zu machen. Als erster Schritt diente der regelmäßige Besuch im Studio. Darüber hinaus wollte sie wieder anfangen zu arbeiten, wenigstens halbtags. Mit Paul hatte sie noch nicht konkret darüber gesprochen.

»Wir können deine Mitgliedschaft einfach wieder aktivieren. Das ist gar kein Problem«, trällerte die schlanke Frau am Empfang übertrieben freundlich los. Wiebke las *Laura* auf dem Namensschild und schätzte sie auf Anfang 20.

»Und der monatliche Beitrag wird dann wie früher vom Konto abgebucht?«

»Ich schau gleich nach.« Sie klackerte auf der Tastatur. »Oh, ich sehe, du bist ja schon ganz lange bei uns, Wiebke. Ja, wenn sich deine Kontodaten nicht geändert haben, dann läuft das wie früher auch.«

Wiebke und du? Ich war wirklich schon lange nicht mehr hier. Man duzte sich in diesem Studio, obwohl man sich gar nicht kannte. Gewöhnungsbedürftig.

Laura legte ihr einen Chip auf den Tresen und widmete sich grinsend ihrem Smartphone.

»Äh, wofür ist der Chip?«

»Was? Oh, ach so, der ist für den Schrank. Früher gab es die Schlüssel hier am Empfang, aber das muss schon ziemlich lange her sein, also vor meiner Zeit. Du suchst dir einen Schrank aus, steckst den Chip hinein, und dann schließt du mit dem Schlüssel ab.«

Danke, das wusste ich auch ohne dich, dass ich schon jahrelang nicht mehr im Fitnessstudio war. Zumindest der Weg zu den Umkleidekabinen kam ihr vertraut vor. Es war eine gute Entscheidung, am Vormittag zum Sport zu gehen. Der Raum zum Umziehen war menschenleer. Gerade als sie sich ihrer Jeans entledigte, meinte sie ein Geräusch zu hören. Sie sah sich um, ob eine Frau zu ihr in die Umkleide gekommen war. Aber da war niemand außer ihr. Trotzdem fühlte sie sich seltsam beobachtet. Wiebke schüttelte mit dem Kopf und schlüpfte in ihre Leggins.

Im Trainingsraum mit Laufbändern, Fahrrädern und unterschiedlichen Geräten hielten sich fünf Leute auf. Zwei Männer und drei Frauen. Niemand davon kannte sie von früher.

Nach nur einer halben Stunde fühlte sie sich völlig erledigt. Der Schweiß lief an ihrem Körper herunter. Sie wollte sich jedoch nicht geschlagen geben und setzte sich auf ein Trimmrad, stellte den niedrigsten Gang ein. Hier hielt sie eine weitere halbe Stunde durch und freute sich auf die Dusche.

Ausgepumpt, aber glücklich, den inneren Schweinehund besiegt, stieg sie ins Auto. Wenn sie schon allein unterwegs war, wollte sie einige Lebensmittel einkaufen, ohne von Levke tyrannisiert zu werden. Dafür hielt sie in Rastede beim Aldi an. Es beschlich sie ein ungutes Gefühl. Ständig drehte sie sich um, als hätte sie ihre Tochter vergessen. Sie war es nicht mehr gewohnt, entspannt einzukaufen. Als sie sich schließlich nicht mehr umdrehte, fuhr ihr ein fürchterlicher Schreck in die Glieder. Eine kräftige Hand hatte sie an der Schulter gefasst.

»Na, du kennst wohl auch keinen mehr, was?«

Wiebke zuckte zusammen und sah in zwei leuchtende Augen. Der Mann mit den krausen Haaren und dem schelmischen Grinsen kam ihr bekannt vor. Sie wusste nur nicht, wo sie ihn einordnen sollte. »Hast du mich jetzt erschreckt!«

»Das war keine Absicht, Wiebke.« Er trug ein Päckchen Kaffee, Kekse und Schlagsahne unter dem Arm. »Was siehst du mich an, als käme ich von einem anderen Stern? Weißt du nicht mehr, unsere Klassenfahrt nach Wolfshagen in den Harz, das war doch der Knaller, oder?«

Jetzt fiel es ihr ein. »Frank! Dass wir uns mal wiedersehen.« Der Nachname wollte ihr nicht einfallen. Irgendwas mit G. »Was machst du denn so?«

»Ich bin Matratzenverkäufer. Boxspring, Federkern, Wasserbetten - habe ich alles im Sortiment. Und bei dir? Wir haben uns ewig nicht gesehen.«

»Och, ich bin total spießig geworden: Familie, zwei Kinder, ein Haus in Büppel.«

»Das hört sich toll an. Wie alt sind deine Kinder?«

»Tom ist acht und Levke wird bald drei.« Der merkwürdige Klingelton eines Handys, die Sonntagabend-Tatort-Melodie, unterbrach nicht nur ihre Unterhaltung, sondern brachte Wiebke herzhaft zum Lachen. Paul wollte sich schon lange den Vorspann der beliebten Sonntagabend-Krimiserie auf seinem Smartphone installieren. Sie hatte ihn nur mit großer Mühe davon abhalten können. Er hätte sich zum Gespött der Kollegen gemacht.

»Du, ich muss los. Der nächste Kunde wartet bereits«, rief er ihr mit dem Handy am Ohr zu und hastete zur Kasse. Wiebke setzte grinsend und in aller Ruhe ihren Einkauf fort. Es tat ihr gut, einmal rauszukommen und jemanden, den sie von früher kannte, zu treffen.

Zu Hause lief ihr Levke freudestrahlend und schreiend in die Arme.

Kapitel 7

»Gut, dass du kommst, wir müssen gleich ins Institut für Rechtsmedizin.«

Lisbeth macht daraufhin erst gar keine Anstalten, ihre Jacke auszuziehen. »Moin, Paul, ich freue mich auch, dich zu sehen.«

Als wolle er das Überrumpeln seiner Kollegin wieder gutmachen, reichte er ihr grinsend mit einem fröhlichen »Moin« auf den Lippen eine Papiertüte mit der Aufschrift *Müller & Egerer*, aus der es nach Croissants duftete.

»Okay, die Bestechung mit den Croissants ist dir gelungen, aber was ist mit frischem Kaffee?«

»Bekommen wir vor Ort, und jetzt komm, wir müssen wirklich los.«

»In dieser Leichenhalle trinke ich mit Sicherheit keinen Kaffee, Paul.«

Er hielt ihr die Tür auf mit den Worten: »Überredet, wir halten auf dem Weg an und du darfst dir die Art und Größe deines Kaffees aussuchen, wird dann allerdings im Pappbecher sein. Ich zahle.«

Bis ins Institut im Stadtteil Haarentor würden sie kaum mehr als zehn Minuten benötigen. Paul sah kurz hinüber zu seiner Kollegin, die herzhaft in das Croissant biss. Lisbeth strich über ihre Jacke, um die kleinen Teile des Blätterteigs loszuwerden. Während der kurzen Fahrt sprach keiner der beiden.

In den Räumlichkeiten des Instituts von Dr. Janssen wirkte es nicht nur kalt durch die blassen Fliesen, sondern die Temperatur schien sich dem ungewöhnlichen Ambiente anpassen zu wollen. An den eigentümlichen Geruch hatte sich Paul nie gewöhnen können. Es roch wie eine seltsame Melange aus Desinfektionsmitteln und süßlichem Verwesungsgeruch.

Mehrere parallel angeordnete Stahltische befanden sich in der Mitte des Raumes. Auf einem von ihnen lag die Leiche von Tamara Renken. Der sogenannte Y-Schnitt, der dem Rechtsmediziner Zugang zur Brust- und Bauchhöhle verschafft hatte, war deutlich zu erkennen, wenn auch die Öffnungen nach der Obduktion zugenäht worden waren. Zusätzlich erkannte Paul vier unterschiedliche Einstichwunden im Bauchbereich.

»Moin zusammen. Über den Todeszeitpunkt besteht kein Zweifel«, begann der Leiter der Rechtsmedizin zu dozieren.

Logisch, der Mitarbeiter der Tankstelle hatte das Opfer ja schließlich noch lebend gefunden, dachte Paul und behielt diesen Gedanken für sich, weil Dr. Janssen sich ungern zu Beginn eines Vortrags unterbrechen ließ.

»Wie schon vermutet, starb sie infolge des hohen Blutverlusts. Verantwortlich dafür sind die vier gut zu erkennenden Einstichwunden. Verursacht durch eine schmale, aber scharfe Klinge. Ich vermute ein Springmesser. Drei der Stiche sind waagerecht. Ich gehe davon aus, dass der Täter sich seitlich vom Opfer befand. Wahrscheinlich hat er neben ihr gesessen. Haben Sie die Tatwaffe inzwischen gefunden?«

Paul schüttelte den Kopf. »Gibt es Abwehrverletzungen?«

»Ja, hier.« Dr. Janssen hob den Unterarm der Toten an, um die Stellen zu zeigen. »Zwei Hämatome. Sie hat sich gewehrt, wobei ich davon ausgehe, dass ihr der erste Stich überraschend zugefügt worden ist. Unter den Fingernägeln finden sich keine Fremd-DNA-Spuren.«

»Gibt es Hinweise, die auf eine Vergewaltigung hindeuten?«, wollte Lisbeth wissen.

»Nein, keinerlei Verletzungen dieser Art. Sie hatte auch keinen einvernehmlichen Verkehr. Jedenfalls nicht in den letzten Tagen.« Paul schaute Lisbeth an und meinte, aus ihrem Gesicht lesen zu können: *Wenigstens ist ihr das erspart geblieben.* »In ihrem Blut fanden wir keine Drogen, jedoch eine geringe Menge an Alkohol. Es könnte ein Glas Sekt oder ein Prosecco gewesen sein. Ihr Magen war fast leer, als hätte sie den ganzen Tag nichts gegessen.«

Paul wurde das Gefühl nicht los, der Rechtsmediziner habe sich eine wichtige Information für den Schluss aufgehoben. »Was haben Sie sonst noch für uns, Herr Dr. Janssen?«

Er schaute abwechselnd zu Paul und zu Lisbeth, als erwarte er einen Trommelwirbel. Mit einem triumphierenden Grinsen teilte er mit: »Ein Haar haben wir auf der Kleidung der Toten gefunden. Dieses habe ich sofort zur DNA-Analyse ins Labor schicken lassen. Ob es vom Täter stammt, wissen wir nicht. Aber es könnte immerhin sein.«

***

Mithilfe der Ausführungen des erfahrenen Leiters des rechtsmedizinischen Instituts stellte sich Paul vor, was sich in der Tatnacht abgespielt haben könnte. Er hatte die Ellenbogen auf seinen Schreibtisch gestützt und hielt seinen Kopf in beiden Händen, als würde dieser sonst herunterfallen.

Hatte Tamara Renken sich mit ihrem Mörder verabredet

oder war sie zufällig zu ihm ins Auto gestiegen? Er schloss aus, dass sie spät abends alleine im Dunkeln durch Hahn-Lehmden spazieren ging. Sollte sie in Oldenburg unterwegs gewesen sein, wie war sie dorthin gekommen? Ihr Auto stand unbenutzt in ihrer Garage. Falls jemand sie nach Oldenburg mitgenommen hatte, wieso nahm dieser Jemand sie nicht mit zurück? Sie könnte mit dem Bus gefahren sein oder sich ein Taxi gerufen haben. Das schätzte Paul jedoch als unwahrscheinlich ein. Wenn Tamara Renken jemanden zufällig getroffen hatte, musste sie ihn gekannt haben. Andernfalls wäre eine alleinstehende 37jährige Frau nicht zu ihm ins Auto gestiegen.

Vielleicht war sie mit einem Unbekannten verabredet gewesen. Aber wo?

»Arne möchte uns etwas zeigen«, riss Lisbeth Paul aus seinen Gedanken.

»Okay, gehen wir rüber.«

Der IT-Spezialist schob sich den Rest eines Muffins in den Mund und kippte einen großen Schluck Kaffee hinterher.

»Arne, schieß los, was kannst du uns sagen?«

»Das war gar nicht so leicht.« So fingen die Ausführungen von Arne immer an. Er hatte noch nie von ihm gehört, es sei ein Kinderspiel gewesen. »Ich erspare euch jetzt die technischen Details, wie ich an die Passwörter gekommen bin.«

»Danke«, sagten Lisbeth und Paul fast gleichzeitig.

»Nachdem ich eines geknackt hatte, konnte ich dieses für fast alle Konten, die sie im Internet benutzte, verwenden, mit kleinen Abwandlungen, manchmal nur ein Sonderzeichen zusätzlich. Gut, ich merke, ich langweile euch.«

Wahrscheinlich musste jeder Computerexperte so argumentieren, damit seine Kollegen ihn für einen Helden hielten.

»Den Laptop hat sie überwiegend dienstlich benutzt. Ich habe den Browserverlauf nachverfolgt. Dort fand ich historische Recherchen über Karl den Großen, Ludwig den weiß-ich-wievielten, Bismarck. Lauter so Zeugs eben, nichts Privates. Ach ja, Magisterarbeiten von der Uni Göttingen hat sie sich angesehen.«

»Arne, sag uns, wenn der spannende Teil kommt, ja?«

»Nur der Vollständigkeit halber. Nachher heißt es wieder, ich hätte euch nicht informiert.« Dass Lisbeth leicht die Augen verdrehte, sah nur Paul.

»Was ist mit dem dienstlichen E-Mail-Verkehr?«

Arne stopfte sich einen weiteren Blaubeermuffin in den Mund und murmelte kaum verständlich: »Konnte ich bisher nur überfliegen.« Als er Lisbeths strafenden Blick erntete, verteidigte er sich schnell: »Ey, was ist? Ich habe heute noch nichts anderes gegessen!«

»Also weiter, was ist auf dem iPad, was für uns wichtig sein könnte?«

»In den sozialen Medien ist sie nicht vertreten, zumindest nicht mit ihrem richtigen Namen. Sie hatte wohl Angst vor Kommentaren ihrer Schüler. Unter dem Pseudonym Sarah Müller loggte sie sich bei Facebook ein und folgte einigen Leuten vom Jade-Gymnasium.«

»Schüler oder Lehrer?«

»Sowohl als auch. Das dürfte aber gar nicht so interessant für euch sein. Viel wichtiger finde ich ihre Anmeldung bei *fischkopf.de* und *partner.as* …«

»Fischkopf.de?«

»… eine beliebte Partnersuche hier in der Gegend, früher hießen die *Fisch-sucht-Fahrrad*«, kam Lisbeth Arne zuvor.

»Woher weißt du so etwas?«, fragte Paul.

»Ach, Paul, du bist schon zu lange verheiratet und kommst aus Frankfurt.«

Arne grinste und putzte seine krümeligen Finger an seinem Sweatshirt ab. Vor einem halben Jahr hatte ihm dieses Kleidungsstück noch gepasst, stellte Paul in Gedanken fest.

»Nun mach es nicht so spannend, ist unter den Kontakten einer, der als Täter infrage käme?«

Der IT-Experte beugte sich vor und klemmte dabei seinen dicken Bauch zwischen sich und der Schreibtischplatte ein. »Zahlreiche Männer haben ihr persönliche Nachrichten geschrieben …«

»Moment, Moment, für einen verheirateten Hinterwäldler wie mich bitte zum Mitschreiben: Sie benutzt bei Facebook ein Pseudonym, aber meldet sich bei dieser Singleseite an. Mit Profilbild und richtigem Namen? Wenn sie da einer ihrer Schüler oder Kollegen findet, wird sie doch zum Gespött der gesamten Schule, oder?«

Lisbeth rollte mit den Augen und seufzte. »Natürlich nicht. Man gibt sich einen Fantasienamen, und das Profilbild erscheint verfremdet, als wäre es hinter einer Milchglasscheibe. Oft nehmen die registrierten Nutzer einfach ihren Vornamen kombiniert mit ihrem Alter.«

»Tamara Renken gab sich bei fischkopf.de den Namen Dünenhexe37. Wie lautet denn dein Nickname, Lissi31?«, fragte Arne und grinste wie ein Schuljunge nach einem gelungenen Streich.

Lisbeth schlug ihm gespielt empört auf den Rücken und forderte ihn auf: »Los, mach weiter. Mit wem wollte sie sich treffen?«

Der IT-Fachmann stand auf und ging zum Drucker. »Mit den meisten Kontakten blieb es beim Flirten im Internet. Einen Kandidaten bei *partner.as* jedoch«, er hielt triumphierend den dicken Papierstapel hoch, »fand sie so interessant, dass sie ihn treffen wollte. Ein Tommy76. Ich habe euch den gesamten Chatverlauf ausgedruckt. Allerdings haben sie ihre Konversation wohl auf das Handy verlagert. Der letzte Eintrag ist fünf Tage alt.«

»Okay, danke. Wir gucken uns das an. Bitte fordere den echten Namen, der sich hinter Tommy76 verbirgt, über den Anbieter dieser Internetseite an. Gleichzeitig lasse ich über die Staatsanwaltschaft die Herausgabe der Daten beantragen.«

»Läuft bereits, Chef. Allerdings könnte die Spur im Sande verlaufen, da der Betreiber des Forums auf Samoa im Pazifik registriert ist.« Paul nickte und fragte sich, wie Arne ohne richterlichen Beschluss den Betreiber der Singlebörse dazu gebracht hatte, sich kooperativ zu zeigen. Das eine oder andere Unternehmen nahm es mit den Gesetzen zum Datenschutz nicht so genau und wollte solch eine Anfrage der Kripo lieber sofort erledigt wissen.

Sollte Tamara Renken sich mit Tommy76 getroffen haben,

würde die Auswertung seiner Handydaten einiges über ihn verraten, falls sie bei den ausländischen Behörden Erfolg hätten.

Paul und Lisbeth überließen ihren Kollegen den technischen Geräten und zogen sich einen Kaffee aus dem Automaten im Gang. Geschmacklich keine Offenbarung, aber das Koffein entfaltete bei Paul umgehend seine belebende Wirkung.

»Willst du uns nicht mal wieder besuchen, Wiebke fragt dauernd nach dir?«

»Ich weiß nicht so recht. Wir haben zurzeit doch sehr viel Arbeit.« Lisbeth verlagerte ihr Gewicht nervös von einem Bein auf das andere. »Außerdem weiß ich nicht mal, wann ich Philip wiedersehen werde.«

»Hey, du kannst mich nicht hängen lassen. Du weißt genau, wie insistierend Wiebke sein kann, wenn die sich was in den Kopf gesetzt …«

Ein uniformierter, junger Kollege kam auf die beiden zu und hob schüchtern die Hand. Paul kannte ihn nicht. Er musste ziemlich neu sein. »Entschuldigen Sie bitte, Herr Kriminalhaupt …«

»Ja, ja schon gut. Sie brauchen sich nicht zu entschuldigen, Herr Kollege«, *Reimers* las Paul auf dem Namenschild, »Reimers, was gibt es?«

»Die Notrufzentrale erhielt einen Anruf«, er sah auf seinen Notizblock, »um 10.29 Uhr meldete eine Spaziergängerin eine Frauenleiche in einem Wald nahe der Landstraße von Bad Zwischenahn nach Wiefelstede.«

»Wissen wir schon, wer die Tote ist?«

»Nein, sie trug keine Ausweispapiere bei sich, nur die Visitenkarte«, er schaute erneut auf seinen Notizblock, »von dem Fitnessstudio McFit in Nadorst.«

Paul beschlich ein ungutes Gefühl. Ausgerechnet das Studio, welches Wiebke seit dieser Woche wieder besuchte.

Kapitel 8

In seiner schäbigen Zweizimmerwohnung roch es muffig. Die letzte Renovierung stammte noch von seinem Vormieter. Er war zu faul gewesen, neu zu streichen, geschweige denn die heruntergekommenen Tapeten zu entfernen und neu zu tapezieren. Selbst den Wohnzimmerschrank Marke Gelsenkirchener Barock hatte er vom Vorgänger übernommen. Der blau gemaserte Teppich wies die Brandspur eines Bügeleisens auf, wobei er sich gar nicht mehr daran erinnern konnte, wann er zum letzten Mal gebügelt hatte. In der Ecke des Wohnzimmers stand als alleinige Pflanze der gesamten Wohnung eine Yucca-Palme. Sie begnügte sich damit, dass sie nur alle paar Wochen von ihrem Besitzer gegossen wurde.

Müde hievte er sich aus seiner weichen Couch hoch. Diese war das einzige Möbelstück, das er sich nach seinem Einzug vor fünf Jahren neu gekauft hatte. Es verlieh dem Zimmer zumindest ein wenig Wohnlichkeit. Er zog seine Jogginghose zurecht und kratzte sich am Hintern. Nach wenigen Schritten öffnete er den Kühlschrank, um sich ein Bier aus dem Sechserträger abzuziehen. Außer dem Bier standen nur eine Tüte H-Milch, ein ungeöffneter Frischkäse und eine angebrochene Packung Käse und Margarine darin. In der Spüle sammelten sich mehrere gebrauchte Kaffeetassen, die er nicht wahrnahm. Er öffnete die Bierflasche, nahm einen kräftigen Schluck und spürte, wie ihm der kühle Gerstensaft die Kehle hinab lief.

Er konnte nicht genau sagen, wann sein Lebensweg einen Knick bekommen hatte. Nach dem Abitur und seiner Bundeswehrzeit hatte er Betriebswirtschaftslehre studiert. Nach zwölf Semestern beendete er das Studium mehr schlecht als recht, aber immerhin mit einem Abschluss als Diplom-Kaufmann. Vier Monate und über 80 Bewerbungen später fand er schließlich einen Job bei einer zweitklassigen Unternehmensberatung. Am letzten Tag seiner Probezeit rief der Chef ihn in sein Büro. Es täte ihm leid, aber zum einen hätte er zu wenig Neukunden akquiriert, zum anderen beschwerten sich Bestandskunden direkt beim Chef über seine Arbeit. Ihm gegenüber hatten diese Kunden nie Kritik geäußert. Somit bliebe seinem Chef keine andere Wahl. Die Firma würde ihn nicht in ein unbefristetes Arbeitsverhältnis übernehmen, wofür er auf sein Verständnis hoffte. Wortlos verließ er daraufhin das Büro. Er brachte keinerlei Verständnis für diese Entscheidung auf, zumal genau dieser Chef ihn in einer Zwischenbeurteilung nach drei Monaten noch in den höchsten Tönen gelobt hatte. Er wünschte ihm die Pest an den Hals und eine möglichst schnelle Firmenpleite. Um sich über Wasser zu halten, fuhr er Taxi. Nach regelmäßigen Zwölf-Stunden-Schichten konnte er lediglich seine Miete bezahlen und seine monatlichen Fixkosten decken. Mehr war nicht drin. Je länger dieser Zustand andauerte, desto schwerer fiel es ihm, die Lücke in seinem Lebenslauf zu erklären. Ein länger als üblich dauerndes Studium, seine erste Festanstellung nach sechs Monaten beendet – jeder Personaler wusste, er hatte die Probezeit nicht überstanden – und aktuell Taxifahrer, das konnte er in seiner schriftlichen Bewerbung nicht gut verkaufen. Keiner hätte das gekonnt. Er fand erst wieder eine Anstellung, als er das Taxifahren verschwieg und angab, selbständig als Unternehmensberater zu arbeiten. Dabei lernte er ausgefeilt zu lügen; nannte Kunden, Aufträge, Erfolgsgeschichten, die er nie hatte. Nach nur einem Jahr feuerte ihn die neue Firma, als sie mit einem seiner angeblichen Kunden sprach, der natürlich noch nie etwas von ihm gehört hatte.

Aus einer Schublade im Wohnzimmer nahm er ein kleines rotes Grablicht nach dem anderen und zündete sie der Reihe nach an, bis der gesamte Teppich mit Kerzen übersät war.

Bevor er das Deckenlicht löschte, schaltete er die Stereoanlage ein. Aus den Boxen dröhnte ein morbides Lied von *Lacrimosa* mit dem Titel *Reißende Blicke*. Mit seinem Bier in der Hand setze er sich auf den Fußboden und schaute gegen die kalte Wand. »*Ich sitze im Kino meines Lebens. Alle Plätze sind belegt. Mein Platz ist nur ein Notsitz* …« Der Sprechgesang drückte treffend aus, wie er sich fühlte. »… *ich blicke in die Menge, das ganze Kino lacht* …«

Über seinen weiteren beruflichen Weg wollte er nicht mehr nachdenken. Wobei von Weg nicht die Rede sein konnte, eher von Schotterpiste. Weder vom Taxifahren noch von einem weiteren Aushilfsjob bei einer Schnellimbisskette berichtete er seinen Eltern. Für sie hielt er die Fassade des erfolgreichen Unternehmensberaters aufrecht. Zum Glück wohnten seine Eltern mehrere hundert Kilometer von ihm entfernt. Sein Vater, der Chef der Kommunalverwaltung seines Heimatortes, berichtete voller Stolz über die vermeintlichen Erfolge seines Zöglings. Er wusste nicht, wie er es ihm hätte beibringen sollen. Einmal stellte er sich vor, er hätte es ihnen offenbart. Was hätte sein alter Herr auf die Frage seiner Mitarbeiter: »Was macht Ihr Sohn nach dem Studium heute?« antworten sollen?

»Ach, wissen Sie, nach sechs langen Jahren Studium fährt er nun eifrig Taxi.« Diese Schande wollte er ihm ersparen.

Was ihn noch viel mehr als sein berufliches Pech ins Selbstmitleid trieb, war die Tatsache, dass er noch nie eine richtige Freundin im Sinne von fester Beziehung gehabt hatte. Kaum eine Frau, für die er sich interessierte, nahm ihn wahr. Er sah nicht besonders schlecht aus – eher durchschnittlich. In der Gegenwart von Frauen brachte er kein vernünftiges Wort heraus. Einmal nahm er in einer Diskothek allen Mut zusammen, verhaspelte sich jedoch bei dem einen Satz, den er sich lange vorher überlegt und mantraartig vor sich hingemurmelt hatte. Die Frau reagierte mit schallendem Gelächter, das ihn bis ins Mark traf. Er hoffte damals, dass kein anderer seinen hochroten Kopf sah, mit dem er fluchtartig die Tanzfläche verließ.

Er trank einen Schluck Bier und wischte sich eine Träne aus dem Augenwinkel. Im Internet bereiteten ihm die Konversationen mit Frauen keine Schwierigkeiten. Erstaunlicherweise kam die Frage, was er beruflich mache, von fast jeder Frau beim Erstkontakt. Im Erfinden von Lügengeschichten verstand er sich inzwischen. Von beruflich erfolgreichen Männern fühlten sich alle Frauen angezogen. Wahlweise gab er sich als Arzt oder Rechtsanwalt aus. Die große Kunst bestand darin, sich immer wieder zurückzuziehen. Er begründete es mit vielen Überstunden, wenn er sich lange Zeit nicht mehr bei einer gemeldet hatte. Das machte ihn interessant und begehrenswert.

Er stand mit vielen Frauen im Forum gleichzeitig in Kontakt, ohne dass sie voneinander wussten. Es gab Abende, da hatte er fünf Chatfenster parallel geöffnet und kam mit der Beantwortung der Fragen nicht hinterher. Die eine oder andere ungeduldige Dame fasste sein Verhalten als Missachtung auf. Keine gab das Schreiben mit ihm gänzlich auf. Obwohl sie es niemals zugegeben hätten, reizte sie genau dieses Zögerliche. Männer, die sich aufdrängten, gab es im Forum genug. Dosiert schrieb er jeder Frau, wie einzigartig er sie fand. Dass er so etwas wie mit ihr noch nie erlebt hätte. Eine seiner Lieblingsformulierungen lautete: »Normalerweise bin ich gar nicht so, aber bei dir …« Jede Frau wollte als Königin behandelt werden, als sei sie die einzige im gesamten Land. Selbst wenn eine seiner Chatpartnerinnen ein persönliches Treffen vorschlug, lehnte er entschuldigend ab und schob zu viel Arbeit vor. Vor diesem Schritt hatte er tatsächlich Angst, ihnen von Angesicht zu Angesicht gegenüber zu treten. Angst davor, keine Worte zu finden oder, was er noch schlimmer fand, sich zu verhaspeln. Als Nebeneffekt begehrten sie ihn intensiver als zuvor. Eine bettelte sogar darum, ihn endlich sehen zu können.

Bisher hatte er zwei von ihnen tatsächlich getroffen. Die Begegnungen nahmen einen anderen Verlauf als geplant. Er trank sein Bier aus und dachte über seinen Entschluss nach, den er bereits vor einiger Zeit gefasste hatte. Er würde Frauen nicht weiter im Internet anschreiben, sondern sie zunächst aus sicherer Entfernung in der realen Welt beobachten.

***

Der kräftige Wind spielte mit dem Laub, wirbelte es durch das Unterholz. Das Absperrband der Polizei flatterte so heftig, dass Paul ein Summen hörte, ähnlich dem Geräusch, das entstand, wenn er mit seinem Sohn Tom am Deich in Dangast einen Drachen steigen ließ.

Um den Tatort nicht zu kontaminieren zogen Lisbeth und Paul blaue Einmal-Schuhüberzieher sowie Einmal-Handschuhe an. Ein Kollege der Spurensicherung zeigte ihnen mit einem Handzeichen, von welcher Seite sie sich der Leiche nähern sollten.

»Moin zusammen. Ich hatte gehofft, wir würden uns nicht so schnell wiedersehen«, begrüßte sie Dr. Janssen, »wenn es hier nicht so stark wehen würde, wäre die Leiche möglicherweise erst in ein paar Tagen oder Wochen entdeckt worden. Sie muss vollkommen mit einer dicken Schicht Laub bedeckt gewesen sein. Die Spaziergängerin, die sie gefunden hat, sah jedoch das blasse Schienbein der Toten, das der Wind wohl freigelegt hatte.«

Das Opfer war bis auf das beigefarbene T-Shirt, welches mit Blutflecken übersät war, völlig unbekleidet. Paul hätte am liebsten eine Decke genommen, um zumindest die untere Körperhälfte zu bedecken. Mit zur Seite gedrehtem Gesicht lag sie dort mit weit geöffnetem Mund, als hätte sie bis zuletzt geschrien oder noch etwas sagen wollen.

»Was ist mit den anderen Kleidungsstücken und den Schuhen?«

»Bisher konnten wir nichts finden.«

Paul schätzte die Tote auf Mitte 30. Der Wind zerrte an ihren schulterlangen, schwarzen Haaren. Sie schien regelmäßig Sport getrieben zu haben.

Der Leiter der Rechtsmedizin ging in die Hocke und deutete auf den Bauch der Leiche. »Zwei Messerstiche, an denen ist sie verblutet.« *Wie Tamara Renken*, fügte Paul in Gedanken hinzu.

»Es ist zwar noch zu früh, so etwas zu sagen, doch die fehlende Kleidung deutet auf ein Sexualdelikt hin. Ob der Täter sie vergewaltigt oder es versucht hat, kann ich erst nach der Obduktion sagen. Sehen Sie die kleinen Hämatome?« Er deutete auf die Innenseite der Oberschenkel. »Sie muss versucht haben, sich zu wehren. Weitere Hämatome hier im Bereich der Handgelenke. Vermutlich hat der Täter ihr die Hände gewaltsam auf den Boden gedrückt.«

»Was ist das da am Hals?«, schaltete sich Lisbeth ein.

»Ich vermute, unser Täter hat sie mit einer Hand gewürgt.« Dr. Janssen hielt seine Hand nur wenige Zentimeter vor den Hals des Opfers, um den Würgegriff anzudeuten.

Wenn es derselbe Täter war, war er dieses Mal weiter

gegangen als bei Tamara Renken, die er vermutlich aus einem Affekt heraus tödlich verletzte. Er hatte nicht mehr hektisch auf sie eingestochen, sondern versucht, sie gefügig zu machen, um sie zu vergewaltigen. Vielleicht wehrte sie sich zu heftig, er ließ von ihr ab und erstach sie dann, um die versuchte Vergewaltigung zu vertuschen.

»Ist sie hier umgebracht worden?«, hakte Lisbeth nach.

»Mit ziemlicher Sicherheit nicht. Wir fanden kein Blut neben oder unter der Leiche. Zudem haben wir eine Schleifspur gefunden. Er hat die Leiche aus Richtung der Straße bis hierher geschleift.«

»Wieso wurde bei der Toten eine Visitenkarte von dem Fitnessstudio gefunden, wenn sie nichts außer diesem T-Shirt trägt?«, fragte Lisbeth gestikulierend.

Reinhard Janssen erhob sich schwerfällig. Im Lauf der Jahre hatte er einige Kilos zugelegt. Er zuckte mit den Schultern »Sehr gute Frage, die ich mir bereits selbst gestellt habe.«

»Wo haben Sie die Karte gefunden?«

»Als wir die Leiche von dem Laub befreiten, war sie zwischen dem Gesäß und dem Erdboden eingeklemmt.«

Lisbeth stemmte ihre Hände in die Hüften. »Soll das etwa heißen, der Täter hat sie selbst dort hinterlegt, wie einen Werbeartikel, den man zwischen Windschutzscheibe und Scheibenwischer befestigt?«

»Für mich gibt es nur zwei mögliche Erklärungen.« Lisbeths Augen und die des Rechtsmediziners richteten sich auf Paul. »Entweder ihm ist die Visitenkarte aus der Tasche gefallen«, an diese Variante glaubte er nicht, »oder der Täter will uns damit etwas mitteilen.«

***

Zwei getötete Frauen innerhalb weniger Tage versetzten nicht nur die Polizeiinspektion in Oldenburg in Aufregung. Spätestens morgen, wenn die Nordwest-Zeitung einen entsprechenden Artikel drucken würde, käme Unruhe in der Bevölkerung auf. Der öffentliche Druck und die Rufe nach dem Schuldigen würden nicht ausbleiben. Das wusste der Leiter der Soko *Tankstelle*, Paul Schweigert, nur zu genau. Die Staatsanwaltschaft, in deren Auftrag seine Leute bereits mit Hochdruck ermittelten, würde schnell belastbare Ergebnisse sehen wollen.

Paul saß zusammengesunken in seinem Ledersessel und resümierte für sich die jüngsten Ereignisse. Nachdem über ein Jahr keine aufsehenerregenden Tötungsdelikte vorgelegen hatten, kamen zwei Frauen in etwa demselben Alter gewaltsam zu Tode. Beide wurden mit einem Messer abgestochen. Um mit Sicherheit sagen zu können, ob es sich um denselben Täter handelte, müssten sie den Bericht von Dr. Janssen abwarten. Paul stand auf und trat auf die Landkarte zu, die das Stadtgebiet Oldenburg sowie das Ammerland zeigte, ihr Zuständigkeitsbereich. Zwei rote Markierungsfahnen steckte er exakt an die Fundorte der Toten. Keine 20 Kilometer Entfernung zwischen den beiden Orten, schätzte Paul. Er bezog das Gymnasium in Jaderberg und das Fitnessstudio mit in seine Überlegungen ein. Mit einem Edding malte er einen Kreis, der alle vier Punkte und die Wohnung von Tamara Renken in Hahn-Lehmden umschloss.

»Wo wohnst du? Wo arbeitest du?«, sagte er laut vor sich hin, obwohl er sich allein im Büro befand. »Du bist aus dieser Gegend. Du kennst dich sehr gut aus.«

Paul erschrak, als die Tür aufgerissen wurde und Lisbeth ins Zimmer stürmte.

»Wir wissen jetzt, wer die Tote ist: Gesa Wiemken, 32 Jahre. Ihr Vater hat sie heute Morgen als vermisst gemeldet. Sie wohnte in Etzhorn.« Paul nickte, nahm den Telefonhörer ab und wählte eine Nummer in Hannover.

»Kriminalhauptkommissar Schweigert aus Oldenburg, moin, könnte ich bitte mit Herrn Meyerhoff sprechen?« Paul verlagerte das Gewicht von einem Bein auf das andere, während sein Gesprächspartner antwortete. »Ja, es ist dringend«, sagte Paul laut.

»Das ist mir egal, vor wem er gerade einen Vortrag hält.« Ohne es zu wollen, wurde Paul noch lauter. »Welchen Buchstaben des Wortes d-r-i-n-g-e-n-d verstehen Sie nicht?«

Lisbeth drückte die flache ausgestreckte Hand nach unten. Ihre Lippen formten tonlos das Wort *ruhig*.

Paul verdeckte die Sprechmuschel und sagte leise zu Lisbeth: »Sie holt ihn. Geht doch!«

»Ja, Axel, wir brauchen dich hier. Zwei tote Frauen innerhalb weniger Tage, beide erstochen. Wann du hier sein sollst? Möglichst gestern.« Der renommierte Fallanalytiker des LKA Hannover hatte ihnen mehr als einmal wertvolle Dienste geleistet.

»Axel Meyerhoff werden wir wirklich brauchen.« Lisbeth zog ihre Jacke aus und hängte sie an den Garderobenständer. Sie strich sich eine Strähne aus dem Gesicht. »Gehen wir mal davon aus, es handelt sich um denselben Täter, dann könnte uns mein Lehrgang beim BKA in Wiesbaden eventuell weiterhelfen.«

Paul sah Lisbeth verwundert an. »Wie meinst du das?«

»Auf der Grundlage der Precobs-Software, die in Zürich entwickelt wurde und mit erstaunlich gutem Erfolg vorhersagen kann, wo in Zukunft in Wohnungen eingebrochen wird, entwickeln Spezialisten vom BKA gerade eine Software, die bei Serientätern, also bei Mord, eingesetzt werden soll.«

Paul zog die Augenbrauen nach oben, nickte dann anerkennend.

»Das ganze Projekt befindet sich momentan noch in der Erprobungsphase. Die Idee, die dahintersteckt, sind wiederkehrende Muster. Bei Einbrüchen in Zürich fütterten die Verantwortlichen das System mit allen möglichen Daten aus den letzten sieben Jahren. Tatort, Tatzeit, Beute und Vorgehensweise. Die Ermittler können so, wenn eingebrochen wurde, mit einer siebzigprozentigen Wahrscheinlichkeit davon ausgehen, dass innerhalb der nächsten sieben Tage in der unmittelbaren Gegend erneut eingebrochen wird.«

Paul setzte sich auf den Rand seines Schreibtisches, zog die Stirn in Falten und sagte: »Langsam, langsam. Also wir haben auch schon früher Verbindungen zu ähnlichen Fällen, was Opfer, Tathergang, Tatwerkzeuge angeht, geprüft. Das bezog sich bisher alles auf die Vergangenheit. Vielleicht hatte ein Täter in Süddeutschland gemordet und wurde dann versetzt. Hat es alles schon gegeben. Aber du willst mir jetzt nicht ernsthaft erzählen, dass ein Computer uns vorhersagen kann, wo und wer übermorgen ermordet wird?«

»Doch, im Prinzip schon.«

Paul ging um den Schreibtisch herum, fuhr sich durch die Haare und setzte sich. Keine noch so ausgeklügelte Software würde je einen erfahrenen Ermittler ersetzen. Im ersten Moment stand er der ganzen Idee skeptisch gegenüber. Ihm gingen Bilder aus dem Kinofilm *Minority Report* mit Tom Cruise durch den Kopf. Drei unter Medikamenten stehende hellseherisch begabte Menschen sahen zukünftige Morde vorher. Die potentiellen Täter wurden aufgrund dessen noch vor der Tat verhaftet und ohne jeden Gerichtsprozess aus dem Verkehr gezogen. Eine erfolgreiche Vision aus der Traumfabrik Hollywood in Los Angeles, die nicht viel mit der Leitung einer Sonderkommission in Oldenburg gemein hatte.

»Was, wenn uns diese Software nun sagt, morgen wird in Wechloy eine Frau zwischen 30 und 40 mit bestimmtem Aussehen und bestimmten Hobbys erstochen. Sollen wir dann den gesamten verdammten Stadtteil in Schutzhaft nehmen? Oder ihn hermetisch abriegeln?«

»Natürlich nicht. Wie gesagt, Precobs Homicide ist eine Beta-Version, noch in der Entwicklung. Denk an die operative Fallanalyse. Vor 40 Jahren kannte die kaum einer in Deutschland. Ausgehend von den Profilern vom FBI haben wir eine Menge gelernt«, Lisbeth zeigte aus dem Fenster, als wolle sie in Richtung Hannover zeigen, »du hast gerade Axel Meyerhoff vom LKA angefordert.«

In einer entwaffnenden Geste zeigte Paul Lisbeth die Innenflächen seiner Hände. »Okay, okay. Du hast gewonnen. Es kann nichts schaden, sich damit zu befassen.« Er deutete auf ihr Telefon. »Ruf deinen Kontakt beim BKA an, wir füttern deren Computer mit unseren Daten.«

Lisbeth grinste triumphierend und nahm den Hörer ab.

»Alles unter Vorbehalt. Wir werden die Ergebnisse abwarten, diese zusammen mit Axel Meyerhoff auswerten. Wer weiß, vielleicht taugt das Ding wirklich etwas.«

Während Lisbeth die Nummer eintippte, klopfte es an der Tür.

»Ja?«

Frank Albers öffnete die Tür und trat ein. »Das Ergebnis der DNA-Analyse von dem Haar, das wir bei Tamara Renken gefunden haben, ist da. Ein Abgleich mit den einschlägigen Datenbanken brachte keinen Treffer.«

»Das wäre wohl auch zu schön gewesen.«

»Wir wissen jetzt, es handelt sich um eine männliche DNA.«

Paul fuhr sich mit der flachen Hand über die Wange. »Könnte es von dem Tankstellenmitarbeiter stammen, der sie kurz vor ihrem Tod fand?«

»Nein«, mischte sich Lisbeth ein und unterbrach ihr Telefonat. »Warten Sie bitte einen Moment.« Lisbeth drückte eine Taste. »Jan Schubert ist blond, wir haben ein schwarzes Haar gefunden.« Sie drückte dieselbe Taste erneut und setzte ihr Telefonat fort.

Paul zeigte sich beeindruckt davon, was diese Frau so alles mitbekam und nebenbei machte.

»Frank?« Sein Kollege hatte sich bereits umgedreht und war

im Begriff, das Büro zu verlassen.

»Ja, Chef?« »Kopiere doch bitte alles, was wir bis jetzt in beiden Fällen zusammengetragen haben und hinterlege es für Axel Meyerhoff am Empfang.«

»Betrachte es als erledigt.«

»Wie ich Axel kenne, wird er sich heute Abend und die ganze Nacht einarbeiten wollen.«

Kapitel 9

Gerade rechtzeitig kam er nach Hause, um seine Kinder vor dem Schlafengehen noch zu sehen.

»Du hast Glück, Tom und Levke machen sich gerade bettfertig«, begrüßt ihn Wiebke und küsste ihn liebevoll. »Siehst ganz schön fertig aus, wenn ich das sagen darf.«

Paul schälte sich aus seiner Jacke. »Wir haben inzwischen eine zweite Tote.«

»Oh nein.«

»Lass uns bitte über was anderes reden. Wie war es im Fitnessstudio?« *Jetzt redest du indirekt doch über die Arbeit.*

Wiebke antwortete aus der Küche: »Och, für den Anfang war es gar nicht schlecht. Ich bin froh, mich überwunden zu haben. Der erste Schritt ist gemacht.« Sie lächelte ihn an.

Erzähl ihr bloß nichts von der Visitenkarte. Sonst geht sie da nicht mehr hin.

»Erstaunlich, dass du heute erst danach fragst.«

Kann sie Gedanken lesen?

Beiläufig schaltete Wiebke zwei Herdplatten an und begann in einem Suppentopf zu stochern. »Bring die beiden Rabauken ins Bett. Wenn du zurück bist, gibt es leckeren Grünkohl.«

Als Paul den ersten Schritt auf die Buchenholztreppe setzte, sah er, wie Tom vorwitzig mit der Zahnbürste im Mund aus dem ersten Stock hervor lugte. Sein Sohn nuschelte etwas, das er nicht verstand. Da Tom in Richtung seines Zimmers zeigte, vermutete Paul, dass er »Ich muss dir gleich noch was zeigen« gesagt hatte.

»Zuerst putzt du anständig zu Ende. Dann kannst du mir etwas zeigen, ja?« Toms Augen strahlten. Er nickte eifrig und lief ins Bad. Bevor er sich um Tom kümmerte, ging er in Levkes Zimmer. Das kleine Lämpchen auf ihrem Nachtkästchen leuchtete. Levke musste gerade eingeschlafen sein. Paul wusste nicht, ob er sich ärgern oder freuen sollte. Sie lag halb zugedeckt auf der Seite, während sie fast ihren braunen Teddy erwürgte. Geräuschlos deckte Paul sie zu, strich ihr eine blonde Strähne aus dem Gesicht und küsste sie auf die Stirn. »Träum schön, meine Süße«, flüsterte er, ging in Richtung Flur und warf noch einen Blick zurück. Wie friedlich sie in ihrem Bettchen lag. Vorsichtig lehnte er die Tür an. In diesem Augenblick rannte Tom mit Kriegsgeheul auf ihn zu.

»Pssssst!« Er hob ihn hoch und drückte ihn. »Sei leise, Levke schläft schon.«

In verschwörerischem Tonfall flüsterte Tom: »Ich habe ein Lego-Raumschiff gebaut. Das musst du sehen!«

»Dann lass uns in dein Zimmer gehen.«

Tom überholte sich selbst beim Sprechen. Mehrmals ermahnte Paul ihn, indem er den Zeigefinger auf seine Lippen legte. Diese Begeisterungsfähigkeit, wie nur ein Kind sie aufbringen konnte, erweichte Pauls Herz. Ohne einen negativen Gedanken zu verschwenden, plapperte er inbrünstig drauflos. Beneidenswert.

»Dein Kampfstern ist große Klasse. Da muss sich die dunkle Seite der Macht warm anziehen. So, Zeit fürs Bett.«

»Aber, aber ich muss dir auch noch was über R-zwo D-zwo

sagen, der hat nämlich … da gibt es ein tolles Heft …«

»Das erzählst du mir morgen.«

Tom kletterte brav in sein Bett. »Darf ich wenigstens noch ein bisschen im Clone-Wars-Heft blättern?«

»Gut, zehn Minuten, aber dann machst du das Licht aus, okay?«

Tom nickte zufrieden und war bereits in sein Heft vertieft, als Paul ihm einen Gute-Nacht-Kuss gab.

***

Im Wohnzimmer duftete es nach Grünkohl, Kochwurst und Pinkel.

»Ich habe vorhin schon mit den Kindern gegessen. Lass es dir schmecken, Schatz.«

Bevor Paul aus Frankfurt nach Friesland gezogen war, hatte er noch nie Grünkohl gegessen. Mittlerweile liebte er die *Oldenburger Palme*. Er hatte keine Ahnung, wie dieser Begriff für den Grünkohl entstanden war, ebenso wenig wie der Begriff *Pinkel* für die grobkörnige Grützwurst. Zusammen mit scharfem Senf bereitete es ihm vorzügliche Gaumenfreuden.

»Morgen gehe ich wieder ins McFit. Meine Mama hat Zeit und es tut mir gut, wenn ich mal rauskomme.«

Um sich seine Verwunderung nicht anmerken zu lassen, stopfte er sich schnell eine zweite Gabel voll Grünkohl in den

Mund.

»Dir scheint es ja zu schmecken.«

Paul nickte artig, während er kaute.

»Du sagst, ihr habt noch eine Tote. Hängen die beiden Fälle zusammen?«

Paul zuckte mit den Achseln. »Können wir noch nicht sagen. Ich vermute, ja. Beide Opfer zwischen 30 und 40, beide sind erstochen worden.« Wiebke mischte ihm eine Apfelsaftschorle. Plötzlich kam ihm das blasse Gesicht der toten Gesa Wiemken in den Sinn. Hatte sie der Täter in seine Wohnung gelockt? War sie ein zufälliges Opfer? Musste sie sterben, weil sie sich zu heftig gewehrt hatte? »Axel Meyerhoff unterstützt uns wieder bei den Ermittlungen. Das wird ein langer Tag morgen.« Um das Thema zu wechseln, fragte er: »Was gibt es zum Nachtisch?«

Seine Frau grinste verschmitzt. »Ich wüsste da schon was.«

***

Wasser befand sich bereits in der Kaffeemaschine, als Paul einen Papierfilter knickte und in die Halterung steckte. Der Geruch des frischen Kaffeepulvers stieg ihm in die Nase. Er drückte den Kippschalter. In diesem Moment klopfte es an der Tür.

»Ja, bitte?«

Ein alter Bekannter trat ein. Nicht der perfekt gezwirbelte

Schnauzbart war das erste, was Paul an Axel Meyerhoff auffiel, die Augenränder waren es. Wenn er den Fallanalytiker aus Hannover nicht kennen würde, hätte Paul vermutet, Axel hätte die Nacht mit viel Alkohol oder Drogen durchgezecht.

»Moin, Axel, schön, dich zu sehen. Noch schöner, dass du dich so kurzfristig loseisen konntest.« Paul streckte ihm die Hand zu Begrüßung entgegen.

»Moin, Paul.« Axel schüttelte ihm die Hand, zog danach seinen Mantel aus und legte diesen über einen Stuhl.

»Mein Seminar dauert noch ein paar Tage. Ein Kollege übernimmt die Seminarleitung. Schließlich haben echte Kriminalfälle immer Vorrang.« Die in die Jahre gekommene Kaffeemaschine röchelte vor sich hin. »Diese Unterlagen«, er hielt den Ordner mit den kopierten Berichten demonstrativ in die Höhe, »fesselten mich von der ersten Seite an.«

»Du siehst aus, als hättest du nicht viel geschlafen die letzte Nacht, wenn ich das frech so sagen darf.«

»Nicht eine Minute.«

Paul zog respektvoll die Augenbrauen hoch. Die ganze Nacht durchgearbeitet. Trotzdem stand er mit adrett gekämmten Haaren und einem sauber gebügelten Oberhemd vor ihm. Er roch gut nach maritim-frischem Aftershave.

»Natürlich befinden wir uns in einer frühen Ermittlungsphase. Der Obduktionsbericht vom zweiten Opfer steht noch aus. Ebenso die Beleuchtung des näheren Umfelds von Gesa Wiemken. Die Tatwaffe wurde bisher noch nicht gefunden, vorausgesetzt, es handelt sich um dasselbe Stichwerkzeug.«

Die Kaffeemaschine hatte zu Ende geröchelt. Während Paul den Ausführungen folgte, füllte er eine Tasse mit der Aufschrift: *Was ist ein Polizist im Bau? Ein Sitting Bull* und reichte sie Axel. »Immer noch schwarz, oder?«

»Ja, danke.« Axel Meyerhoff pustete über die Tasse und nahm vorsichtig einen Schluck. »Heiß und stark, so muss er sein.«

Auch auf Pauls Tasse stand etwas. Vorne: *Polizei* und auf der Rückseite: *Wir machen auch Hausbesuche.* Er trank seinen Kaffee mit Milch und Zucker.

»Was ich sagen will, für eine umfassende Analyse oder gar ein Täterprofil ist es noch viel zu früh.«

»Ich wusste, du würdest das sagen. Was glaubst du: Handelt es sich um ein und denselben Täter?«

Axel holte tief Luft, wollte etwas sagen, formte seine Lippen, stockte dann jedoch.

»Ich weiß, alles nur vorläufig und noch nicht beweisbar.«

»Genau. Es spricht einiges dafür. Wenn wir mal einen Moment davon ausgehen, es wäre *ein* Täter, dann ging er beim zweiten Mal besonnener vor. Ich möchte wetten, bei Tamara Renken hat er zum ersten Mal getötet.«

»Moin zusammen.« Lisbeth kam zur Tür herein, mit einem Gesichtsausdruck, der für sehr schlechte Laune sprach.

»Moin, Lissi. Welche Laus ist dir denn über die Leber gelaufen?«

»Einfach schlecht geschlafen.« Sie warf ihr Schlüsselbund auf den Schreibtisch. »Hey, Axel, schön, dich wieder bei uns zu haben.« Paul kannte Lisbeth in- und auswendig. Ihre plötzliche Freundlichkeit war nur aufgesetzt. Sie wollte nicht über den Grund für ihre schlechte Laune reden, schon gar nicht vor einem Kollegen vom LKA. Deshalb hakte Paul nicht weiter nach. »Wie ich sehe, hast du dich mit unseren Fällen schon vertraut gemacht.«

»Selbstverständlich. Ich bin fasziniert von den vorliegenden Informationen und Hinweisen.«

»Er geht von einer Serie aus.«

Axel hob abwehrend die Hand. »Das habe ich so nicht gesagt ...«

»Natürlich würde er uns das in diesem frühen Stadium der Ermittlungen nicht unterschreiben.« Paul legte seine Hand kurz auf die Schulter des Fallanalytikers. »Nicht wahr, Axel?«

»Absolut richtig. Von einem Serientäter können wir wirklich noch nicht sprechen. Das, was wir bis jetzt wissen«, er deutete auf die Akte, »lässt bei mir eine Alarmglocke schrillen. Ich rechne mit weiteren Taten. Wann bekommen wir den Obduktionsbericht?«

»Im Laufe dieses Vormittags. Das hat uns die Rechtsmedizin zugesichert.«

Inzwischen saß Lisbeth auf ihrem Schreibtischstuhl und stützte sich mit ihren Ellenbogen auf dem Tisch ab. Dabei berichtete sie von ihrem BKA-Seminar in Wiesbaden. Sie beschrieb den aktuellen Stand der Beta-Version und nannte den Namen des Beamten, der für das Projekt verantwortlich war.

»Ruben Lannert leitet das Projekt? Guter Mann,

hervorragender und erfahrener Polizist. Ich durfte schon wegen einer anderen Sache mit ihm zusammenarbeiten. Ich wünschte, die Software wäre schon einige Jahre weiterentwickelt und durch mehr Daten und Testreihen validiert worden.«

»Das wäre sicherlich besser. Immerhin haben wir die volle Unterstützung von Ruben Lannert. Einen detaillierten Fragenkatalog hat er mir bereits geschickt. Diese Software will ziemlich viel wissen. Selbst nach Mordfällen, die Jahre zurückliegen und in unserer Region begangen wurden, wird geforscht.«

Mit großem Interesse folgte Axel Meyerhoff den weiteren Ausführungen Lisbeths über Dinge, die nicht in den Polizeiberichten vermerkt waren. Den subjektiven Eindrücken von Tamara Renkens Wohnung, von ihren Eltern, vom Lehrerkollegium. Abschließend erläuterte Paul an der Karte den Tatort an der Tankstelle beziehungsweise den Fundort der Leiche von Gesa Wiemken. Der Fallanalytiker suchte sich die entsprechenden Tatortfotos heraus, hängte jeweils eines davon an die Karte.

»Nichts kann jedoch den Besuch eines Tatortes ersetzen. Da muss ich selbst hinfahren. Konnte der Täter von Gesa Wiemken von der Straße aus gesehen werden? Warum gerade dort? Ich will verstehen, wie der Täter denkt.« Mit seiner rechten Hand zwirbelte Axel seinen voluminösen Schnauzbart. »Eine Frage treibt mich derzeit am meisten um: Wo ist die Verbindung zwischen Tamara Renken und Gesa Wiemken?«

***

Er blätterte eine Hochglanzbroschüre durch. Gut gebaute Männer und Frauen blickten ihn mit einem strahlenden Lachen an. Versprachen, für einen geringen Monatsbeitrag könne er sein Leben ändern, indem er an seiner Fitness arbeitete. Das wollte er, sein Leben ändern. Doch sicher nicht so, wie sich das ein Werbetexter vorstellte. Ein zweijähriger Vertrag machte nur den Betreiber der Fitnesskette reich und glücklich. Das wusste er. Als Unternehmensberater hatte er sich die Geschäftszahlen einer kleinen Kette angesehen. Jeder zweite Kunde brach seine regelmäßigen Besuche nach wenigen Wochen ab.

Nach dem ersten überschäumenden Elan und besten Vorsätzen folgten die typischen Ausreden für ihr schlechtes Gewissen, warum sie heute nicht ins Studio gingen: Draußen ist es kalt. Ich habe Muskelkater. Ich fühle mich nicht gut. Ich habe noch viele andere Dinge zu erledigen. Meine Familie braucht mich. Morgen gehe ich bestimmt wieder hin. Es trat kaum einer von seinem Vertrag zurück, da bei den meisten Studios dafür wichtige Gründe wie Krankheit, Arbeitsplatzverlust oder Schwangerschaft vorliegen mussten. Viele wollten sich gar nicht mehr mit diesem Thema befassen. Schließlich bewies ja der monatliche Betrag den guten Willen. Man wollte doch regelmäßig Sport treiben. Gewissen beruhigt – Thema erledigt.

Eine schlanke, theatralisch gut gelaunte junge Dame am Empfang hatte ihm die Broschüre in die Hand gedrückt und ihm versichert, wenn er noch Fragen hätte, könnte er sich jederzeit an sie wenden. Nun saß er an einem Tisch mit vier Designerstühlen. Dort, wo die Mitglieder nach dem Training Elektrolytgetränke zu sich nahmen. Sie sollten auf jeden Fall isotonisch sein und einem genau die Art von Flüssigkeit zurückgeben, die man durch das Schwitzen verlor. Das einzige isotonische Getränk, das er zu sich nahm, war Bier. Seine Durchschnittlichkeit hatte auch etwas Gutes. Mit seiner mittelmäßigen Figur, seiner mittelmäßigen Kleidung und seiner mittelmäßigen Ausstrahlung nahm ihn niemand bewusst wahr. Keine Frau, die diesen Sporttempel betrat, interessierte sich für ihn. Kein Stammgast fragte, wer der Neue auf dem Stuhl sei. Er konnte ungeniert beobachten. Notizen würde er sich später machen. Ein Notizbuch oder ein Laptop würden auffallen. Sein Interesse galt allen Frauen, die alleine das Fitnessstudio betraten oder verließen. Normal wäre gewesen, eine Frau, für die er sich interessierte, einfach anzusprechen. Sie vielleicht auf ein Getränk einzuladen. Er war nicht normal. Denn er wusste nicht, wie er es anstellen sollte.

»Bist du öfter hier?« »Kannst du mir deine Telefonnummer geben? Ich habe meine verloren.« oder: »Kennen wir uns nicht von irgendwoher?« kamen ihm nicht nur albern, sondern sogar selten dämlich vor.

Inzwischen hatte er sich damit abgefunden. Er suchte sich Frauen aus. Seine Opfer. Arglose, alleinstehende Frauen. Schließlich trugen sie die Schuld. Warum sprachen die Frauen ihn nicht an? Warum interessierten sie sich nicht für ihn? Sie behandelten ihn wie Luft. Dafür sollten sie bezahlen. Sie würden ihn auf seine Weise kennenlernen.

Lange hatte er darüber nachgedacht, zu einer Prostituierten zu gehen. Er könnte sie für seine Sonderwünsche bezahlen. Vorausgesetzt, er fand eine, die verrückt genug war, ihm alles zu erfüllen. Eine Nutte würde Dinge machen, weil sie dafür sehr gut bezahlt wurde. Das Geld hatte er nicht. Zudem erregte ihn die Angst in ihren Augen. Keine Prostituierte könnte eine solche Angst vorspielen.

Sein erster Versuch, sich einer Frau zu bemächtigen, war grandios fehlgeschlagen. Wer hätte mit dem hysterischen Verhalten im Auto rechnen können, nur, weil er langsamer wurde, um rechts ran zu fahren. Bis dahin hatte er nichts Schlimmes gemacht, außer sie ins Auto zu bitten. Aus diesem

Fehler würde er lernen. Im ersten Moment war er vor sich selbst erschrocken, wie kaltblütig er zugestochen hatte. Irgendwie konnte sie aus dem Auto entkommen. Zunächst wollte er ihr folgen. Auch wenn es sehr spät abends war, hätte er in der bewohnten Nadorster Straße leicht auffliegen können. Er fuhr langsam davon, in der Hoffnung, sie würde nicht überleben und ihn beschreiben können. Wenn man dem Zeitungsbericht glaubte, erlag sie an einer Tankstelle ihren Verletzungen

Beiläufig sah er auf seine Armbanduhr. Wenn er sich länger als nötig im Foyer aufhielt, könnte es jemandem auffallen. Das wollte er unter allen Umständen vermeiden. Als er sich anschickte zu gehen, erregte eine gut aussehende Frau seine Aufmerksamkeit. Er hatte sie nie zuvor gesehen. Sie sprach zurückhaltend mit der jungen Dame vom Empfang. Wenn sie überhaupt geschminkt war, dann sehr dezent. Das kleine Bild eines Kindes am Schlüsselanhänger ließ ihn vermuten, hier die glückliche Mutter einer lieben Familie vor sich zu haben. Sie verkörperte alles, wonach er sich sehnte und passte perfekt in sein Beuteschema.

Kapitel 10

Immer und immer wieder starrte Lisbeth auf ihr Smartphone. Zum ersten Mal hatte sie die Kurznachricht am Frühstückstisch gelesen. Dabei war ihr der Löffel in ihre Müslischale gefallen. Um sicherzugehen, las sie die Nachricht erneut. Lisbeth vergewisserte sich dreimal, ob ihr Freund wirklich der Absender war. Das Ergebnis änderte sich auch nach der dritten Prüfung nicht: Philip Bartels. Ein schriller, lauter Schrei erfüllte die Küche. Hoffentlich weckte sie damit nicht ihre Nachbarn auf.

Kann es kaum erwarten, dich wiederzusehen, Liane.
Heiße Küsse. Dein P.

Vielleicht hatte ihm die Autokorrektur einen Streich gespielt und er wollte in Wahrheit *Lissi* tippen. Das *a* lag auf der virtuellen Tastatur direkt neben dem *s*. Sie tippte die Buchstaben *L* und *i* ein. Als automatische Ergänzung wurden die Worte *Liebe* und *liegt* von dem Programm vorgeschlagen. Es war also kein Versehen. Außerdem unterschrieb Philip nie mit *Dein P.* Entweder beendete er seinen Text mit einem Kussmund oder mit einem Herzsymbol. Wer zur Hölle war Liane? Wann und wo hatte er sie kennengelernt?

Nachdem sie ihre mit Milchspritzern bekleckerte Bluse gewechselt hatte, war sie im Büro auf ihren gut gelaunten Chef und Axel Meyerhoff getroffen. Sie hatte sich alle Mühe gegeben, die Gedanken an Philip zu verdrängen, professionell zu arbeiten. Ein wenig half die Flucht in die Arbeit. Um nicht aufzufallen, checkte sie ihr Handy auf dem Klo, als würde sich der Text ändern, wenn sie oft genug darauf schaute. Seit Tagen konnte sie ihren Freund nicht erreichen. Philip hatte keine Zeit für sie. Nicht mal genügend Zeit für ein paar liebe Worte. Kein Wunder, wenn er sich lieber um eine andere Frau kümmerte. Ein schlankes Mäuschen aus einem seiner Fitnesskurse, die er in Hamburg leitete. Vor ihrem geistigen Auge malte sie sich aus, wie sie das Naivchen spielte und so seinen Beschützerinstinkt weckte. Was sollte das Wort *wiedersehen* in seinem Text? Wie lange ging das schon so mit der zuckersüßen Liane? Allein schon der Name, als wenn sie sich mit ihren Armen an ihn heranschlängelte.

Normal wäre gewesen, ihn unverzüglich anzurufen und ihn zur Rede zu stellen. Sie hatte darauf verzichtet. Zum einen hatte er auf ihre früheren Anrufe nicht reagiert. Zum anderen fehlte ihr die Zeit für ein ausführliches Gespräch. Jetzt, nach dem späten Feierabend, hatte sie keine Ausrede mehr. Was würde dabei herauskommen? Billige Ausflüchte wie »Ich habe mich bloß verschrieben« oder »Mein Handy ist mir geklaut worden«. Vielleicht wollte Lisbeth sich einfach davor drücken, die bittere Wahrheit aus seinem Munde bestätigt zu bekommen. Indem sie nicht anrief, konnte sie sich immer noch einreden, es könnte doch ein Missverständnis sein. Wenn auch die Chancen sehr gering waren. Hektisch riss sie die Notfallpackung Zigaretten aus dem Schrank und befreite unbeholfen die Schachtel von der Folie. Das Alu-Papier schmiss sie achtlos auf den Couchtisch. Sie zitterte dabei wie ein Junkie. Nicht, weil sie auf Entzug war, sondern vor Wut. Noch im Wohnzimmer zündete sich die erste Zigarette an, nahm den ersten tiefen Zug und ging zum Balkon.

Draußen auf ihrem engen Balkon war es kalt. Sie trug keine Jacke und fror, ohne es zu merken. Auf der Straße fuhr ein Auto mit überhöhter Geschwindigkeit und quietschenden Reifen vorbei. Unter anderen Umständen hätte sie sich das Kennzeichen notiert. Sie starrte jedoch ununterbrochen auf ihr Smartphone. Das Nikotin verbreitete seine Wirkung in ihrem Kopf. Ihre schlechte Laune konnte es jedoch nicht vertreiben. Nach dem letzten kurzen Zug drückte sie den Stummel auf dem kalten Eisengeländer aus, kehrte zurück in die Wohnung und schloss die Balkontür. Zwei Jahre hatte sie nicht mehr geraucht. Dieser blöde Arsch aus Hamburg war schuld an ihrem Rückfall. Ausgerechnet einen Fitnesstrainer musste sie sich aussuchen. Sie schlug sich mit der Hand gegen die Stirn. Ein Fitnesstrainer! Das musste doch schiefgehen. Er umgab sich fast jeden Tag mit jungen, durchtrainierten Dingern. Welcher Mann würde da nicht schwach werden?

»Jetzt hör auf, ihn auch noch in Schutz zu nehmen!«, hört sie sich selbst sagen.

Lief das mit Liane schon, als sie sich das letzte Mal gesehen hatten? Lisbeth versuchte sich an verdächtige Anzeichen zu erinnern. Die Kommissarin in ihr kam durch. Hätte sie etwas merken müssen? So sehr sie sich das Hirn zermarterte, es gab keine Anzeichen. Philip hatte sich so wie immer verhalten. Während ihres Abendessens wirkte er ein einziges Mal abwesend. Erst, als sie ihre Frage wiederholte, antwortete er souverän, verabschiedete sie mit einem innigen Kuss. Alles nur vorgespielt? Hatte er dabei an Liane gedacht?

Vielleicht klatschte er laut jubelnd in die Hände und freute sich auf seine andere Frau, nachdem sie noch keine fünf Minuten fort war. Lisbeth nahm sich das Telefon aus der Ladestation, als ihr einfiel, ihre beste Freundin hatte heute Abend eine Verabredung. Kraftlos stellte sie ihr Telefon zurück.

Ihre erste Begegnung auf der Fähre von Spiekeroog nach Neuharlingersiel fiel ihr ein. Mit seinem strahlenden Lächeln hatte er sie in seinen Bann gezogen, nachdem er ihr bereits in der Kneipe *Blanker Hans* aufgefallen war. War das seine Masche?

Unwillkürlich musste sie an ihren gemeinsamen Sommerurlaub in Sankt Peter-Ording denken. Bei Ebbe spazierten sie zwischen den für den Ort typischen Pfahlbauten am Kilometer breiten Sandstrand entlang. Eine traumhafte

Kulisse, die durch die Fernsehserie »Gegen den Wind« mit Ralf Bauer aus den 90er Jahren große Bekanntheit erlangt hatte. Sie fühlte sich bei ihm geborgen wie selten in ihrem Leben. Unaufhörlich versuchte er sie zu überreden, auf ein Surfbrett zu steigen. Sie würde es spielend leicht erlernen. Er wäre schließlich der beste Lehrer. Lisbeth lehnte ab und sah ihm hingegen bewundernd zu, wenn er auf den Wellen ritt. Sie wischte auf ihrem Smartphone und sah sich Fotos aus ihrem gemeinsamen Urlaub an. Die meisten davon zeigten Philip auf dem Surfbrett und waren ein wenig unscharf durch die schnelle Bewegung - und trotzdem schön. Das letzte Foto zeigte ihn in seinem blau-schwarzen Neoprenanzug an Land, sein Surfbrett hielt er mit einem Siegerlächeln wie eine Trophäe fest. War sie für ihn letztlich auch nur eine Trophäe in seiner Frauensammlung?

Lisbeth wischte sich mit dem Handrücken ein paar Tränen aus den Augen und schniefte. Als sie gerade das Smartphone ausschalten wollte, erklang die Depeche-Mode-Melodie ihres Handys. Ein Anruf.

***

Ohne eine Öffentlichkeitsfahndung herrschte Angst bei der Bevölkerung von Oldenburg und im Ammerland. Ein gewiefter Journalist hatte, durch wen auch immer, Wind von den beiden Fällen bekommen und es mit seinem reißerischen Bericht auf die Titelseite der Nordwest-Zeitung geschafft. Er zog Verbindungen zwischen den beiden Taten und fragte am Ende des Artikels, ob in Oldenburg ein Serientäter sein Unwesen trieb. Besorgte Bürger riefen bei der Sonderkommission an und gaben an, den Täter zu kennen oder beschwerten sich, dass der

Täter noch nicht gefasst sei. Schließlich zahlten sie genügend Steuern, und man werde doch von der Kriminalpolizei eine schnelle Aufklärung verlangen dürfen. Das plötzliche, hohe Anrufaufkommen behinderte die Soko *Tankstelle* in ihrer Arbeit. Ein Großteil der Hinweise, wenn es sich überhaupt um Hinweise handelte und nicht um bloße Meinungsäußerungen, brachten keine neuen Erkenntnisse. Es galt, die wenigen guten und sachdienlichen Informationen herauszufiltern.

»Das war jetzt schon der dritte Anrufer, der damit droht, eine Bürgerwehr zu gründen, um die Töchter Oldenburgs zu schützen. Meine Güte, sind wir schon wieder soweit?«, sagte Lisbeth, nachdem sie den Hörer auf die Gabel geknallt hatte. Paul setzte sich ohne Kommentar auf seinen Stuhl, als Lisbeth hinzufügte: »Ach, du sollst zu Jensen ins Büro kommen, unverzüglich.«

»Das war klar«, Paul stand schwerfällig auf, »ich bin dann mal weg.«

Nachdem ein »Herein« geknurrt worden war, betrat Paul das Büro seines Chefs. Heinz Jensen stand am Fenster und blickte nach draußen, seine Hände steckten in den Taschen seiner Anzughose. Er drehte sich nicht einmal zu Paul um, sondern nahm die rechte Hand aus der Tasche und winkte Paul herein.

»Sehen Sie sich das an, Herr Schweigert.«

Paul stellte sich neben ihn.

»Wie die Aasgeier.« Jensen zeigte auf einen Übertragungswagen, auf dem in rot, gelb und weiß die Großbuchstaben RTL prangten. »Weitere Ü-Wagen von NDR und Radio Bremen haben sich angekündigt.« Jensen fasste Paul väterlich auf den Rücken. »Kommen Sie, setzen Sie sich doch.«

Beide Polizisten nahmen Platz. Jensen legte eine offen auf seinem Schreibtisch liegende Akte beiseite und die Tageszeitung hoch: »Schöne Bescherung, dieser Artikel. An sich wollten wir ja noch warten. Nun, wo die Büchse der Pandora geöffnet wurde, können wir nicht mehr anders. Wir gehen offensiv mit den beiden Fällen um. Ab 17 Uhr geben wir zusammen mit der Staatsanwaltschaft eine Pressekonferenz.«

»Bisher haben wir doch nichts, was sich lohnt ...«

Jensen hob beschwichtigend die Hand. »Ich weiß, ich weiß. Die Soko kann nicht zaubern. Wir müssen uns jedoch der Öffentlichkeit stellen. Auch wenn wir nur sagen werden « Wir haben noch nichts«, ist das eine Information. Wenn wir gar nichts sagen, schießen die Spekulationen noch weiter ins Kraut.«

»Momentan können wir nicht einmal mit Sicherheit sagen, dass es sich bei beiden Frauen um denselben Täter handelt. Wir haben nicht mal die Tatwaffe.«

»Fein. Dann sagen wir eben das: Wir ermitteln in alle Richtungen. Wir schließen weder Beziehungstaten noch einen Serientäter aus. Wir geben ihnen die Fakten. Zwei Frauen sind Opfer von Gewaltverbrechen geworden. Alter der Frauen, Auffindeorte, und bitten um sachdienliche Hinweise aus der Bevölkerung.« Jensen stand auf und ging um den Tisch herum. »Wir nutzen die Presse dazu, die Fragen, die wir haben, an die Bevölkerung zu richten. Wer hat um die fragliche Zeit etwas gesehen? Und so weiter. Bereiten Sie entsprechend präzisen Fragen vor.«

Paul seufzte.

»Ich stehe hinter Ihnen. Sie sind mein bester Mann, und deswegen leiten Sie die Ermittlungen. Ich weiß, Sie leisten hervorragende Arbeit.« Jensen zeigte auf sein Telefon. »Mit dem Polizeipräsidenten und unserer Pressestelle könnte ich mir inzwischen eine Standleitung einrichten lassen. Mit denen werde ich schon fertig und halte sie Ihnen vom Leib.« Paul wusste, Heinz Jensen meinte das, was er sagte. Es handelte sich nicht bloß um Phrasen. »Sie informieren regelmäßig die Staatsanwaltschaft?«

»Selbstverständlich.«

»Bestens, kommen Sie«, er schaute auf seine Armbanduhr, »sagen wir um 16 Uhr erneut zu mir, damit Sie mich auf den neuesten Stand bringen. Dann reden wir über die Details.«

Paul nickte bestätigend.

»Alles klar. Die offizielle Anforderung an das LKA bezüglich der Unterstützung von Axel Meyerhoff habe ich unterschrieben. Natürlich bekommen Sie auch grünes Licht für die *Precobs Homicide* Software. Ich weiß, Sie werden diese besonnen einsetzen. Sie haben da meine volle Rückendeckung. Wenn Sie weitere Unterstützung brauchen, lassen Sie es mich wissen.« Er gab ihm die Hand und klopfte ihm aufmunternd auf die Schulter. »So, dann halte ich Sie jetzt nicht länger von der Arbeit ab.«

Bevor Paul die Tür hinter sich schloss, rief ihm sein Chef noch nach: »Grüße an Wiebke und die Kinder!« Paul blickte sich kurz um. Dass er nickte, sah Heinz Jensen nicht mehr, da er bereits wieder in eine Akte vertieft war.

***

Im Internet las er eine Meldung über eine amerikanische Firma, die Wohnungen von Privatleuten an Touristen vermittelte. Ein Paar verbrachte in Kalifornien seinen zweiwöchigen Urlaub. Sie bewegten sich völlig ungezwungen, mitunter auch nackt in der gemieteten Wohnung, sprachen über intime Themen. Die versteckt installierten Kameras entdeckte das Paar erst eines Nachts per Zufall, da eine rote Leuchte zwischen den Kerzen blinkte. Offenbar konnten die Webcams per Internet ferngesteuert werden, waren nachtsichttauglich und mit einer Einrichtung zum Heranzoomen ausgestattet. Daraufhin verklagte das Paar die US-Firma. Ob das Unternehmen für einen solchen Eingriff haftbar gemacht werden konnte, würde ein Gericht noch entscheiden.

Lächelnd klickte er die Nachricht weg. Falls die Behörden ihn erwischten, wären die von ihm versteckten Kameras sein kleinstes Problem. Peinlich genau hatte er darauf geachtet, nichts zu hinterlassen, was auf seine Identität schließen ließ. Bei seiner Arbeit trug er dünne Handschuhe. Die Kameras waren hochwertig, jedoch Massenware. Viel schwieriger gestaltete sich das Problem, ungesehen im Fitnessstudio handwerklich tätig werden zu können. Vor längerer Zeit hatte er dafür eine Lösung gefunden, die ihn zufriedenstellte. Die Damenumkleide, die Sauna und die Dusche waren mit seiner Technik versehen.

Auf seinem Flachbildschirm waren drei Kamerafenster gleichzeitig geöffnet. Sein Interesse galt der Kamera in der Umkleidekabine. Zwei Frauen unterhielten sich, während sie sich umzogen. Er schätzte beide auf Anfang 30. Die größere trug ihre blonden Haare zu einem Pferdeschwanz gebunden. Sie zog ihre enge Jeans aus, um sie gegen eine Leggings auszutauschen. Die kleinere Frau mit kurzen brünetten Haaren und ein paar Kilos zu viel auf den Rippen verfügte über eine beachtliche Oberweite. Er konnte sein Glück kaum fassen, als sie ungeniert ihren Büstenhalter auszog. Sie griff in ihre Tasche, fischte einen Sport-BH heraus und zog diesen etwas umständlich an.

»Dich und deine großen Dinger habe ich auf Band. Das genieße ich in Zeitlupe«, sagte er zu sich selbst.

Gut gelaunt verschlossen die Freundinnen ihre Sachen in den Schränken. Die große Frau legte sich vorsorglich ein Handtuch um den Hals und ging lachend in den Trainingsraum, wo er sie nicht mehr sehen konnte. Bei dem Gedanken daran, wie die beiden sich später duschen würden, fühlte er, wie erregt er war.

Mit der Maus klickte er den Pfeil für den Rücklauf bis zu der Stelle, als sie sich den BH auszog. Zum Abspielen wählte er den Zeitlupen-Modus, das Fenster vergrößerte er auf den gesamten Bildschirm. Beim Betrachten hörte er sich selbst schwer atmen. Nachdem er sich die Szene zweimal angesehen hatte, speicherte er sie unter dem Dateinamen *Brünette-XXL* ab.

Um die Zeit bis zur Rückkehr der beiden Freundinnen zu überbrücken, loggte er sich im Internetforum *No-Ma'am-Club* ein. Die Fenster der Überwachungskameras für die Umkleidekabine und den Duschraum verkleinerte er und schob sie in die linke obere Ecke des Bildschirms. Er wollte in Echtzeit miterleben, wenn sie verschwitzt zurückkamen.

Er stieß auf eine Unterhaltung von zwei Mitgliedern, die Ideen austauschten, wie sie sich am besten an den Frauen rächen könnten. Der erste schlug vor, ein Immobilien-Inserat für die Besichtigung ihrer Wohnung am Sonntagmorgen um 7 Uhr aufzugeben. »Viel zu harmlos«, kommentierte der zweite, »wenn du ihr richtig schaden willst, kippst du einen Liter Milch in die Lüftung ihres Autos. Den fiesen Geruch bekommt sie nie wieder raus.«

Amüsiert, auf was für Ideen diese Männer kamen, öffnete er sich ein Bier und trank einen kräftigen Schluck. Dabei dachte er, eine Veröffentlichung seiner heimlichen Kameraaufnahmen auf Youtube oder Facebook aus dem Studio könnte viel größeren Schaden anrichten. Doch das war nicht in seinem Sinne. Die intimen Aufnahmen dienten einzig seinem Vergnügen. Außerdem würde der Betreiber des Fitnessstudios die Kameras suchen und außer Gefecht setzen. Dann würde es keine neuen Aufnahmen für ihn geben.

Aus dem Augenwinkel sah er gerade noch, wie seine beiden Freundinnen mit Handtüchern und Shampoo bewaffnet die Umkleidekabine in Richtung Dusche verließen. Innerlich feierte er sich selbst dafür, die Kamera in Kniehöhe mit Fokus nach oben angebracht zu haben. Es bescherte ihm freie Sicht auf die süßesten Stellen der Damen, die sie gerade intensiv einseiften. Ihm wurde plötzlich ganz heiß. Am liebsten hätte er beiden Regieanweisungen gegeben, welche Stellen seiner Meinung nach noch nicht sauber genug waren.

»Du wirst dich gleich noch nach deinem Shampoo bücken müssen, meine dralle brünette Schönheit«, er rieb sich die Hände, »und ich habe völlig freie Sicht.«

Kapitel 11

Paul blickte auf die vielen Mikrofone unterschiedlicher Fernseh- und Rundfunksender. Mit RTL, Sat1, NDR, FFN, Radio Bremen und N24 waren die großen lokalen und nationalen Anstalten vertreten. Sogar das Logo von Nordzee FM, ein häufig gehörter Radiosender aus den Niederlanden, konnte Paul in roten Buchstaben lesen. Selten hatte er sich in seinem Leben deplatzierter gefühlt. Früher galt unter den Journalisten ein ungeschriebenes Gesetz: »Sei der erste, aber sei der erste, der das Richtige berichtet.« In diesen Zeiten, in denen soziale Medien Meldungen in immer höherer Geschwindigkeit berichteten, schien es nur noch wichtig zu sein, der erste, also der schnellste zu sein. Die Zeitung mit den vier großen Buchstaben hatte den Bürgerjournalisten erfunden. Leute, die sich mit ihren Smartphones zufällig am Ort einer Sensation aufhielten, schossen Fotos oder drehten einen kurzen Film und verscheuerten diese für ein paar lumpige Euros an die Boulevardredaktion. Es fehlten Wille und Zeit, die Echtheit und die Seriösität der Beiträge zu überprüfen. Die Menschen wurden süchtig nach neuen Nachrichten, klickten wie Zombies auf ihre Tablets und Smartphones, immer in ständiger Angst, die neueste weltbewegende Nachricht über Prominente oder von ihren Freunden zu verpassen.

Wo blieb da der Respekt vor den Eltern der getöteten Tamara Renken und Gesa Wiemken?

»Müssen jetzt alle Frauen in dem entsprechenden Alter im Großraum Oldenburg Angst haben, wenn sie von der Arbeit nach Hause gehen oder zum Sport fahren?«, wollte ein RTL-Reporter wissen.

Unbewusst überprüfte Paul, ob seine Krawatte richtig saß. Er beugte sich vor, um näher an den Mikrofonen zu sein. »Nach dem derzeitigen Stand der Ermittlungen können wir nicht einmal davon ausgehen, dass die beiden Fälle zusammenhängen. Es könnte so sein, wir schließen aber auch zwei Einzeltäter nicht aus und ermitteln in alle Richtungen.«

»Beide Opfer wurden kaltblütig mit einem Messer abgestochen. Das ist doch richtig, oder?«, legte der Journalist nach und fuhr sich durch seine zerzausten Haare. *Fehlte nur noch, das Wort 'aufschlitzen' und die Schlagzeile 'Jack the Ripper von Oldenburg' ständen morgen in der Zeitung.*

»Der endgültige Obduktionsbericht von Gesa Wiemken liegt noch nicht vor, nur der vorläufige. Sicher ist bisher nur: Beide Frauen verbluteten infolge von Stichverletzungen. Wir konnten bis jetzt keine Tatwaffe sicherstellen. Ob es dieselbe Waffe ist und von demselben Täter benutzt wurde, ist ungewiss.« Wildes Gemurmel durchdrang den Raum. Heinz Jensen wählte den nächsten Journalisten für eine Frage aus.

»Malte Cassens, Radio Bremen. Stammt der Täter aus dieser Region und hat er vielleicht früher schon woanders zugeschlagen?« *Zugestochen*, hätte Paul ihn beinahe verbessert. Er stimmte mit Axel Meyerhoff überein, der Täter müsse über sehr gute Ortskenntnisse verfügen. Paul sah jedoch keinen Grund, dieses Wissen preiszugeben.

»Beides ist möglich«, antwortete er knapp und setzte ein: »Wenn es sich um ein und denselben Täter handelt« hinterher.

»Was raten Sie der Bevölkerung, Herr Kommissar?«

Paul wich der Frage aus, indem er nach dem Zettel vor ihm mit den abgestimmten Fragen griff und vorlas. »Wir bitten die Bevölkerung um sachdienliche Hinweise in folgenden Punkten ...« Dabei nannte er die Tatorte, die Auffindeorte der beiden Opfer und die Tatzeiträume. Darüber hinaus gab er bekannt, wann Gesa Wiemken zuletzt gesehen wurde und fragte, wer sie danach noch gesehen hatte. Von der fehlenden Kleidung des zweiten Opfers hielt Paul Vergleichsstücke in die Kameras und fragte nach deren Verbleib.

Ohne sich provozieren zu lassen, beantwortete Paul souverän die weiteren Fragen, bis sein Chef Heinz Jensen die Pressekonferenz dankend beendete.

Im Anschluss nahm Heinz Jensen ihn in einem separaten Raum zur Seite. »Sehr gut gemacht, mein lieber Herr Schweigert. Die kläffende Meute haben wir vorerst vom Hals. Alles Weitere übernimmt die Pressestelle. Jetzt können Sie in Ruhe weiter ermitteln.« Noch während Paul ihm die Hand schüttelte, erhielt er eine SMS. Auf dem Display stand Arne Claaßen.

***

Kaum hatte Paul die Tür zu Arnes Büro geöffnet, drückte dieser sich mit den Füßen ab und rollte auf seinem Schreibtischstuhl etwa einen Meter nach hinten. Dabei grinste er wie ein Schuljunge und wedelte mit einer Visitenkarte, auf deren Vorderseite das McFit-Firmenlogo prangte.

»Also, was ist denn so wichtig, dass du mich jetzt neuerdings per SMS in dein Büro bestellst?«

Arne Claaßen sagte nichts. Er rollte sich schwerfällig an den Schreibtisch heran und zog am Strohhalm seiner Schnellimbiss-Cola.

»Hey, Arne, ich habe meine Zeit nicht geklaut. Was hast du für mich?«

Arne Claaßen sagte nichts. Er grinste erneut und blickte auf die Visitenkarte, als wolle er sagen: 'Hier ist das, was ich dir zeigen wollte.'

»Ja, schön. Die Karte haben wir bei Gesa Wiemken, dem zweiten Opfer, gefunden. Was wird das hier, ein Pantomime-Quiz?«

»Das ist die Verbindung zwischen den beiden Opfern, die wir gesucht haben.« Arnes Finger flogen über die Tastatur seines Laptops. »Ich bin den Browserverlauf von Tamara Renken sechs Monate zurück durchgegangen. Ich fand nichts Interessantes. Auch nicht auf ihrem Tablet-PC. Das war eine Heidenarbeit, das kann ich dir sagen, nur so nebenbei. Der Vollständigkeit halber überprüfte ich zusätzlich die anderen Browser, also Google Chrome und Firefox, die sie nur selten benutzte. Und siehe da, über Firefox hatte sie sich für das McFit-Studio in der Nadorster Straße angemeldet, vor genau acht Monaten.«

Das entscheidende Puzzlestück. Die erste Gemeinsamkeit zwischen den beiden Opfern. Egal, ob der Täter sie verloren oder absichtlich als Hinweis bei der Leiche platziert hatte. Beide Frauen standen in Verbindung.

»Du bist klasse, Arne.« Er klopfte seinem Mitarbeiter auf die Schulter. »Das nächste Bier im Krug geht auf mich.«

Arne drückte das Kreuz durch und strahlte, als hätte er gerade einen Orden verliehen bekommen. »Ich kann ja nicht nur mit Computern umgehen, sondern auch mit dem guten alten Telefon.« Er tippte auf den Telefonhörer auf seinem Schreibtisch. »Das war jetzt auch nicht so schwierig. Schließlich steht die Telefonnummer hier drauf.« Erneutes Wedeln mit der Visitenkarte.

»Und die haben dir einfach Auskunft gegeben über eine Mitgliedschaft von Gesa Wiemken, ohne nach einem richterlichen Beschluss zu fragen?«

Paul sah, wie Arne sich noch größer machte als bei der *Ordensverleihung* zuvor.

»Du hast doch gerade selbst behauptet, ich sei klasse. Ich habe mich als Wiemkens Bruder ausgegeben und gesagt, es wäre etwas Schlimmes passiert mit ihr – was ja nicht mal gelogen war – und die Dame vom Empfang gefragt, wie lange das Abonnement meiner Schwester noch läuft, bevor ich in ihrem Namen die Mitgliedschaft kündigen kann.«

»Aber Gesa Wiemken war Einzelkind!«

»Das wissen die doch nicht. Ihre Antwort lautete: bis 31.12.«

Lisbeth Eicken kam ins Büro des IT-Experten.

»Gut, dass du da bist, Lissi. Wir müssen los.«

Lisbeth zog die Augenbrauen zusammen. »Darf ich erfahren, wohin?«

»Ins McFit in der Nadorster Straße, den Rest erkläre ich dir auf dem Weg.« Mit der Türklinke in der Hand dreht sich Paul zu Arne um. »Die nächsten zwei Bier gehen auf mich.« Das Wort *zwei* zog er betont in die Länge.

Arne drehte sich nicht mal mehr um, hob nur die rechte Hand und sagte: »Ich freue mich auf Samstag, wenn wir uns im Büppeler Krug sehen.«

***

Paul musste an Wiebke denken, als sie die Filiale der Fitnesskette betraten. Zwei Frauen im Alter zwischen 30 und 40 Jahren, die hier Mitglied waren, waren gewaltsam zu Tode gekommen. Sollte er seiner Frau verbieten, weiter dieses Studio zu besuchen? Wenn ja, mit welcher Begründung? *Schatz, aus deinem Studio verschwinden Frauen in deinem Alter und werden abgestochen.* Was, wenn er es nicht täte und ihr stieße etwas zu? Das würde er sich nie verzeihen. Er verdrängte den Gedanken. Zunächst benötigte er mehr Informationen aus diesem Laden.

Im Eingangsbereich verlangte er von der Dame an der Rezeption, den Geschäftsführer zu sprechen. Die fingerdick geschminkte Blondine in einem pinken Top antwortete Kaugummi kauend: »Der Chef ist schwer beschäftigt, ohne Termin geht da gar nichts. Vielleicht kann ich Ihnen weiterhelfen.«

Paul zückte seinen Dienstausweis. »Entweder hat er augenblicklich Zeit für uns oder wir lassen ihn vorladen. Unsere uniformierten Kollegen holen ihn gerne bei Ihnen am Empfang ab. Macht sich bestimmt gut, so eine Polizeipräsenz.«

Sie presste die Lippen zusammen und zog ein schnippisches Gesicht. »Warten Sie einen Moment.« Nach einem kurzen Telefonat bat sie die beiden Kommissare, ihr zu folgen.

»Dass man immer zuerst dienstlich werden muss«, flüsterte Lisbeth Paul zu.

Sie betraten ein spärlich eingerichtetes Büro. Auf dem Holzschreibtisch ackerte sich der Geschäftsführer durch einen Papierberg. Am Rande des Tisches stand ein Messingschild, auf dem *Gym-Manager: Sven Strobel* zu lesen war. Paul schätzte den Mann im gelben Polo-Shirt auf Anfang 40. Die Hälfte seines Lebens dürfte er damit zugebracht haben, Gewichte zu stemmen. Seine Adern an den Oberarmen und am Hals traten deutlich hervor. Sein Teint war ungewöhnlich dunkel für diese Jahreszeit. Hätte er jetzt noch eine dicke Goldkette getragen, hätte er locker eine Rolle beim Großstadtrevier als Zuhälter auf St. Pauli spielen können.

»Die Herrschaften von der Kripo für dich, Sven.« Sie baute sich schmatzend neben der Tür auf, als erwarte sie von ihrem Chef ein Trinkgeld.

Dieser hämmerte auf seine Tastatur ein, blickte kurz auf. »Ja, Trixi, mach die Tür zu. *Von außen.*« Die letzten beiden Wörter sprach er deutlich lauter aus als die ersten. Daraufhin reckte sie die Nase kurz nach oben und trollte sich.

»Geben Sie mir noch eine Minute«, bat er, während er die Tastatur bearbeitete. »So, dieser Papierkram bringt mich um.«

Der jahrelange Gebrauch von Anabolika bringt dich viel eher ins Grab, dachte Paul.

»Schweigert, Kripo Oldenburg. Das ist meine Kollegin, Frau Eicken. Wir ermitteln in zwei Mordfällen an zwei Frauen.«

Sven Strobel spielte mit einem Briefbeschwerer. Warf ihn von einer Hand in die andere. »Ich hörte davon. Jeder hat davon gehört. In ganz Oldenburg gibt es kein anderes

Gesprächsthema mehr. Warum kommen Sie damit zu mir?«

»Beide Frauen waren Mitglied in Ihrem Fitnessstudio«, schaltete sich Lisbeth ein.

»Woher wissen Sie das? Wir haben ein paar tausend Mitglieder. Tendenz stark steigend, seit ich die Geschäfte leite. Von denen, die hier nur ein Probetraining machen, will ich gar nicht reden.«

»Sehen Sie in ihrer Mitgliederdatei nach. Tamara Renken und Gesa Wiemken.« Lisbeth deutete auf die geschundene Tastatur. »Mit dem Ding können Sie ja offensichtlich gut umgehen.«

Unter leichtem Stöhnen gab er die Namen ein und wartete schweigend. In seinem Gesicht erkannte Paul ein kaum wahrnehmbares Nicken.

»Kannten Sie die beiden Frauen persönlich?«, fragte Paul.

»Gesa Wiemken trainiert schon seit Jahren bei uns. Zu Beginn habe ich hier die Spinninggruppe geleitet. Sie war eine der Teilnehmerinnen. Die andere Frau kenne ich nicht, ist relativ neu bei uns.«

»Wann haben Sie Gesa Wiemken zum letzten Mal gesehen?«

Er legte den Briefbeschwerer zurück an seinen Platz und sah aus dem kleinen Fenster. »Weiß ich gar nicht so genau, vor ein paar Wochen vielleicht. Nachdem ich die Gruppe abgegeben hatte, traf ich sie ab und zu im Vorbeigehen. Wir haben uns freundlich gegrüßt, das war's.«

»Haben Sie Frau Wiemken mal privat getroffen, also irgendwo außerhalb des Studios?«

»Nein. Nie.«

»Können Sie feststellen, wann sie zum letzten Mal hier war?«

»Natürlich, über den Mitgliedsausweis hält unser System fest, wann jemand unsere Trainingsräume betritt und wann er wieder geht.«

»Wann war sie das letzte Mal in diesem Studio?«, hakte Paul nach.

»Warten Sie«, er klackerte auf der Tastatur, »letzte Woche Donnerstag von 19 bis 20.30 Uhr.« Er deutete auf den Bildschirm, den Paul jedoch nicht einsehen konnte. »Sie war regelmäßig dienstags und donnerstags bei uns, immer um die gleiche Uhrzeit.«

»Wie ist es mit Tamara Renken?«

Wieder befragte Sven Strobel sein internes System. »Eine Woche zuvor war sie hier, auch an einem Donnerstag. Sie kam immer nur einmal die Woche. Beide haben individuell trainiert, also keinen Kurs belegt.«

»Wer von Ihren Mitarbeitern könnte uns mehr über Tamara Renken oder Gesa Wiemken sagen?«

Der Filialleiter blähte die Wangen auf, stieß hörbar die Luft aus und verschränkte die Hände hinter dem Kopf. »Das kann ich Ihnen nicht beantworten. Die Empfangsdamen wechseln häufig, wir haben viele studentische Aushilfskräfte. Selbst unter den Trainern gibt es Vollzeitmitarbeiter, aber auch Sportstudenten, die hier auf Stundenbasis arbeiten.«

Aus den Augenwinkeln sah Paul, wie Lisbeth bei der Erwähnung des Wortes *Sportstudenten* die Mundwinkel verzog.

»Sie können sich von mir aus gerne mit allen Mitarbeiterinnen und Mitarbeitern unterhalten.«

»Vorerst genügt uns eine vollständige Liste der Mitarbeiter, inklusive der Dienstpläne der letzten sechs Monate. Ist das möglich?«

»Kein Problem, stelle ich Ihnen zusammen. Sonst noch etwas? Ich muss nämlich zusehen, sonst werde ich heute nie fertig mit diesem verdammten Papierkram.«

Lisbeth holte gerade Luft, um etwas zu sagen, als Paul ihr seine Hand auf den Unterarm legte und sagte: »Danke, das war's schon. Wir finden alleine raus.«

Sie verließen das McFit. Als die Eingangstür hinter ihnen ins Schloss fiel, drehte sich Lisbeth zu Paul um. »Sag mal, was soll das? Du hast mich ja förmlich aus dem Studio geschoben. Warum hast du es plötzlich so eilig?«

»Komm, ich erzähl's dir im Auto.« Sie stiegen in den Dienstwagen und schlossen die Türen. »Ich habe da eine Idee ...«

Lisbeth schien zu ahnen, was er vorschlagen wollte. »Oh, nein. Vergiss es. Ich werde dort kein Probetraining absolvieren und Spitzel spielen. Außerdem kennt mich der Geschäftsführer nun schon. Die blöde Zippe am Empfang auch.«

»Lissi, dieses Studio ist unsere einzige Verbindung zwischen den beiden Frauen. Wir brauchen Informationen von innen. Wenn wir offiziell jeden Mitarbeiter befragen, sagen sie uns nur das Nötigste. Den Strobel weihen wir ein. Er wird auch die Empfangsdame instruieren, den Mund zu halten.«

»Keine Chance. Ich habe keinen Bock auf Gelaber von

irgendwelchen gelackten Sportstudenten.«

»Ach, komm schon, Lissi. Ich kann dir für einen solchen Einsatz keine dienstliche Anweisung geben. Aber du würdest unsere Ermittlungen entscheidend voranbringen. Vielleicht verhinderst du mit deinem Einsatz sogar einen weiteren Mord.«

Lisbeth rollte mit den Augen und verschränkte die Arme vor dem Bauch. »Also schön. Ich werde ein Probetraining machen. Und wehe, mich labert da einer von diesen Personal Trainern dumm an, dann bin ich schneller verschwunden, als du gucken kannst.«

»Lissi, du bist die Beste.« Paul lächelte strahlend.

»Ja, ja. Komm, fahr zu.«

Kapitel 12

Er war in dieser Gegend aufgewachsen. Gar nicht weit weg von hier. Mit seinem älteren Bruder spielte er Fußball auf dem Bolzplatz. Sie eiferten ihren Idolen aus der Sportschau nach: Horst Hrubesch, Manni Kaltz und Felix Magath. Nicht selten holte er sich blutige Knie auf dem roten Ascheplatz. « Was dich nicht umbringt, macht dich nur härter«, kommentierte sein Vater, ohne den Blick von seiner geliebten Tageszeitung abzuwenden. Oft genug war die alte Wunde nicht einmal richtig verheilt, wenn er erneut auf diese fiel, um den gegnerischen Jungen am Torschuss zu hindern. Er lernte zu kämpfen, sich durchzubeißen, auch wenn es wehtat. Sein großer Traum, einmal selbst in der Bundesliga zu spielen, zerplatzte in der A-Jugend. Spätestens da hätte er in der Niedersachsenauswahl kicken müssen, um sich für höhere Aufgaben zu empfehlen. Seine Fußballkarriere endete schließlich in der Herrenmannschaft der Kreisliga, weil sein Talent nicht ausreichte für deutlich höhere Spielklassen. Am unbedingten Siegeswillen mangelte es ihm nie. Wenn er sich etwas in den Kopf gesetzt hatte, gab er nicht auf, bis er sein Ziel erreicht hatte.

Im Laufe seines Erwachsenenlebens war er ruhiger geworden. Besonnener. Er verfolgte einen Plan. Je mehr er über eine Frau wusste, desto besser vorbereitet konnte er an sein Projekt herangehen. Er wollte verstehen, wie die Frauen dachten, warum ihn alle rundweg ablehnten. Sein Bruder meinte einmal, man könne die Frauen nicht verstehen, das hätten schon ganz andere versucht und waren kläglich gescheitert. Er hingegen war anderer Meinung. Es gab für fast jede Handlung eines Menschen ein Motiv. Warum trieben sich so viele Frauen, so viele einsame Herzen auf unzähligen Single-Plattformen im Internet herum? Nicht jede eignete sich als Zielobjekt. Oft glaubte er, die meisten dieser Frauen waren einsamer als er selbst. Die meisten dieser sehnsüchtig suchenden Frauen zeichneten sich durch Gewöhnlichkeit aus. Die interessierten ihn nicht.

Tamara Renken stach aus der Masse heraus, auf sie war Verlass. Zu Beginn geizte sie, wie fast jede Frau, mit persönlichen Informationen. Er hütete sich davor, gezielt danach zu fragen. Wenn sie etwas preisgeben wollte, musste sie es von sich aus tun. Also erzählte er von seiner Zeit als Fußballspieler. Eine der wenigen Sachen, die nicht gelogen waren. Im Gegenzug erwähnte sie ihr regelmäßiges Training. Es war gar nicht so leicht gewesen, das entsprechende Fitnessstudio zu ermitteln. Nach unzähligen Telefonaten hatte er es doch herausbekommen. Diszipliniert tauchte sie immer donnerstags im McFit auf. Er hätte die Uhr danach stellen können. Jedes Mal freute er sich auf sie. Richtete sich gemütlich in seinem Wohnzimmer ein, um sie mithilfe der versteckten Kameras zu beobachten. Mit ihr hätte er sich durchaus eine dauerhafte Beziehung vorstellen können.

Um herauszufinden, wo sie wohnte und was sie beruflich machte, fuhr er ihr einmal unbemerkt nach dem Training hinterher. Dabei kam er sich wie ein Kommissar aus dem Fernsehen vor, der jemanden beschattet. Er war kein Stalker. Vielleicht ein Spanner, aber kein Stalker. Als er herausfand, dass sie als Lehrerin am Jade-Gymnasium arbeitete, stellte er sich vor, wie sie nach der Arbeit in ihre gemeinsame Wohnung kam, wo er auf sie wartete. Virtuell, also nur durch das gemeinsame Schreiben, verstanden sie sich prima. Nie hatten sie telefoniert, bis kurz vor ihrem Treffen. Er fühlte sich zu ihr hingezogen wie nie zuvor zu einem Menschen in seinem Leben. Sie selbst nannte es im Chat *Seelenverwandtschaft*. Über sein Aussehen, über seinen Beruf und einige andere Dinge hatte er sie angeflunkert. Daher verspürte er ein unangenehmes Gefühl, als ihre Verabredung anstand. Ein Eisklumpen schien sich in seinem Magen zu befinden. Er hoffte, er könnte diese Dinge ins rechte

Licht rücken, ohne gleich als Lügner dazustehen.

Er traf sie an jenem Abend in guter Absicht, wollte nicht auf sie einstechen, sie töten schon gar nicht. Als sie zu ihm ins Auto stieg, schien sie verunsichert. Die ganze Vertrautheit schien verflogen. Entsprach er nicht ihren Erwartungen? Konnte er besser schreiben als sich im realen Leben zu präsentieren? Sie redete kaum mit ihm, antwortete einsilbig. Genau das Verhalten, das er von so vielen Frauen vor ihr hatte erfahren müssen. Sie fragte, warum er als angesehener Unfallchirurg einen Kleinwagen fuhr. Er behalf sich mit einer Notlüge, behauptete, es wäre ein Zweitwagen. Sein Mercedes CLK stünde in der Werkstatt. Sie lachte ihn aus. Ein schrilles, abfälliges Lachen. Als wollte sie sagen: »Freundchen, das kannst du deiner Großmutter erzählen. Das glaubt dir kein Mensch.«

In diesem Moment brach für ihn sein mühsam aufgebautes Kartenhaus in sich zusammen. Er hätte sich aus der Situation herausreden können, wenn sie ihn nicht so verächtlich ausgelacht hätte. Das traf seinen wunden Punkt. Zu oft war er bereits in seinem Leben von Frauen ausgelacht worden. Er fuhr langsamer und fuhr rechts ran. Daraufhin fing sie hysterisch an zu schreien. Sie brüllte ihn an, er solle sie sofort aussteigen lassen. Er wollte nur, dass sie endlich mit dem Gekreische aufhörte. Während der Fahrt zog er sein Messer aus der Jacke und ließ es aufspringen. Stach unvermittelt mehrfach auf sie ein, als sie ihm ins Lenkrad griff. Nur mit größter Mühe und etlichem Gegenlenken schaffte er es, das Auto auf der Fahrbahn zu halten. Dabei reduzierte er die Geschwindigkeit, bis er nur noch Schritttempo fuhr. Diese Gelegenheit nutzte die Schlampe, die Tür aufzureißen und zu entkommen. Überrascht über sein eigenes Verhalten wusste er nicht, ob er ihr nachlaufen oder davon fahren sollte. Was, wenn jemand in dieser Wohngegend beobachtet hatte, wie er eine blutende Frau in sein Auto zerrte?

Schließlich zwang er sich, in gemächlichem Tempo wegzufahren. Nur kein Aufsehen erregen. Wenn sie überlebt hätte, wäre er geliefert gewesen. Sie hätte ihn genau beschreiben können.

***

Paul schickte fast die gesamte Sonderkommission Samstagmittag nach Hause. Ein freier Nachmittag würde allen Beamten, einschließlich ihm selbst, gut tun.

»Schön, dass du da bist, Schatz. Levke hat sich gut versteckt. Du musst sie suchen«, empfing ihn Wiebke.

Ein Blick ins Wohnzimmer verriet ihm das Versteck. Das kleine Zelt, das er vor ein paar Tagen für sie aufgebaut hatte, wackelte verräterisch. Er tat jedoch so, als hätte er sie nicht entdeckt. Demonstrativ guckte er hinter die Couch. Sie bemerkte nicht, wie er sie im Wandspiegel beobachtete. Durch den dünnen und hellen Stoff konnte er ihre Umrisse gut erkennen. Wie lange würde die süße kleine Maus noch so unbedarft spielen, die Welt mit ihren großen kindlichen Augen wahrnehmen? Er wünschte sich, ihre Kindheit könnte ewig andauern, vielleicht die Pubertät, die erst in zehn Jahren einsetzen würde, einfach überspringen zu können.

»Also hier ist sie nicht.« Sie legte sich eine Hand vor den Mund. Freute sich bestimmt diebisch, ihrem Papa einen Streich zu spielen.

Paul ging aus dem Wohnzimmer heraus. »Wenn sie hier nicht ist, muss sie in ihrem Kinderzimmer sein.« Er versteckte sich im

Flur direkt hinter der Wohnzimmertür und lauschte. Vorsichtig wurde der Reißverschluss des Zeltes geöffnet. Nach den ersten drei Schritten rannte er ins Wohnzimmer und schrie: »Habe ich dich erwischt!«

Mit ohrenbetäubendem Gekreische sprang sie auf die Couch, fing danach an zu lachen und zu juchzen, als er sie erreicht hatte und ihren Bauch kitzelte.

»Arne hat angerufen«, klang es aus der Küche, »er erwartet dich um Viertel nach drei im Dorfkrug. Du schuldest ihm zwei Bier«, meinte sie.

»Ja, das stimmt. Wo ist Tom eigentlich?«, rief er zurück Richtung Küche.

»Bei Leon, der hat gestern das neue FIFA-Spiel für die Playstation bekommen.«

Zwei Partien Memory verlor er haushoch gegen Levke, obwohl er sich wirklich anstrengte. »Genau wie der Opa«, kommentierte Fräulein Naseweis, als wäre es das einfachste auf der Welt, sich die richtigen Bildpaare zu merken.

Eine Stunde später betrat er den Büppeler Krug, rechtzeitig vor dem Start der Bundesligakonferenz. Arne Claaßen saß bereits am Tisch vor einem halb leeren Glas Veltins und deutete in Richtung Tresen. »Das habe ich schon auf deinen Deckel schreiben lassen.«

Paul zog seine Jacke aus, hängte sie achtlos über den Stuhl und wandte sich zum Wirt um. »Dieter, machst du mir bitte ein Weizen?« Dieser nickte und zapfte das Bier. »Gegen wen müssen deine Frankfurter heute spielen?«

»Gegen Leverkusen, auswärts, das wird nicht einfach.«

»Was soll ich denn sagen? Werder spielt bei den Bayern, da können wir froh sein, wenn wir nicht hoch verlieren.«

Paul fiel es schwer, sich auf die Fußballspiele zu konzentrieren. Die Gedanken an den Kondolenzbesuch bei den Eltern von Gesa Wiemken ließen sich nicht so einfach beiseiteschieben. Die Mutter musste ihre Tochter sehr spät bekommen haben. Er schätzte die Frau mit den schlohweißen Haaren auf Ende 60 oder Anfang 70. Als sie die Nachricht vom Tod ihrer einzigen Tochter überbrachten, dachte Paul zuerst, sie hätte es gar nicht begriffen. Mechanisch trat sie auf die Schrankwand zu und zog ein Fotoalbum heraus. Wie selbstverständlich blätterte sie zwischen den Kinderbildern und erzählte Geschichten, was Gesa so alles gemacht hatte. Im Garten, am Strand in Dangast, auf einem Bauernhof. *Jeder geht anders mit einer solchen Horrormeldung um*, hatte sein Ausbilder in Frankfurt gesagt. Auf schmerzliche Weise sah Paul diese Aussage bestätigt.

»Frau Wiemken, haben Sie verstanden, was wir Ihnen gerade mitgeteilt haben? Ihre Tochter ist tot«, erklärte Paul mit leiser Stimme.

Ihre Augen füllten sich mit Tränen. Sie blickte abwechselnd zu ihrem Mann, zu Lisbeth und zu Paul. »Sie wird nie wieder zurückkommen?«

Lisbeth schüttelte den Kopf, als müsse diese Tatsache noch einmal bestätigt werden.

»Sie wird nie wieder meine Rinderrouladen essen und Zitronenpudding zum Nachtisch ...« Der letzte Satz ging in einer Mischung aus Wimmern und Schluchzen unter. Anschließend war es nicht mehr möglich gewesen, sie zu befragen. Einzig ihr Mann sagte ihnen, was sie wissen wollten, obgleich er geschockt war.

Werder Bremen lag bereits zur Halbzeit 0:2 gegen die Bayern zurück. Das Ergebnis passte zu seiner schlechten Stimmung. Gerade als er Arne etwas fragen wollte, hörte er eine Frau, die er nicht kannte, so laut fragen, dass es jeder in der Kneipe mitbekommen musste: »Also, was ist jetzt: Du wolltest doch abgeholt werden, oder? Ich fahre jetzt nach Hause. Entweder du kommst mit oder du bleibst hier. Du musst dich entscheiden.«

»Ich habe doch noch nie 'ne Chance gehabt!« Paul konnte nicht feststellen, ob er das zu ihr oder seinem leeren Bierglas gesagt hatte. Offensichtlich war der Wunsch nach einem weiteren Bier größer als der, schnell mit ihr nach Hause zu kommen.

Arne winkte ab. »Das hat Matthias öfter, zuerst ruft er zu Hause an oder bestellt sich ein Taxi und dann will er nicht nach Hause.«

Paul schüttelte verständnislos mit dem Kopf. Er musste nicht alles verstehen, was in den Köpfen mancher Leute vor sich ging. Es reichte aus, wenn er sich beruflich in das kranke Hirn eines Mörders hineinversetzen musste.

»Hast du auf dem Computer von Gesa Wiemken etwas hinsichtlich Internetforen oder Singlebörsen gefunden?«

»Gar nichts. Auch nicht auf ihrem Smartphone. Wenn sie tatsächlich auf der Suche nach Männerbekanntschaften war, dann nicht über das Internet.«

Sie sprachen nicht mehr über Dienstliches, sondern konzentrierten sich auf die Schlussphase der Bundesligakonferenz. Frankfurt konnte in Leverkusen zumindest einen Punkt entführen, während Werder Bremen sang- und klanglos unterging.

***

An der Wandtafel befanden sowohl die Namen als auch die Fotos der beiden getöteten Frauen. Darunter standen sich Informationen wie Alter, körperliche Merkmale, Wohnort, Beruf, Arbeitsstätte, Interessen und Hobbys. Beide Frauen hatten seit Monaten keinen festen Freund. Anders als Tamara Renken arbeitete Gesa Wiemken nicht im öffentlichen Dienst, sondern als Physiotherapeutin in Oldenburg. Nach bisherigen Erkenntnissen war das Fitnessstudio in der Nadorster Straße die einzige Verbindung. In der Mitte des Schaubildes stand das eingekreiste Wort: McFit. Von beiden Opfern zeigte ein Pfeil auf das Studio. Unter dem Schaubild standen die Wörter: *Tatwaffe, Motiv, Gelegenheit,* jeweils mit einem Fragezeichen versehen.

Nach dem Obduktionsbericht von Dr. Reinhard Janssen deuteten die Art und Tiefe der Stichverletzungen auf denselben Täter hin. Im Gegensatz zu Tamara Renken war Gesa Wiemken vergewaltigt worden. Spermaspuren konnte der Rechtsmediziner zwar keine finden, dafür typische Verletzungen im Vaginalbereich. Das Opfer war mit Chloroform betäubt worden. Entsprechende Rückstände befanden sich in ihren Atemwegen und in ihrem Blut.

Axel Meyerhoff klopfte sich mit dem Edding auf das Kinn,

nachdem er seinen letzten Punkt an die Tafel geschrieben hatte. »Wir suchen einen Mann zwischen 30 und 50 Jahren, hohes Bildungsniveau, der sich gut in dieser Gegend auskennt. Wahrscheinlich stammt er aus dem Großraum Oldenburg. Er ist impulsiv, hat ein geringes Selbstwertgefühl und ein gestörtes Verhältnis zu Frauen. Er lebt zurückgezogen und unauffällig. Ich gehe davon aus, dass seine erste Tat eine Affekthandlung war. Beim zweiten Opfer plante er und versuchte Fehler zu vermeiden.«

»Was ist mit der Visitenkarte vom McFit, hat er die Karte absichtlich beim Opfer dort zurückgelassen, um uns einen Hinweis zu geben oder einfach nur verloren?«

Axel Meyerhoff presste die Lippen zusammen. Wie zur Abwehr hob er die Hände. »Gute Frage. Ich denke jetzt einfach mal laut: Wir wissen nicht einmal, ob es wirklich eine Karte von ihm war. Möglicherweise befand sie sich in den Kleidungsstücken der Toten, die der Täter mitgenommen hat. Wenn er die Visitenkarte als Hinweis dort platziert hat, könnte es ein Ausdruck von Größenwahn sein. *Seht her, ich bin schlauer als ihr. Ich kann es mir sogar erlauben, euch Hinweise zu geben. Ihr kriegt mich sowieso nicht.*«

»Oder er legt eine falsche Fährte«, gab Lisbeth zu bedenken.

»Möglich, halte ich jedoch für unwahrscheinlich.«

»Wird er weiter töten?«, wollte Paul wissen.

»Wir müssen davon ausgehen. Weiter glaube ich, dass der Täter die Opfer nicht persönlich gekannt hat. Tamara Renken kannte er immerhin über das Internet.«

Bei Beziehungstaten betrug die Aufklärungsquote bundesweit deutlich über 90%. Das wusste nicht nur Paul, sondern jeder

Kriminalbeamte. Suchte ein Täter seine Opfer wahllos aus, stiegen seine Chancen, unentdeckt zu bleiben. Kaum etwas geschah wirklich rein zufällig, sondern alles folgte gewissen Mustern. Die Tatsache, dass man die Opfer nur wenige Kilometer voneinander entfernt fand, war kein Zufall. Das Alter der Frauen zwischen 30 und 40 Jahren war kein Zufall. Die Mitgliedschaft in demselben Fitnessklub war kein Zufall.

»Lisbeth, gibt es vergleichbare Fälle in Deutschland, bei denen Opfer von Serientätern Mitglieder in einem Fitnesstempel waren? Wie heißt die Software beim BKA noch, PreCo-irgendwas?«

»Precobs Homicide. Ich muss unsere neuen Erkenntnisse erst noch übermitteln, die dann vom BKA eingepflegt werden. Dabei sollen sie dann gleich ihre bundesweite Datenbank bezüglich Serientäter und Fitnessstudio durchforsten.«

»Axel, gibt es etwas in der Datenbank des LKA hinsichtlich ähnlich gelagerter Fälle?«

»Nein, kein einziger. Ich sage ja, Tamara Renken war höchstwahrscheinlich sein erstes Opfer.«

Paul fuhr sich mit beiden Händen abwechselnd durch die Haare. Er fühlte sich nicht besonders wohl bei dem Gedanken, Lisbeth allein zum Probetraining ins McFit zu schicken. In ein Studio, welches Wiebke inzwischen regelmäßig aufsuchte. Dennoch entschied er sich dagegen, Lisbeth zu verkabeln. Gesa Wiemken wurde zum letzten Mal lebend gesehen, als sie sich am Empfang des Fitnessstudios verabschiedete. Sie kam danach nie zu Hause an. Also würde Paul im Auto in Sichtweite des McFit auf sie warten.

Zuvor überprüfte er die Vita von Sven Strobel, dem Geschäftsführer. Paul fand keine Einträge im Polizeicomputer.

Nicht einmal einen Strafzettel wegen Falschparkens. *Zurückgezogen und unauffällig* klangen die Worte des Fallanalytikers in seinem Kopf nach.

Kapitel 13

Lisbeth holte dreimal tief Luft, als wollte sie gleich einen Wettbewerb im Langstreckentauchen gewinnen. Sie schulterte ihre Sporttasche und betrat das McFit. Ein Geruch, der sie an einen Duftkerzenbaum erinnerte, schlug ihr entgegen. Hinter dem Tresen saß eine andere Empfangsdame als bei ihrem ersten Besuch. Sie trug kurze, schwarze Haare und ein locker sitzendes Sweatshirt. Lisbeth fragte sich, ob hier alle Mitarbeiterinnen so aussehen mussten, als würden sie jeden Tag acht Stunden auf einem Laufband verbringen. Dagegen fühlte Lisbeth sich fett.

»Moin, ich würde heute gerne ein Probetraining absolvieren, wenn das möglich ist.«

»Moin, selbstverständlich ist das möglich. Ich bin die Cindy. Wie heißt du?«

»Kati Schrödter.« Nur der Geschäftsführer war vorab über ihren Besuch informiert worden. In Abstimmung mit Paul hatte sie entschieden, unter falschem Namen aufzutreten.

»Ich gehe davon aus, du bist heute zum ersten Mal bei uns.«

»Ja, richtig.« *Jedenfalls was das Trainieren angeht.*

Ihr wurden ein Formular und ein Chip vorgelegt. »Schön, dann trägst du noch deine E-Mail-Adresse ein, unterschreibst, und dann kann es auch schon losgehen. Den Chip brauchst du für die Schränke in der Umkleidekabine. Diese findest du hier rechts den Gang runter. Wenn du dich umgezogen hast, gehst du einfach in den Geräteraum und meldest dich bei Dennis. Er ist momentan der einzige Personal Trainer und sieht krass gut aus.« Sie zwinkerte ihr zu. »Hast du noch Fragen?«

»Nein, danke.« *Mir langt es jetzt schon*, fügte sie gedanklich hinzu, verkniff sich aber die Aussage. Der Umkleideraum erinnerte sie an den im Olantis, einem Schwimmbad mit Sauna in Oldenburg. Außer ihr befand sich niemand in diesem Raum. Trotzdem fühlte sie sich seltsam beobachtet. *Du redest dir da was ein.* Sie schüttelte den Kopf, zog die Jacke aus, hängte sie in einen der Schränke und entledigte sich ihrer Jeans. Ihr war, als hörte sie einen elektrischen Motor. Kaum wahrnehmbar. Lisbeth zog die Augenbrauen zusammen und schaute sich um. Konzentrierte sich allein auf ihr Gehör. Außer dumpfer Musik, die aus dem Geräteraum kam, vernahm sie nichts. *Jetzt höre ich schon unsichtbare Roboter, soweit ist es gekommen mit mir*, schalt sie sich. Eilig zog sie sich ihre schwarze Leggings über, wechselte das T-Shirt und steckte den Chip in den Schrank. Ihre Haare band sie mit einem Gummi zu einem Pferdeschwanz zusammen. Ein kurzer, prüfender Blick in den Wandspiegel, dann marschierte sie widerwillig in den Trainingsraum.

Unsicher blieb sie nach ein paar Metern stehen und versuchte diesen Dennis ausfindig zu machen. Sie zählte acht Männer und vier Frauen, konnte jedoch nicht erkennen, wer von den Männern der Personal Trainer war. An sich hätte sie auch keine Einweisung gebraucht, die meisten Geräte kannte sie aus dem Fitnessstudio, in das sie seit Jahren ging, mehr oder weniger regelmäßig. Sie würde mit Sicherheit nicht alle acht Männer abklappern und sie nach ihrem Namen fragen. Vielleicht befand sich Dennis noch gar nicht im Raum, sondern machte gerade Pause. »… und meldest dich einfach bei Dennis.« Was für eine bescheuerte Regelung! Lisbeth setzte sich an den Butterfly, ein Gerät zur Stärkung der Brustmuskulatur. Philip hatte ihr einmal erklärt, welche anderen Muskelgruppen zusätzlich trainiert wurden. Außer Bizeps hatte sie sich keinen gemerkt.

»Fick mich, wenn ich mich täusche. Aber haben wir uns nicht schon mal auf dem Mond getroffen?« Ein südländisch aussehender junger Mann stand breitbeinig und grinsend vor ihr. Am liebsten hätte sie ihr Bein hochgerissen und ihm in die Eier getreten. *Ganz ruhig durchatmen, du bist dienstlich hier.*

»Du täuschst dich nicht. Das letzte Mal habe ich dich auf dem Mond gesehen, wie du im Staub gebuddelt hast.« Das Grinsen wich einem Erstaunen. »Könntest du mir einen Gefallen tun?«

Das Macho-Grinsen kehrte zurück. »Ja sicher, Baby. Welchen?«

»Abhauen und erst zurückkommen, wenn du aus dem Sandkastenalter raus bist?« Der Typ gab einen Fluch in einer Sprache von sich, die Lisbeth nicht verstand, trollte sich dann aber. Lisbeth beendete die Übung vorzeitig, nahm ihr Handtuch und trat auf die Fensterfront zu. Sie überlegte, ob sie diesen Einsatz nicht abbrechen sollte, als sie eine Hand auf ihrer Schulter spürte. Blitzartig drehte sie sich um und schlug den Unterarm reflexartig weg.

»Hey, ich wollte dich nicht erschrecken. Ich habe dreimal deinen Namen gerufen. Darauf hast du nicht reagiert. Du bist doch Kati, oder?« Es dauerte einen Augenblick, bis sie realisierte, dass sie einen falschen Namen bei der Anmeldung angegeben hatte.

»Ja, ja, natürlich bin ich das. Dann musst du Dennis sein.«

»Exakt. Das ist hier übrigens ein Fitnessstudio und keine Kampfsportgruppe«, sagte er und rieb sich den Arm, »damit scheinst du dich auszukennen.« Zum Glück ähnelte Dennis in keiner Weise ihrem Ex-Freund Philip. Sie bezeichnete ihn inzwischen so, weil bei ihrem letzten Anrufversuch auf dem Handy nur die Nachricht ertönte, die Nummer sei nicht vergeben. Dieser Feigling bewies nicht einmal die Courage, sich einem Gespräch zu stellen, sondern wechselte seine Handynummer aus wie seine Freundin.

»Ja, ich habe einen Selbstverteidigungskurs belegt, ist Jahre her. Wie lange arbeitest du hier schon als Trainer?«

»Seit gut einem Jahr. Ich studiere im 5. Semester Sportwissenschaften und finanziere mir so das Studium.«

»Bist du auch Surflehrer?«

»Hä? Nein, wieso auch, reicht dir ein Fitnesstrainer nicht aus?«

»Ach, vergiss es. Mit welchem Gerät fangen wir an?«

»Am besten wärmst du dich dort drüben ein wenig auf und ich erkläre dir die grundlegenden Dinge, okay?« Dennis führte sie zu einem Standfahrrad, Fitnessergometer hatte Philip diese Geräte genannt. Das Einführungs-Blabla zu den Grundlagen ließ sie tapfer über sich ergehen und lächelte hin und wieder bei seinen Erklärungen.

»Welche anderen Trainer oder Trainerinnen gibt es hier noch?« Als Lisbeth seine verwunderte Miene sah, fügte sie eilig hinzu: »Also, wenn du mal nicht da bist oder ich mich für den Spinningkurs anmelden will.«

»Den Spinningkurs leite ich selbst«, erklärte er stolz und zählte seine Kolleginnen und Kollegen auf. »Soll ich dich gleich für den Kurs eintragen?«

»Weiß ich noch nicht, was sind da so für Teilnehmer drin, mehr Frauen oder mehr Männer und in welchem Alter?«

Dennis kratzte sich lässig über seinen Unterarm. »Du, das ist eine kleine Gruppe mit zehn Leuten, sechs Frauen und vier Männer im Alter von 30 bis 40 Jahren.«

»Ist eine Tamara dabei?«

»Hey, du bist ganz schön neugierig.« Lisbeth hätte beinahe geantwortet: «Ist schließlich mein Beruf.«

»Ich kenne sie von früher aus Jaderberg. Sie hatte mir vor ein paar Wochen von dem Studio hier erzählt.«

»Wenn du Tamara Renken meinst, die hat hier trainiert, aber sie war nicht im Spinningkurs.«

»Wieso war? Kommt sie nicht mehr zum Training?«, gab sich Lisbeth scheinheilig.

»Sie wurde erstochen. Hast du das nicht in der Zeitung gelesen?«

»Das war Tamara?« Lisbeth hielt sich die Hand vor den Mund. »Oh mein Gott, wie schrecklich.«

Dennis tippte kurz auf den Lenker. »Das reicht zum Aufwärmen. Wollen wir mal sehen, wie es um deine Bauchmuskeln bestellt ist?«

Lieber nicht, sagte ihre innere Stimme. »Sehr gern«, hörte sie sich selbst sagen. Lisbeth schenkte ihm ein strahlendes Lächeln.

Während des anstrengenden Bauchmuskeltrainings verschränkte sie die Hände hinter dem Kopf und sparte sich weitere Fragen. Zum einen fehlte ihr die Luft dazu, zum anderen wollte sie zu Beginn nicht übermäßig neugierig wirken. Sie überlegte sich, ihm unterschwellig zu schmeicheln, um an die gewünschten Informationen zu kommen. *Lass ihn reden! Er will sich vor dir präsentieren. Er will dir gefallen.* Lisbeth nahm nach der Übung ihr Handtuch, wischte sich den Schweiß von der Stirn und schnaufte.

»Sag mal, du als Trainer und Sportwissenschaftler, du kennst dich doch aus ...« Er lächelte und stützte sich vor ihr auf der schrägen Liege ab. »Du bekommst doch jede Menge Angebote von den sportlichen Frauen, oder?«

Lisbeth fragte sich, ob ihre Frage beruflicher Natur war oder ob sie wissen wollte, ob Philip ständig angehimmelt wurde. Wahrscheinlich machte sie eine Mischung aus beidem neugierig.

»Nein, das ist ein weitverbreitetes Klischee. Das denken nur viele.«

Lügner!

»Allerdings«, jetzt baute er sich vor ihr auf, »bin ich immer um ein vertrauensvolles Verhältnis bemüht. Schließlich sollen sich alle bei uns wohlfühlen und motiviert werden.«

»Das heißt, du kommst den Männern auch so nahe wie mir jetzt?« Peinlich berührt wandte er sich von ihr ab.

»Lass uns etwas für deine Rückenmuskulatur tun.«

Lisbeth durchlief danach noch einige weitere Trainingsstationen. Dennis schien sie als Frau anziehend zu finden, obwohl sie fast zehn Jahre älter als er sein dürfte. Er führte sich auf wie ein Gockel vor der Paarung. *Fast wie bei Philip. Ich hätte mich nie auf einen solchen Jungspund einlassen sollen. Schon gar nicht auf so einen gut aussehenden. Selbstverständlich wird der von den jungen Dingern angehimmelt. Sie wollen sich an seiner starken Schulter anlehnen. Welcher Mann wird da nicht schwach?*

Nach dem Probetraining zog sie sich eilig um und verschwand aus dem Studio, ohne sich zu duschen. Sie hatte die Nase voll von dem Laden, vor allem von Sportstudenten, die als Personal Trainer arbeiteten.

»Und, wie war es?«, fragte Paul im Auto.

»Fahr los! Ich will weg von hier.«

Paul legte wortlos den Rückwärtsgang ein und fuhr in Richtung Polizeiinspektion. Er hakte nicht noch einmal bei ihr nach. Schließlich fing sie von selbst an zu berichten.

»Der Trainer, Dennis, mag mich, hat einen Narren an mir gefressen.«

»Das ist doch prima.« *Ich könnte gut darauf verzichten.*

Lisbeth ging nicht auf seinen Kommentar ein. »Jedenfalls kannte er Tamara Renken. Nach Gesa Wiemken habe ich erst gar nicht gefragt. Das wäre zu auffällig gewesen. Dann hätte selbst er gemerkt, dass ich von der Kripo bin.«

Paul lenkte den Wagen stoisch durch den trägen Oldenburger Stadtverkehr und sagte nichts.

»Scheiße, ich werde da öfter hingehen müssen, um wirklich etwas herauszufinden.«

Paul grinste vor sich hin.

»Ja, ja, grins du nur. Das war doch eh dein Plan, oder?«

Paul schaltete vom vierten in den dritten Gang und sagte nichts.

»Von Anfang an.«

***

Die knackige Schwarzhaarige sah er zum ersten Mal. Warum hatte sie so schnell die Räumlichkeiten verlassen, ohne zu duschen? Zu gerne hätte er ihr beim Einseifen zugesehen. So intensiv, wie sie mit dem Fitnesstrainer plauderte, schien sie einen Schnupperkurs gebucht zu haben. Er hoffte, sie in Zukunft öfter durch seine Webcams beobachten zu können. Irgendetwas an ihr war anders als bei den meisten Mitgliedern des Fitnessstudios. Sie ging nicht so unbedarft vor. Ob es nur daran lag, dass heute ihr erster Besuch war?

Wenn er neue Frauen entdeckte, kamen sie meistens nicht alleine, sondern mit einer Freundin. Nicht so dieses Prachtexemplar. Sie erinnerte ihn an ein Mädchen aus seiner Schulzeit. Ähnlich kurvige Figur, gleiche schwarze Haarfarbe, dieselbe anmutige Art, sich zu bewegen - wie Vanessa in der 13. Klasse des Gymnasiums. Er kannte keinen Jungen, der damals nicht auf sie stand. Mit den meisten spielte sie bloß. Flirtete sie an, damit sie bewundert wurde. Das brauchte sie. Ihn beachtete sie kaum, bis auf den einen Abend auf der Feier. Er konnte sein Glück kaum fassen, als sie freudestrahlend mit zwei Gläsern auf ihn zukam. Anfangs dachte er, sie hätte nicht ihn gemeint. Er hatte sich umgesehen, ob ein anderer Junge hinter ihm stand, doch hinter ihm stand keiner. Sie stießen gemeinsam auf ihren Abiturjahrgang an. Sie legte ihre Hand auf seine Schulter, als er einen Witz machte und sie herzlich lachen musste. Weil sie ihn nach seinen Hobbys und seiner Familie fragte, hielt er es für echtes Interesse an seiner Person.

Er kapierte erst hinterher, dass er nur Mittel zum Zweck gewesen war, weil sie einen anderen Jungen eifersüchtig machen wollte. Einen Tag später nahm er allen Mut zusammen und fragte sie, ob sie mit ihm zum Abi-Ball gehen würde. Sie lachte erneut. Es war ein vollkommen anderes Lachen als am Vortag, denn sie lachte nicht mit ihm, sondern über ihn. Sie gab ihm nicht einmal eine Antwort auf seine Frage, sondern lief zu ihren Freundinnen. Er konnte nicht hören, was sie tuschelten. Aber er sah, wie Vanessa auf ihn zeigte und daraufhin alle vier Freundinnen laut gackerten. Bis zu diesem Zeitpunkt hatte er sich in seinem Leben noch nie so gedemütigt gefühlt. Er wusste nicht genau, was aus Vanessa geworden war. Angeblich sei sie nach dem Abitur nach Göttingen gezogen, um dort Medizin zu studieren, erzählte ihm ein ehemaliger Schulfreund.

Das Filmchen von ihr beim Umziehen musste er archivieren und speicherte es unter dem Dateinamen *Vanessa* ab. Er ging in die Küche und schaltete den Backofen auf 220 Grad ein. Auf seinem Rückweg drehte er die Bässe seiner Stereoanlage auf. Aufgrund mangelnder Liveaufnahmen im Fitnessstudio öffnete er die Datei *Brünette-XXL*. Sie gehörte zu den regelmäßigen Besucherinnen. Er zoomte heran und genoss den Anblick, wenn auch die Bilder in dieser Vergrößerung etwas pixelig wirkten, so konnte er genug erkennen. Er hörte, wie er schwer atmete. Fast hätte er dabei vergessen, seine Tiefkühlpizza *Peperoni* in den vorgeheizten Ofen zu schieben. Nach einem kurzen Blick auf die Verpackung stellte er den Backofenwecker auf elf Minuten ein. Wie immer, wenn er sich eine Pizza in den Ofen schob, fasste er sich über seinen Bauch und nahm sich vor, sich in Zukunft gesünder zu ernähren.

Im Laufe der letzten Jahre hatte er seine sozialen Kontakte eingeschränkt. Er ging kaum noch zum Fußballtraining, meldete sich immer weniger bei seinen Freunden. Bei jedem Anruf auf seinem Festnetzanschluss wartete er, bis sich der Anrufbeantworter einschaltete. In den meisten Fällen ging er auch nicht ans Telefon, wenn der Anrufer eine Nachricht drauf sprach. Seinen Eltern spielte er eh den geschäftigen Sohn vor, der beruflich so stark eingespannt war, dass sie ihn schlichtweg nicht erreichen konnten. Seine einzigen Kontakte zur Außenwelt bestanden über das Internet oder wenn er selbst das Haus verließ. Selten sprach er dabei mit Verkäuferinnen an der Supermarktkasse oder beim Bäcker mehr als zwei Sätze. Seine Isolation war keine bewusste Entscheidung. Schleichend hatte es sich, wie er glaubte, von selbst so entwickelt. Er hatte einfach keine Lust, sich die Frage »Was machst du beruflich?« anzuhören. Was hätte er sagen sollen? »Nichts« wäre ihm zu peinlich gewesen. Also vermied er alle Gelegenheiten, bei denen er gefragt werden konnte.

Piepend meldete sich der Backofen. Beim Versuch, die Pizza vom Backblech auf den Teller zu befördern, kam er versehentlich mit der rechten Hand an die Heizspirale.

»Autsch, verfluchter Mist!« Er hielt die Hand sofort unter kaltes Wasser. Der Schmerz ließ nur langsam nach. Missmutig schlurfte er mit dem Teller und dem Besteck ins Wohnzimmer. Was er auf dem Bildschirm seines Laptops sah, ließ die Pizza kalt werden.

Kapitel 14

Völlig ausgelaugt schloss sie ihre Wohnungstür auf. Ihr Kater *Mafioso* maunzte sie an, um sich über ihre lange Abwesenheit zu beschweren. Sie schloss die Tür von innen zweimal ab, stellte ihre Sporttasche ab und kraulte Mafioso den Hals und den Nacken.

»Na, Dicker, hast du mich vermisst?« Dieser streifte zweimal an ihrem Hosenbein entlang, um anschließend mit Nachdruck auf seinen leeren Napf in der Küche hinzuweisen. »Ja, ist doch gut, ich weiß, du hast Hunger. Darf ich vielleicht zuerst meine Jacke ausziehen, hm?« Quengelnder Protest.

Sie ignorierte ihn, bis sie ihre Jacke an der Garderobe aufgehängt hatte. Ihr Anrufbeantworter blinkte. Ohne eine neue Nachricht abzuhören, ging sie in die Küche und öffnete eine Packung Knusper-Mix. Als Mafioso den Thunfisch roch, wurde er noch ungeduldiger. Sie füllte den Napf. Mafioso fiel über das Fressen her.

Der Sport im Fitnessstudio mit ihrer Freundin Miriam machte ihr großen Spaß. Ursprünglich wollte sie das Training heute sausen lassen, doch ihre Freundin hätte sie so oder so durchschaut. Also machte sie erst gar nicht den Versuch, sich beim gestrigen Anruf ihrer Freundin hinter einer Ausrede zu verstecken. Wenn sie das Studio erst einmal betreten hatte, fand sie es toll. Nur den inneren Schweinehund zu überwinden, das war nicht ihre Sache.

Nach dem dritten Glas Rotwein und einem lustigen Abend hatte sie vor ein paar Wochen zugesagt, regelmäßig gemeinsam zu trainieren. Schon seit Jahren verstand sie sich mit ihrer Arbeitskollegin Miriam so gut, dass sie begannen, sich nach Feierabend zu treffen. Dass sie als Verkäuferinnen bei der

Supermarktkette Famila nicht immer die gleichen Arbeitsschichten hatten, schränkte ihre gemeinsame Freizeitgestaltung ein. Heute hatten beide Frühschicht und verabredet, ihre Sporttaschen gleich mitzubringen, um nach der Arbeit zum Sport zu fahren. Zum Aufwärmen setzte sie sich auf das Fahrrad, während Miriam neben ihr auf dem Laufband joggte. Sie wählten ein gemächliches Tempo, um sich miteinander unterhalten zu können.

»Hast du dich inzwischen entschieden, wie du deinen smarten Single, der immer nur zu dir an die Kasse kommt, ansprechen willst? Oder hoffst du immer noch, er kommt selbst in die Pötte? Der war doch heute schon wieder bei dir, oder?«

»Mensch, Karla, wir wissen doch noch gar nicht, ob der überhaupt Single ist.«

»Laut deiner Aussage kauft er doch fast immer das Gleiche: Tiefkühlgerichte, kleine Packung Salami, kleine Packung Käse, einen Liter Milch, einen Sechserträger Bier und eine Fernsehzeitung. Manchmal zusätzlich ein Pfund Kaffee oder Rasierschaum. Der kauft nur für eine Person ein, nämlich für sich. Das haben wir doch schon oft genug durchgekaut.«

Die beiden Freundinnen hatten lange darüber diskutiert, was der beste Weg wäre, ihn anzusprechen. Er gefiel Miriam ziemlich gut. Sie kamen auf keine vernünftige Idee.

Miriams Wangen färbten sich rot. Als sich Karla fragte, ob das die Anstrengung war, sagte ihre Freundin leise: »Ich hab's gemacht.«

Karla hörte auf zu treten. »Was hast du gemacht?«

»Ich habe ihm heute einen Zettel mit meiner Telefonnummer in seine Fernsehzeitung gelegt, bevor ich sie über den Scanner gezogen habe.«

Jetzt stieg Karla vom Fahrrad ab. »Ich fasse es nicht! Warum erfahre ich erst jetzt davon?«

Miriam grinste und drückte einen Knopf. Das Laufband wurde immer langsamer.

»Also noch mal für mich zum Mitschreiben. Du hast ihm einen Zettel mit deiner Handynummer hinterlassen?«

»Ja, sagte ich doch schon.«

»Und weiter nichts? Nicht deinen Namen, keinen Zweizeiler, keinen Gruß, kein gar nichts?«

Miriam nahm das Handtuch und wischte sich den Schweiß aus dem Gesicht. »So, wie der mir immer auf das Namensschild glotzt, weiß er den bereits.«

Karla blickte mit offenem Mund zu Miriam.

»Okay, einen Satz habe ich noch dazu geschrieben.« Erneut grinste sie verschmitzt.

»Jetzt lass dir doch nicht alles aus der Nase ziehen. Erzähl schon, was steht auf diesem Zettel?« Karla klatschte Miriam mit der flachen Hand auf ihren Oberschenkel.

»Ruf mich an, ich beiße nicht. Lieben Gruß, Miriam.«

»Ja und? Hat er sich gemeldet?«

»Bisher noch nicht. Wahrscheinlich hat er den Zettel noch gar nicht gefunden, weil er die Fernsehzeitung einfach in die Ecke gelegt hat.«

»Ach, jetzt verstehe ich ...«, Karla schlug sich mit der Hand vor die Stirn, »... warum du vorhin so oft aufs Smartphone geschaut hast. Du hättest ruhig mal was sagen können. Hey, ich bin deine beste Freundin.«

Eine Bewegung aus dem Garten, die Karla nur aus dem Augenwinkel wahrnahm, riss sie aus ihren Gedanken. Selbst Mafioso lief aus der Küche ins Wohnzimmer, spitzte die Ohren und schaute durch das Fenster der Terrassentür in die Dunkelheit. Karla trat an die Terrassentür und drückte den Schalter für das Licht auf der Terrasse. So sehr sie ihren Hals reckte, sie konnte niemanden erkennen. Mafioso schmiegte sich an ihr Bein. Sie nahm ihn auf den Arm. »Du hast auch was gehört, oder?« Der Karte schnurrte zufrieden. »Was meinst du, ist da draußen irgendwer?« Mit einer Hand hielt sie Mafioso, während sie mit der anderen das Außenlicht ausschaltete. Gemeinsam mit ihrem Kater setzte sie sich auf die Wohnlandschaft. Sie kuschelte ihr Gesicht in sein Fell. Mit der Fernbedienung schaltete sie den Fernseher ein, zappte durch die Kanäle und blieb bei einem Boulevard-Magazin hängen.

Nach dem schweißtreibenden Training waren die beiden Freundinnen in die Sauna gegangen. Außer ihnen befand sich niemand in der 90 Grad heißen finnischen Sauna, sodass sie ihr Gespräch über Miriams Verehrer ungestört fortsetzen konnten.

»Es ist doch auffällig, dass er immer zu dir an die Kasse geht. Das macht er selbst dann, wenn die Schlange bei mir an der Kasse kürzer ist.« Karla zog gespielt einen Schmollmund, worauf beide lachen mussten. »Also muss er an dir interessiert sein.«

»Das mag ja sein. Deswegen muss er nicht zwingend alleinstehend sein.«

»Ach ja? Und warum kauft er dann immer nur für eine Person

ein?«

»Was weiß ich, vielleicht führt er eine Fernbeziehung. Einer, der so aussieht, hat immer eine Freundin, meistens sogar zwei.«

»Was bist du immer so negativ?« Ihre Freundin und Arbeitskollegin war erst seit kurzem Single, während sie selbst schon länger keinen festen Freund mehr hatte. Einerseits beneidete Karla sie um den Verehrer, auf der anderen freute sie sich für Miriam. Nach dem letzten Schaumschläger und Selbstdarsteller gönnte sie ihr einen guten Typen. Sie fand, Miriam sah deutlich besser aus als sie selbst: schlanke Figur, blonde Haare. An Angeboten hatte es ihr nie gemangelt. Sobald sie eine Kneipe betraten, richteten sich die Augen der Männer auf Miriam, als hätte jemand einen Scheinwerfer auf sie gerichtet. Im Vergleich zu ihr fühlte sich Karla nicht nur mollig, sondern dick. Um ein paar Kilos zu verlieren, ging sie jetzt regelmäßig ins Studio.

Karla stand ohne Mafioso auf und nahm sich einen Schokoriegel aus der Schublade. Gerade als sie die Verpackung aufreißen wollte, überlegte sie es sich anders und legte ihn zurück. Stattdessen lief sie in die Küche und schnitt sich einen Apfel auf. Mit den Apfelstücken auf dem Teller kehrte sie zurück. Mafioso saß nicht mehr auf der braunen Wohnlandschaft. Er hatte es sich auf seinem Stammplatz auf der Fensterbank bequem gemacht. Der Heizkörper unter ihm verschaffte ihm wohlige Wärme.

Die Sprecherin des Boulevard-Magazins erregte Karlas Aufmerksamkeit. Sie schaltete den Ton lauter.

Noch immer hat die Polizei in Oldenburg keine heiße Spur bezüglich der beiden erstochenen Frauen. Nach dem derzeitigen Ermittlungsstand geht die Kripo von einem Täter aus. Zu weiteren Details wollte sich der Leiter der gebildeten Sonderkommission Tankstelle,

Kriminalhauptkommissar Paul Schweigert, nicht äußern. Die Bevölkerung wird um Mithilfe gebeten …

Karla fand diese Meldung beängstigend. So etwas passierte zwar überall im Land, aber doch nicht in Oldenburg. Sie wählte ein anderes Programm, um sich abzulenken. Doch sie fand nichts, was sie interessierte, schaltete die Glotze ab und aß die restlichen Apfelstücke auf. Als sie den Teller zurück in die Küche bringen wollte, klingelte es an der Haustür. Ziemlich ungewöhnlich für diese Uhrzeit.

***

Bevor sie in die Polizeiinspektion gefahren waren, hatte Lisbeth Paul gebeten, einen Umweg zu ihr nach Hause zu machen, damit sie noch duschen könnte. Verschwitzt im Büro zu sitzen könne sie niemandem zumuten, nicht mal ihrem Chef. Er hielt vor ihrer Wohnung und wartete im Auto. Keine 20 Minuten später setzte sich Lisbeth zu Paul in den Wagen und sie fuhren ins Büro.

Ohne ein Wort zu sagen wälzten sie seitenweise Dokumentationen. Der Fernsehbericht hatte die Sonderkommission *Tankstelle* zu einem Callcenter werden lassen. Die nicht relevanten Hinweise sortierten ihre erfahrenen Kollegen gewissenhaft aus. So mussten Paul und Lisbeth sich nur noch um die erfolgversprechenden Hinweise kümmern.

Lisbeth streckte beide Arme nach oben, legte den Kopf tief in den Nacken und anschließend so weit nach vorne, bis sie mit dem Kinn fast ihr Schlüsselbein berührte. Sie hörte ein leises Knacken, ein untrügliches Zeichen für eine Verspannung infolge der immer gleichen Sitzhaltung beim Aktenstudium. »Warum müssen die Kommissare im Fernsehen nie Berichte schreiben und hunderte von Hinweisen abarbeiten?«

Paul hielt einen Bericht in der Hand, während er aufschaute. »Was?«

»Das einzige, was ich bei denen im *Tatort* sehe beziehungsweise höre, ist so eine Anweisung vom Chef: *Ich erwarte Ihren Bericht bis morgen früh auf meinem Schreibtisc*h.« Lisbeth äffte die Stimme eines Chefs nach.

»Ja und? Was willst du mir damit sagen?«

»Hast du schon einmal so einen Fernsehkommissar stundenlang Polizeiberichte schreiben sehen?«

»Nee, natürlich nicht, da würden doch sämtliche Zuschauer umschalten. Zumindest die, die nicht vor Langeweile eingeschlafen sind.«

Beide widmeten sich wieder dem Papierkram. Inzwischen zeigte der Funkwecker 20:20 Uhr an.

»Jetzt habe ich hier etwas Interessantes«, meldete sich Lisbeth und hielt ein Blatt hoch. »Eine ältere Frau will Gesa Wiemken gesehen haben, eine halbe Stunde, nachdem sie den Fitnessklub verlassen hat.«

»Okay, das behaupten einige, was ist an der Frau so außergewöhnlich?«

»Ingrid Konrads ist 78 Jahre alt und wohnt in der Wilhelm-Krüger-Straße.«

»Bei mir klingelt da nichts, warum ist das etwas Besonderes?«

»Weil die Wilhelm-Krüger-Straße keine fünf Gehminuten vom McFit entfernt liegt.«

Paul stand auf und zog sich seine Jacke an. »Dann lass uns zu der alten Dame fahren und sie befragen.«

An dem unscheinbaren Klinkerbau mussten die beiden Kommissare nicht lange nach der Klingel von Frau Konrads suchen. Das gut beleuchtete Namensschild stand ganz unten. Paul drückte zweimal kurz nacheinander auf die Klingel. Es dauerte sehr lange, bis eine Reaktion erfolgte.

»Ja?«

»Frau Konrads, wir sind von der Kripo Oldenburg und würden gerne mit Ihnen sprechen.«

»Wer ist da?«

Paul antwortete laut: »Schweigert, Kriminalpolizei.«

»Waaas?«

Paul schrie: »Polizei, öffnen Sie die Tür!«

»Ja, Moment eben.«

Ein Surren und sie konnten die Eingangstür aufdrücken. Die Wohnung der alten Dame war gleich die erste Wohnung links. Sie hörten die Geräusche eines Sicherheitsschlosses. Dann wurde die Wohnungstür aufgesperrt.

»Guten Abend, Frau Konrads. Es tut mir leid, dass wir so spät ...«

»Zeigen Sie erst mal Ihren Ausweis, junger Mann.« Eine kleine, korpulente Frau stand im Bademantel vor ihnen und musterte sie kritisch.

Paul zückte den Dienstausweis. »Kriminalhauptkommissar Schweigert. Sie haben bei uns angerufen. Das ist meine Kollegin, Frau Eicken.« Lisbeth merkte, wie sich Frau Konrads schwertat, die Schrift auf dem Ausweis zu entziffern.

»Das stimmt, ich habe angerufen. War ein sehr netter Herr am Telefon, obwohl ich den schlecht verstanden habe.« Sie zog die Tür weiter auf und gab den Eingang frei. »Man soll sich den Ausweis zeigen lassen, sagen sie im Fernsehen immer. Kommen Sie doch bitte herein.«

Der Flur war mit einem dicken Teppich ausgelegt. Es roch, als wäre schon länger nicht gelüftet worden. Frau Konrads führte sie ins Wohnzimmer. Jeder Schritt schien ihr Mühe zu bereiten.

»Bitte, nehmen Sie doch Platz. Wollen Sie einen Kaffee? Oder vielleicht ist ein Tee besser um diese Uhrzeit?«

»Wir wollen Ihnen keine Umstände bereiten ...«, sagte Paul und nahm die Hände wie zur Abwehr hoch.

»Ach, das macht mir keine Mühe. Ich bekomme so selten Besuch.« Unvermittelt verschwand sie in der Küche. Paul schritt zum Fenster, vor dem eine altmodische Gardine hing. Er zog sie ein Stück zur Seite und blickte hinaus in die Dunkelheit. Die nächste Laterne war ein gutes Stück entfernt.

Lisbeth stand inzwischen an der Schrankwand und hielt demonstrativ eine Leselupe in der Hand. Frau Konrads kam mit schaukelndem Gang zurück.

»Wir wollen Sie nicht lange aufhalten. Wann und wo haben Sie Frau Wiemken gesehen?«

»Die Uhrzeit habe ich doch schon Ihrem Kollegen am Telefon erzählt. Ich stand dort am Fenster. Genau da, wo Sie jetzt stehen, Herr Kommissar.«

»Schön.« Paul versuchte ein Lächeln. Als Lisbeth die Augen verdrehte, wusste er, dass sein Versuch misslungen war. »Was haben Sie genau beobachtet?«

»Na, die Frau, die sie im Fernsehen zeigten. Sie ging da draußen auf dem Bürgersteig entlang, mit einem Kinderwagen.«

Lisbeth starrte die alte Dame mit aufgerissenen Augen und offenem Mund an.

»Gesa Wiemken hatte keine Kinder. Außerdem war es doch schon dunkel und dort gibt es keine Laterne.«

»Na ja, kann auch ein Einkaufswagen gewesen sein.« Paul hatte große Mühe, seine Verwunderung zu verbergen.

»Frau Konrads, Sie tragen doch eine Brille.« Er zeigte auf eine Brille, die auf dem Couchtisch lag.

»Ja, das ist richtig.«

»Hatten Sie die auf, als Sie die Frau gesehen haben?«

»Warten Sie, da muss ich überlegen. Jetzt, wo Sie es sagen. Ich glaube nicht. Aber ich habe sie gesehen.« Aus der Küche hörten sie einen pfeifenden Wasserkessel. »Oh, das Wasser kocht«, kommentierte die alte Dame überflüssigerweise.

Während sie in die Küche ging, forderte Lisbeth: »Lass uns bloß verschwinden. Ich kriege hier sonst einen Anfall.«

Paul stimmte ihr zu. Auf dem Flur rief Paul: »Danke, wir müssen leider schon los.«

»Aber was ist denn jetzt mit Ihrem Tee?«, hörten die beiden Ermittler schon nicht mehr, da sie bereits die Wohnung verlassen hatten.

Im Auto verschaffte Lisbeth ihrem Ärger Luft. »Ich fasse es nicht. Die Alte hört nicht mehr gut, sieht noch schlechter und will eine Frau gesehen haben, über die in den Fernsehnachrichten berichtet wurde, *mit einem Kinderwagen*!«

»Lissi, reg dich ab. Wir müssen solchen Hinweisen nachgehen.« Irgendwo ertönte ein Martinshorn.

Sie schlug so hart auf die Armatur, dass Paul froh war, dass ein Airbag nur durch Sensoren im Motorblock ausgelöst werden konnte. »Kinderwagen, Einkaufswagen. Vielleicht war es auch ein Rollator, den Gesa Wiemken schob. Kann doch sein, oder?«

Paul sagte nichts, sondern startete den Wagen und bog nach einer Minute in die Nadorster Straße ein, an deren Ecke sich das McFit befand. Ein Einsatzfahrzeug stand mit eingeschaltetem Blaulicht vor dem Eingang des Fitnessstudios. Die Polizisten waren offenbar schon im Gebäude. Paul parkte den Dienstwagen neben dem Streifenwagen. »Jetzt bin ich gespannt, was das zu bedeuten hat.«

Kapitel 15

Als sie die Rezeption erreichten, sahen sie einen Kollegen der Schutzpolizei nur noch von hinten in den Bereich der Umkleidekabinen verschwinden.

»Warum sind die Kollegen von der Streife gerufen worden?« Während Paul das fragte, hielt er der Rezeptionistin seinen Dienstausweis vor die Nase. Sie schien geschockt und sich nicht wirklich für den Ausweis zu interessieren.

»Ich habe die Polizei gerufen. Einer meiner Kollegen, Wolf Dumke, liegt tot in der Sauna.«

»Okay, wir kümmern uns darum. Wie viele Kunden, also Fitnessklubmitglieder, befinden sich jetzt noch hier im Gebäude?«

»Keiner mehr, nur noch Mitarbeiter. Wir wollten schließen, als der Hausmeister den …«, ihr versagte einen Augenblick die Stimme, »den Toten gefunden hat.«

»Sie bleiben bitte hier an der Rezeption und lassen bitte keinen hinein, außer unsere Kollegen von der Spurensicherung und der Rechtsmedizin.«

»Das hat mir der eine Streifenpolizist gerade auch schon gesagt.«

»Alles klar.«

Um in die Sauna zu gelangen, mussten sie zunächst durch die Umkleidekabine gehen. Dort begegneten sie einer Reinigungskraft, die ein gelbes T-Shirt mit der schwarzen Aufschrift *Blitz & Blank* trug.

Paul hatte sich auf einiges gefasst gemacht. Als er den Toten vor der geöffneten Saunatür erblickte, schüttelte er verständnislos den Kopf und begrüßte Polizeioberkommissar Schulte.

»Moin, Herr Schweigert. Wir waren genauso überrascht wie Sie. Herr Thielebeule ist hier der Hausmeister und hat den Toten in der Sauna gefunden. Die Saunatür wurde mit zwei Keilen blockiert.«

»Warum hat der Tote Kleidung an, wenn er in der Sauna lag?«

»Das wissen wir nicht. Fakt ist, Herr Thielebeule hat die beiden Holzkeile entfernt und den Toten aus der Sauna gezogen.«

Inzwischen war die Temperatur der Sauna auf 45 Grad gesunken, wie das Thermometer innerhalb der Sauna verriet. Den Schwall der ausströmenden heißen Luft konnte Paul im Gesicht spüren. Die Finger des toten Wolf Dumke waren zu Krallen geformt und ein Fingernagel war abgerissen. Er trug eine schwarze Radlerhose und ein dunkelblaues Poloshirt. Außerdem hatte er Socken und Joggingschuhe an. Wenn er nur für die Aufgüsse zuständig war, hätte er bestimmt keine Joggingschuhe, sondern Badelatschen ohne Strümpfe getragen. Außerdem ergab ein Aufguss keinen Sinn, wenn keiner mehr in der Sauna war. An der Stirn erkannte Paul eine Platzwunde.

»Dort drüben ist der Hausmeister.« Oberkommissar Schulte zeigte auf den unscheinbar wirkenden Mann.

»Wann und wie haben Sie den Toten gefunden?«

Der hagere Mann mit schütterem Haar, den Paul auf Mitte 30 schätzte, hatte eine auffallend rote Nase, und feine Äderchen verliefen unter seinen Augen. »Ja, ich habe meine Runde gemacht und gesehen, dass die Sauna noch in Betrieb war. Dann sah ich die beiden Keile an der Tür. So etwas habe ich hier noch nie vorher gesehen.«

»Sind die beiden Keile von hier?«

»Ja, wir benutzen solche Dinger, wenn hier mal ausgiebig gelüftet werden muss.«

»Erzählen Sie weiter.« Paul unterstrich seine Aussage mit einer Geste.

»Ich guckte durch das kleine Fenster in der Saunatür und sah Wolf auf dem Fußboden liegen. Daraufhin entfernte ich sofort die Keile, öffnete die Tür und zog ihn heraus. Ich tastete am Hals nach seinem Puls, konnte aber keinen fühlen.« Der Hausmeister setzte sich auf eine Holzbank und hielt die Hände übereinander. »Ich habe noch versucht, ihn wiederzubeleben.« Er ahmte die Bewegungen einer Herzdruckmassage nach. Seine Augen füllten sich mit ein paar Tränen. »Aber ich hab's nicht geschafft.«

Paul legte ihm die Hand auf die Schulter. »Ich bin sicher, Sie haben alles versucht. Er war vermutlich schon tot, als Sie ihn fanden. Sie müssen sich keine Vorwürfe machen.«

»Aber wenn ich ihn nur zehn Minuten früher entdeckt hätte ...«

»... wäre es auch zu spät gewesen.« Hinter Paul stand plötzlich der Geschäftsführer des McFit, Sven Strobel. Er hatte ihn gar nicht reinkommen hören. In der rechten Hand hielt er einen Schlüsselbund, an dem ein elektronischer Autoschlüssel mit dem Mercedesstern hing. Er trug eine Lederjacke und eine Jeans. Sven Strobel sagte nichts. Verharrte wie eingefroren und versuchte lediglich mit einem kritischen Blick die Situation zu erfassen.

»In welcher Funktion hat Herr Dumke gearbeitet?« Der Angesprochene schien zu keiner Reaktion fähig.

»Herr Strobel, haben Sie mich verstanden?«

Der Geschäftsführer atmete hörbar aus, fuhr sich mit der linken Hand über seinen Dreitagebart. Als drückte eine schwere Last auf seine Schultern, bewegte er sich Schritt für Schritt vorwärts. Er legte den Kopf zur Seite, ging in die Knie. »Wolf«, flüsterte er. »was haben sie mit dir gemacht?«

Paul sah fragend zu Lisbeth hinüber. Sie zuckte mit den Achseln.

»Wolf, also Herr Dumke, hat alles für mich gemacht.« Sven Strobel schien sich wieder gefangen zu haben, stand auf, sprach jetzt direkt zu Paul: »Ein erstklassiger Mann mit vielen Talenten. Am besten war er im Marketing. Er organisierte die Onlinewerbung in den sozialen Medien sowie die Offlinewerbung. Verdammt, er hat sogar die Banner selbst erstellt. Ich kenne ihn schon seit Jahren. Wir waren gut befreundet.«

»Hat er auch als Trainer im Studio gearbeitet? Ich meine, so wie er gekleidet ist?«

Strobel nestelte an seinem Schlüsselbund. »Nur ausnahmsweise, wenn Not am Mann war. Manchmal hat er einfach nur trainiert, wie jeder andere Gast auch.« Er zeigte in die Sauna. »Hat man ihn dort gefunden?«

Paul nickte.

»Das verstehe ich nicht, wieso hat er dann noch seine

Bekleidung an?«

Paul ignorierte die Frage. »Wieso hat er sich heute im Saunabereich aufgehalten?«

Strobel drehte seine Hände so, dass man die Innenflächen sehen konnte. »Das weiß ich nicht. Heute Nachmittag nahm er einen Termin mit der Agentur wahr.«

»Wo kommen Sie jetzt her?«, schaltete sich Lisbeth ein.

»Von zu Hause. Silvana vom Empfang rief mich an und meinte, ich solle hierher kommen, es wäre etwas Schlimmes passiert.«

Die emotionalen Reaktionen des Geschäftsführers stufte Paul als authentisch ein. Trotzdem beschloss er nachzuhaken. »Kann jemand bezeugen, dass Sie zu Hause waren?«

»Was? Werde ich jetzt etwa verdächtigt? Das ist doch lächerlich.«

»Reine Routine. Beantworten Sie bitte die Frage.«

»Meine Frau wird meine Aussage bestätigen. Warum sollte ich Wolf umbringen?«

Paul ignorierte auch diese Frage. »Hatte Herr Dumke irgendwelche Feinde? Neider im beruflichen oder im privaten Bereich?«

Strobel schüttelte energisch den Kopf. »Wenn ich eine Liste erstellen sollte mit Leuten, die in Oldenburg mit jedem bestens auskommen, stünde Wolf ganz oben. Wenn Sie ihn gekannt hätten, wüssten Sie, was ich meine. Überall, wo er auftauchte, verbreitete er geradezu unverschämt gute Laune. Damals, als er bei mir anfing, schickte ich ihn mit einem Karton voller Flyer in die Fußgängerzone, in die Lange Straße. Das war unfassbar. Es bildete sich regelrecht eine Menschentraube um ihn. Ich wollte das zuerst gar nicht glauben. Als ich ihm einen Karton Nachschub brachte, habe ich das mit eigenen Augen gesehen.«

Wenn jemand so einen Erfolg hat, gibt es jede Menge Neider. Vielleicht war er jemandem zu erfolgreich.

Die Kollegen von der Spurensicherung begannen mit ihrer Arbeit. Paul beneidete sie nicht darum, direkt vor der Sauna in ihren weißen Ganzkörperanzügen aus Vlies die Beweissicherung durchzuführen.

»Könnten Sie Ihre Befragung in einem anderen Raum durchführen?«, brummelte ein untersetzter Kollege unter seinem Mundschutz. »Hier sind schon genügend Leute durch meinen Tatort gelatscht und haben ihn kontaminiert.«

Paul nickte und deutete in Richtung Ausgang. »Herr Strobel, lassen Sie uns in Ihr Büro gehen.« Dieser ging voran, während Paul Lisbeth zur Seite nahm. »Nimmst du dir bitte den Hausmeister Thielebeule vor?«

Lisbeth drehte sich um, wandte ihm den Rücken zu, hob die rechte Hand und wackelte wie zum Gruß mit den Fingern, als wollte sie sagen: »Habe verstanden, bin bereits unterwegs, Chef.«

Im Büro des Geschäftsführers, welches Paul zum zweiten Mal betrat, wirkte Sven Strobel verloren und seltsam durcheinander. Kein Vergleich zu seinem selbstsicheren Auftritt beim ersten Besuch. Mit hängenden Schultern stand er hinter seinem ledernen Schreibtischstuhl.

»Ich brauche eine Liste von allen Leuten, die sich heute in

Ihren Räumlichkeiten aufgehalten haben, zudem deren Ankunftszeit und den Zeitpunkt, wann sie das Gebäude verlassen haben.«

Strobel ging um den Stuhl herum und ließ sich schwermütig hineinfallen, ohne seine Jacke auszuziehen.

»Haben Sie mich verstanden?«

»Ja, kriegen Sie«, sagte er mehr zu sich selbst, »kriegen Sie«, wiederholte er flüsternd.

»Wie standen Sie zu Herrn Dumke? Ich meine, außer, dass sie sein Chef waren?«

Strobel legte den Schlüsselbund auf dem Schreibtisch ab. »Wir waren beste Freunde. Ich habe ihn beim Basketball kennengelernt. Zunächst mochten wir uns gar nicht. Ich lief dribbelnd mit dem Ball auf den Korb zu, als er mich foulte. Er behauptete, es sei keine regelgerechte Verteidigung gewesen, ich sei einfach in ihn rein gelaufen, als er schon da stand.« Strobel schüttelte kurz mit dem Kopf, in Gedanken versunken in der Vergangenheit. »Wir sind uns fast an die Gurgel gegangen, weil wir beide recht haben wollten. Noch Jahre später redeten wir beim Bier über diese Kennenlerngeschichte. Es gehörte zur Tradition, dass wir beide nach wie vor auf unserer Meinung beharrten. Je öfter wir mit- oder gegeneinander spielten, desto mehr Respekt bekam ich vor ihm, weil er nicht nur besser spielte, sondern auch die Mannschaft leitete. Wie so eine Art Trainer, obwohl ihn keiner dazu gemacht hatte. Irgendwann lud ich ihn zum Training hierher ins Studio ein. Wir kamen ins Gespräch und er erzählte mir, ihm sei von seiner Agentur gekündigt worden. Ich bot ihm sofort einen Job an, weil ich damals schon ahnte, was er alles drauf hat. So einen Menschen finden Sie vielleicht ein- oder zweimal im Leben.«

»Hatte Herr Dumke eine Frau oder Freundin?«

»Nichts Festes.« Strobel grinste vor sich hin. »Wolf hatte immer eine am Start.«

Wenn solch ein Verhalten nicht jede Menge Neid und Eifersucht schürt, weiß ich es auch nicht. Klassische Mordmotive. Wenn diese Frauen liiert waren, hatte er für einige gehörnte Ehemänner oder Freunde gesorgt.

»Wolf konnte sich vor Angeboten kaum retten. Kein Wunder. Seine stechend blauen Augen, sein gewinnendes Lachen. Er brachte die Mädels regelmäßig um den Verstand, selbst wenn er es gar nicht wollte.«

»Und aktuell: Hatte er eine – wie Sie sagen – *am Start*?«

»Ich sagte doch bereits: Da lief immer etwas. Vorgestern erzählte er mir, er hätte ein nobles Hotelzimmer gebucht, das Atlantik in Wilhelmshaven. Sein Grinsen hätten Sie sehen sollen, als er mit einem bevorstehenden heißen Wochenende angab.«

»Den Namen der Frau wissen Sie nicht zufällig?«

»Hat er mir nicht erzählt. In solchen Sachen war er geheimnisvoll.«

»Kam es vor, dass ihm eine Verflossene oder ein eifersüchtiger Ehemann eine Szene gemacht hat? Insbesondere in den letzten Tagen oder Wochen?«

Sven Strobel dachte über diese Frage nach.

»Wenn, dann jedenfalls nicht, während ich dabei war. Oder warten Sie …«, Strobel hob den Zeigefinger, »… letzte Woche gab es ein Telefonat. Hier im Büro klingelte sein Handy. Es muss eine Frau gewesen sein. Er wollte sie abwimmeln.«

»Woher wissen Sie, dass es eine Frau war?«

»Zwischendurch hat sie ihn so laut angeschrien, dass ich es mit anhören musste. Was sie sagte, konnte ich nicht verstehen. Aber es war eine Frauenstimme. Nach dem Telefonat sah ich ihn fragend an. Er winkte ab und kommentierte mit nur einem Wort: 'Weiber!' Ich habe nicht nachgefragt. Wir gingen nahtlos zum Geschäftlichen über.«

»Gab es unter den Kollegen welche, die ihm seinen Erfolg missgönnten? Immerhin wurde er hier in Ihrer Sauna getötet.«

Strobel faltete die Hände, führte die Zeigefinger wie zu einem Pfeil zusammen, hielt sie vor den Mund und dachte nach. Nach einer Weile schüttelte er energisch mit dem Kopf. »Da fällt mir absolut keiner ein. Seinen Job wollte erstens kein anderer machen. Zweitens freuten sich die Kollegen über seine Werbeaktivitäten. Dadurch brummt der Laden. Außerdem ließ er es nie raushängen. Er fuhr einen Mittelklassewagen und hielt sich nicht für etwas Besseres. Egal ob mit den Damen vom Empfang, den Trainern oder mit den Putzfrauen, er begegnete allen auf Augenhöhe.«

Wenn der noch weiter so redet, verleihe ich dem heiligen Wolf Dumke posthum den Maria-Theresia-Mitmenschlichkeitsorden. Nach Pauls langjährigen Berufserfahrungen hatten solche Heiligen zumeist auch ihre dunklen Seiten.

»Fürs erste habe ich keine weiteren Fragen. Könnten Sie mir bitte die Liste mit den Personen und den Zeitstempeln von heute ausdrucken?« Strobel fuhr wortlos seinen Computer hoch und nach drei Minuten war die Sache erledigt. Paul faltete die ausgedruckten Seiten, um sie in seinen Mantel zu stecken und verabschiedete sich.

Vor der Sauna fand er den Leiter der Rechtsmedizin vor. »In den letzten Tagen hält mich Ihre Kundschaft ganz schön auf Trab, Herr Kollege.« Janssens typisch schwarzer Humor, anders konnte wohl kaum ein Mensch das Zusammensein mit getöteten Personen in kühlen Räumen ertragen.

»Können Sie mir schon etwas über die Todesursache sagen?«

»Mit Sicherheit kann ich noch gar nichts sagen. Wie gewohnt, erst nach der Obduktion.«

»Und wenn Sie tippen müssten?«

»Für das Tippen werde ich nicht bezahlt. Ich bin Mediziner.«

Paul lächelte ihn müde an.

»Aber gut, nur unter Vorbehalt: An dem Schlag gegen den Kopf wird er nicht gestorben sein.« Er deutete auf die Wunde am Kopf. »Allenfalls wurde er dadurch kurz bewusstlos. Scheint danach wieder zu sich gekommen zu sein. Er hat wohl versucht, die verriegelte Saunatür von innen gewaltsam aufzudrücken. Dabei muss er sehr verzweifelt gewesen sein. So erkläre ich mir jedenfalls den fehlenden Fingernagel und die Kratzspuren. Er ist dehydriert. Daran wird er vermutlich nicht gestorben sein. Ich tippe auf Herz- und Kreislaufversagen infolge der Überhitzung seines Körpers. Wir wissen auch noch nicht, wie lange er dort drinnen lag. Irgendwann hat der Körper nicht mehr genügend Flüssigkeit, um den Körper zu kühlen. Dann macht die Pumpe schlapp und der Kreislauf bricht zusammen.«

Paul bedankte sich bei Dr. Janssen, überließ den Kollegen die weitere Untersuchung des Tatorts. Neben Lisbeth vernahmen

Kollegen der Kripo die übrigen Mitarbeiter des Fitnessklubs, die sich im Gebäude aufhielten.

Bevor sie in den Dienstwagen einstiegen, drückte Paul Lisbeth die Liste mit den Zeitstempeln in die Hand.

»Ich fahre dich nach Hause, schau bitte über die Liste. Darauf sind alle Personen mit Uhrzeit versehen, die sich heute im Studio ein- beziehungsweise ausgestempelt haben.«

Mithilfe der Innenbeleuchtung arbeitet sich Lisbeth Zeile für Zeile durch die Liste.

»Das gibt's doch nicht!«

»Was ist los?«

»Wann ist der Notruf in der Zentrale eingegangen?«

»Keine Ahnung, nicht lange, bevor wir dort angekommen sind. Die uniformierten Kollegen müssen kurz vor uns dort eingetroffen sein. Ruf in der Notrufzentrale an, dann weißt du es genau.«

Lisbeth zückte ihr Handy, entsperrte den Bildschirm und suchte unter Kontakte die entsprechende Nummer. Sie fragte bei dem Kollegen der Leitstelle zweimal nach, ob ein Irrtum ausgeschlossen sei. Dann bedankte sie sich und beendete das Gespräch. »Fünf Minuten, bevor der Notruf einging, hat Wolf Dumke laut Zeitstempel das Studio verlassen.«

»Aber zu dem Zeitpunkt war er doch bereits tot.«

»Also entweder können sich Tote neuerdings ausstempeln ...«

»... oder jemand anders hat die Karte von Wolf Dumke benutzt.«

Kapitel 16

Die am gestrigen Einsatz beteiligten Kollegen hatten die letzte Nacht wenig Schlaf gefunden. Axel Meyerhoff vom LKA, den Paul noch in der Nacht telefonisch über die neueste Entwicklung informiert hatte, dürfte gar nicht mehr geschlafen haben. Mit den Worten: »Ich fahre sofort zum Tatort. Das muss ich mir selbst ansehen«, beendete er das Gespräch, ohne sich zu verabschieden.

Deutliche Augenringe zeichneten sich im Gesicht von Axel ab. Er stand an dem Whiteboard in Pauls Büro, an dem sie die bisherigen Ermittlungsergebnisse grafisch zusammengefasst hatten. Bedächtig spielte er an seinem perfekt gezwirbelten Schnauzbart.

»Korrigiere mich, wenn ich falsch liege, aber Wolf Dumke passt nicht zu den zwei Frauenmorden.«

Axel schnaufte.

»Wieso trifft es jetzt einen Mann? Ausgerechnet in dem Fitnessstudio, das wir bisher als einzige Verbindung zu den ersten beiden Fällen ermittelt haben. Das begreife ich nicht.«

Axel trat ein paar Schritte zurück und lehnte sich mit dem Hintern gegen den Schreibtisch. »Da kann und will ich dich nicht korrigieren, Paul. Die Tatsache, dass nach zwei Frauenmorden nun ein Mann das Opfer ist, erachte ich als untypisch. Es gibt in der Kriminalgeschichte zwar Fälle von Serienmördern, bei denen sowohl Frauen als auch Männer umgebracht werden. Dort spielen sexuelle Motive nur sehr selten eine Rolle. Unser zweites Opfer Gesa Wiemken wurde jedoch vergewaltigt.«

»Heißt das, wir müssen von zwei Tätern ausgehen? Hat dieser Fall gar nichts mit den ersten beiden Morden zu tun?«

»Langsam. Du hast es gerade richtig angesprochen. Ausgerechnet im McFit finden wir die Leiche von Wolf Dumke. Ich war nie gut in Wahrscheinlichkeitsrechnung. Doch die Wahrscheinlichkeit eines Zufalls dürfte hier gegen Null tendieren. Eine andere Sache finde ich noch viel bemerkenswerter.«

»Welche?« Paul stand auf und ging um seinen Schreibtisch herum.

»Wie häufig kommt es vor, dass jemand in eine Sauna eingesperrt wird, wenn er getötet werden soll?«

»Sehr selten, denke ich.«

»Richtig. Es gibt zwar hin und wieder Todesfälle in der Sauna, den sogenannten Hitzetod durch Kreislaufversagen. Dann liegen meistens Vorerkrankungen vor, wie zum Beispiel ein Herzfehler, oder es gab einen epileptischen Anfall und keiner war dort, um dem Betreffenden zu helfen. In Finnland kommen manchmal Leute zu Tode. Meistens war dann Alkohol im Spiel. Oder es fanden Wettbewerbe statt: Wer hält es am längsten in der Sauna aus? Da gibt es sogar Weltmeisterschaften. Nachgewiesene Fälle, in denen gewaltsam nachgeholfen wurde, konnte ich zumindest in der Datenbank des LKA keine finden. So etwas gibt es nur im Kino.«

»In *Rosenkrieg*«, meldete sich Lisbeth zu Wort.

»Bitte?«

»Der Kinofilm mit Michael Douglas und Kathleen Turner. Das Ehepaar hasst und bekriegt sich bis aufs Blut. Während eines Streits blockiert sie mit einem Keil die Saunatür. Er überlebt nur, weil die Verriegelung rechtzeitig entfernt wird. In der Folgeszene trinkt er wie verrückt isotonische Getränke.«

Paul ging nicht darauf ein.

Axel ergriff wieder das Wort: »Was ich sagen will: Wenn ich plane, jemanden umzubringen, ist die Idee, jemanden in eine Sauna einzusperren, nicht meine erste Wahl. Schon gar nicht in einer öffentlich zugänglichen Sauna.«

»Das leuchtet ein.«

»Vielleicht wurde unser Täter entdeckt oder bei irgendetwas gestört.«

»Von Wolf Dumke.«

»Bei dem Versuch, sein nächstes Opfer auszuwählen?«

»Genau das müssen wir herausfinden. Ich gehe nicht davon aus, dass er das nächste Opfer verschleppen wollte. Möglicherweise hat er sich in den Räumlichkeiten umgesehen, schnüffelte in den Umkleideräumen. Es muss etwas sein, das ihn entlarvt hätte. Vielleicht arbeitet er sogar für das Fitnessstudio.«

Lisbeth versuchte sich alle männlichen Mitarbeiter des McFit, die sie gesehen oder kennengelernt hatte, ins Gedächtnis zu rufen. Sven Strobel, Hausmeister Thielebeule und ihr Personal Trainer Dennis. Hinzu kamen Männer, die sie zwar gesehen hatte, aber nicht zuordnen konnte. Insgesamt arbeiteten 14 Männer für das Studio. Laut Personalliste fielen die meisten von ihnen vom Alter in das Täterprofil und waren zwischen 30 und 40 Jahre alt.

»Oder er ist dort Mitglied.«

Das erhöhte die Anzahl der möglichen Täter beträchtlich. Lisbeth überflog die Mitgliederliste. Es mussten mehrere Hundert sein. Entnervt warf Lisbeth die Liste auf den Schreibtisch. »Das sind viel zu viele Männer, die dort jeden Monat ihren Beitrag zahlen und im fraglichen Alter sind. An was erkennen wir unseren Täter?«

»Das ist ein Problem. Es ist ein unauffälliger Mann, ein Durchschnittstyp. Durch äußere Merkmale können wir ihn nicht identifizieren. Es sei denn, wir hätten einen Zeugen, der ihn gesehen hat. Ich bin überzeugt, wir können ihm nur näher kommen, wenn wir das Ausschlussverfahren anwenden. Karteileichen fallen raus, also alle Männer, die das Studio in den letzten drei Monaten nicht mehr betreten haben. Männer, die über 50 Jahre alt sind, definitiv auch.«

Paul setzte sich auf seinen Schreibtischstuhl und knetete seine Hände. »Es gibt eine effizientere Methode. Wenn wir den Obduktionsbericht bekommen, in dem der Todeszeitpunkt oder Todeszeitraum steht, können wir ihn mit der Anwesenheitsliste abgleichen.«

»Vorausgesetzt, jede Person, die sich zu diesem Zeitpunkt im Fitnessstudio befand, hat sich ordnungsgemäß eingestempelt«, gab Lisbeth zu bedenken. Sie griff zum Telefonhörer. »Ich rufe den Strobel an.«

Nachdem sie das Gespräch beendet hatte, sagte sie: »Nicht jeder, der ins Studio hinein will, muss die elektronischen Karten verwenden. Einige Mitarbeiter benutzen herkömmliche Schlüssel abseits der Zugangsschleuse. Das wird nicht registriert. So kommen wir nicht weiter.« Sie stand auf, nahm sich die Kaffeekanne und wollte sie mit Wasser füllen. »Will außer mir noch jemand einen Kaffee?«

»Mach die ganze Kanne voll. Die werden wir brauchen.«

***

Das war knapp gestern. Beinahe hätten sie ihn erwischt! Wer hätte ahnen können, dass dieser Typ plötzlich hinter ihm stand, als er die Kamera in der Sauna austauschte. Sie hatte versagt, vermutlich war ihr die Hitze nicht gut bekommen. Seit Wochen lieferten seine geschickt verbauten Kameras Bilder in erstaunlich guter Qualität. Natürlich ging er bei der Installation ein gewisses Risiko ein, entdeckt zu werden. Das hatte ihn beim ersten Einbau schon nicht gestört. Er hatte ein Schild mit der Aufschrift: *Wartungsarbeiten – Sauna nicht nutzbar* verwendet. Damals bei der Installation hatten sich die Mitarbeiter und die Mitglieder daran gehalten. Warum musste dieser Idiot trotz des Schildes herumschnüffeln und blöde Fragen stellen? Das war sein Todesurteil gewesen.

Es war zwingend notwendig, die Kamera auszutauschen. Niemals hätte er auf diese erregenden Bilder verzichten wollen. Sie waren in zweifacher Hinsicht scharf. Da er nur eine Kamera innerhalb der Sauna angebracht hatte, kam es immer darauf an, wo sich die Frauen hinsetzten oder hinlegten. Für ihn war das der ultimative Kick, da er nie wusste, wie viel nackte Tatsachen die Damen unbewusst der Kameralinse offenbarten. Wenn sich eine von ihnen auf die mittlere Ebene mit den Beinen in Richtung Kamera legte, sah er einfach alles. Bei diesem heißen Gedanken öffnete er die Datei *Brünette-XXL-Sauna* auf seinem Computer. An diesem Filmchen konnte er sich nicht sattsehen. Die dralle Schönheit entspannte sich zuerst auf dem Rücken. Später setzte sie sich hin, winkelte die Beine an und legte ihre Hände auf die Knie. Danach wischte sie sich Schweiß von ihrem Venushügel ab. Genau diese Einstellung fror er ein, indem er auf *Standbild* schaltete. Bei Vierfachvergößerung verpixelte das Bild leider. Somit beließ er es bei einer Zweifachvergrößerung, druckte das Bild farbig aus und hängte es an seine Pinnwand. Dort befand es sich in guter Gesellschaft mit anderen leckeren Fotos. Er gruppierte die Ausdrucke in drei Kategorien: Umkleide, Sauna, Dusche. Die letzten beiden Kategorien zeigten viel mehr Nacktheit. Er konnte sich nicht entscheiden, ob Sauna oder Dusche bessere Bilder zeigten. Komischerweise törnte ihn die Kategorie Umkleide am meisten an. Vielleicht lag es daran, dass seine *Geschenke* noch verpackt oder teilweise verpackt waren. Genau dieser Augenblick, kurz bevor er alles zu sehen bekam, steigerte seine Vorfreude ins Unermessliche.

Leider lieferte die Saunakamera keine Bilder mehr. Nach dem Zwischenfall hatte er den Austausch der Kameras nicht vollenden können. Zu groß war die Gefahr der Entdeckung. Notdürftig schob er die defekte Kamera weit zurück und verbaute sie so gut, dass sie unentdeckt blieb.

Bisher hatte er große Fehler vermieden. Durch die drei Opfer erhöhte sich sein Risiko, entdeckt zu werden. Die Bullen suchten Verbindungen zwischen den Opfern. Spätestens jetzt wussten sie, diese Verbindung bestand im McFit. Er musste sich eine neue Strategie überlegen. Darum würde er sich später kümmern. Zunächst galt es zu überprüfen, ob er etwas hinterlassen hatte, das auf ihn als Täter schließen ließ. In der Sauna trug er dünne Handschuhe. Ob DNA-Spuren bei 90 Grad Celsius ihre verräterischen Spuren behielten, wusste er nicht. Selbst, wenn sie ein Haar von ihm fanden. Er war in keinem Polizeicomputer verzeichnet. Außerdem dürften so viele Schuppen oder Härchen unterschiedlicher Menschen trotz täglicher Reinigung dort zu finden sein, dass ihm von der Seite keinerlei Gefahr drohte. Schließlich gab es dort nur eine Sauna für Frauen und Männer.

Er setzte sich zurück an seinen Computer und loggte sich im *No-Ma'am-Club* ein. Er begrüßte die vier anderen Nutzer, beteiligte sich jedoch zunächst nicht an der Diskussion. Mit Genugtuung las er, wie sie den Täter der ermordeten Frauen feierten, ohne zu wissen, wer dahinter steckte. »Endlich hat es einer diesen arroganten Schnepfen gezeigt«, »Die Schlampen haben bekommen, was sie verdienen« und »Hoch lebe *der Stecher*« waren nur einige der gehässigen Kommentare. Nur ein Nutzer gab zu bedenken, dass ein Mord zu weit ginge. Er schmunzelte über die Formulierung: *der Stecher*. Irgendwie schmeichelte ihm die Bezeichnung, die von den anderen bewusst zweideutig gewählt worden war.

»Was hältst du davon, Spanner?«

Er fühlte sich überrumpelt, überlegte fieberhaft, was er schreiben sollte, ohne sich zu verraten. Irgendetwas musste er doch antworten. Er zog mit der rechten Hand an den einzelnen Fingern der linken Hand, bis es in den Gelenken knackte. Eine dumme Angewohnheit, für die ihn sein Bruder früher schon aufgezogen hatte. Es half ihm, sich zu entspannen. »Scheint ein abgebrühtes Arschloch zu sein, dieser Stecher«, schrieb er hastig.

»Absolut, endlich mal einer, der sich was traut, der die Sache durchzieht. Hoffentlich denken jetzt andere Weiber über ihr Verhalten nach«, unkte ein anderer Nutzer.

Er hatte keine Ahnung, wer von ihnen verrückter war, die anderen frustrierten Mitglieder dieses Forums oder er selbst. Sich ständig in Selbstmitleid zu suhlen, konnte doch keine Option sein, oder? Zumindest handelte er, anstatt nur große Töne zu spucken.

***

Manchmal hasste Lisbeth ihren Job. Mühevoll Puzzlestücke zusammenzusetzen, die wichtigen von den unwichtigen Hinweisen unterscheiden. Dabei den entscheidenden Hinweis nicht übersehen. Mit dem Ausschlussprinzip von Axel Meyerhoff kamen zehn Mitarbeiter des Fitnessklubs als mögliche Täter infrage, die sich alle nicht einstempeln mussten, da sie über herkömmliche Schlüssel verfügten. Zusätzlich hatten am Todestag von Wolf Dumke 78 männliche Mitglieder das McFit besucht, die auch als mögliche Täter galten. Gemäß Zeitprotokoll hatten jedoch alle vor dem Todeszeitpunkt das Studio bereits verlassen. Wer die elektronische Karte des Toten verwendet hatte und wo sie sich befand, konnte noch nicht ermittelt werden.

Im Obduktionsbericht von Dr. Janssen stand, er sei etwa eine halbe Stunde vor dem Auffinden durch den Hausmeister Thielebeule um 22.02 Uhr gestorben, plus-minus 15 Minuten. Um kurz nach neun Uhr hatte ein weibliches Mitglied des Studios ihren Saunagang beendet. Sie war laut ihrer eigenen Angaben die letzte Sauna-Besucherin an diesem Abend gewesen. Der Saunaofen würde normalerweise um 21.30 Uhr abgeschaltet, da der Fitnessklub um 22 Uhr schließt. Dieses Ausschalten sei aus bisher unbekannten Gründen vergessen worden.

Bei der Befragung von Lisbeth hatte sich Herr Thielebeule schwere Vorwürfe gemacht. Schließlich habe er seinen Rundgang an diesem Abend zehn Minuten zu spät begonnen, weil er vorher noch eine Türklinke reparieren musste. Lisbeth war sich nicht sicher, ob seine Betroffenheit ehrlich oder nur gespielt war. Er sprach von Wolf Dumke in den höchsten Tönen. Selbst wenn er im Stress gewesen sei, hätte er immer ein offenes Ohr für ihn gehabt. »Die meisten Kollegen wissen die Arbeit eines Hausmeisters gar nicht zu schätzen. Wolf meinte, die besten Hausmeister wären die, die man gar nicht bemerkt«, gab Thielebeule an. »Wie ein Schiedsrichter beim Fußball, der fällt den Zuschauern und den Spielern nur auf, wenn er einen Fehler macht. Wenn er immer die richtige Entscheidung trifft, kann sich später keiner mehr an den Schiedsrichter erinnern. Er war der Einzige, der wusste, wann ich Geburtstag habe. An diesem Tag steckte er mir dann einen Fünfziger zu und meinte, ich solle mir einen schönen Abend machen. An den Geburtstag zu denken ist doch die Aufgabe des Geschäftsführers, oder?«

Die Nachfrage von Lisbeth, ob er vor dem Auffinden jemanden im Saunabereich oder in der Umkleidekabine gesehen hätte, verneinte der Hausmeister.

Lisbeth schwenkte den Teebeutel in ihrer Tasse hin und her, zog ihn heraus und wickelte ihn mit der Schnur um den Löffel, während die Flüssigkeit in die Tasse tröpfelte. Sie hatte sich die Listen und einige Berichte mit nach Hause genommen. Bevor sie einen Schluck trank, pustete sie über den dampfenden Ceylon-Tee. Der Fall war zum Verrücktwerden. Sie brauchte jetzt ein Gute-Laune-Lied und legte eine Scheibe von Andreas Bourani in den CD-Spieler. Der Titel 'Astronaut' dröhnte mit Bouranis unverwechselbarer Stimme aus den Boxen. Im Sprechgesang meckerte SIDO: *»Wir laufen rum mit der Schnauze voll, die Köpfe sind leer, sitzen im Dreck bis zum Hals, haben Löcher im Herz, ertränken Sorgen und Probleme in einem Becher voll Wein, mit einem Lächeln aus Stein ...«* und traf damit ihre derzeitige Gemütslage. Lisbeth legte den Kopf in den Nacken, tanzte mit ausgebreiteten Armen zu der Musik. Ihr war egal, ob die Lautstärke die Nachbarn störte. Nach diesem Lied ging sie zurück zum Couchtisch, nahm einen Schluck Tee, der nun nicht mehr zu heiß war, und widmete sich den Berichten.

Warum schloss Axel Meyerhoff alle über 50 Jahre alten Männer im Täterprofil kategorisch aus? Sie beschloss, ihn morgen danach zu fragen und schrieb eine Notiz. Wobei hatte Wolf Dumke den Täter gestört? Was machte Wolf Dumke kurz vor Schließung des Fitnessstudios im Saunabereich?

Laut Obduktionsbericht gab es keine Abwehrverletzungen. Es hatte also kein Kampf stattgefunden. Der Täter hatte mit einem stumpfen Gegenstand unvermittelt zugeschlagen.

Lisbeth versuchte sich die Szene vorzustellen. Der Mörder arbeitete an einer Sache, deren Entdeckung ihn auffliegen lassen würde. Von hinten nähert sich Wolf Dumke. »Hey, was machen Sie denn da?« Oder kannte Dumke den Täter? »Hey, was machst du denn noch so spät hier?« Ohne zu zögern schlägt der Täter dem arglosen Dumke mit voller Wucht gegen die Stirn. Vielleicht war es ein Handwerker? Sie notierte sich: *Kommt der Griff eines Schraubendrehers oder eines anderen Werkzeugs infrage?*

Das Klingeln des Festnetztelefons störte sie bei ihren Überlegungen. Müde stand sie von der Couch auf und ging zur Ladestation, in dem sich das Mobilteil befand.

»Ja?«

»Hallo, du treulose Tomate, schön, dass ich dich erwische.« Ihre beste Freundin schien bester Laune zu sein.

»Dich wollte ich auch gerade anrufen«, log Lisbeth.

»Ich glaube dir kein Wort.«

»Okay, erwischt. Ich brüte hier über langweiligen Polizeiberichten. Dein Anruf ist eine willkommene Abwechslung. Wie war deine Ausstellung in Dresden? Wollte dein neuer Kunstmäzen Holger dich nicht ganz groß rausbringen?«

»Ich merke schon, du hast mir gut zugehört bei unserem letzten Telefonat.«

»Berufskrankheit.«

»Die Ausstellung war der Hammer. So viele Besucher hatte ich noch nie. Ein Fotograf schoss unentwegt Fotos und ein Redakteur von der Sächsischen Zeitung interviewte mich. Das hat Holger alles eingefädelt. Den Artikel habe ich aus der Zeitung ausgeschnitten und eingescannt. Werde ich dir als E-Mail schicken. Holger ist so süß zu mir, das kannst du dir nicht vorstellen. Leider hat er wenig Zeit, aber wenn, dann verwöhnt er mich nach allen Regeln der Kunst.«

Ich möchte gar nicht wissen, welche Frauen er die restliche Zeit verwöhnt.

»Letztes Wochenende hat er mich in ein Fünf-Sterne-Hotel an der Ostsee eingeladen. Ein Massageprogramm vom feinsten. Und ich spreche hier nicht vom Angebot des Hotels ...«

»Erspare mir bitte die Details«, sagte Lisbeth schroffer als gedacht. Hastig fügte sie hinzu: »Ich meine, ich freue mich für dich, echt.«

»Hört sich nach einem großen *aber* an.«

»Bei dem Wort Massage muss ich an … na, du weißt schon wen denken.«

»Hat Philip immer noch nichts von sich hören lassen?«

»Nein. Kein Anruf, keine Nachricht. Gar nichts. Hat sich in Luft aufgelöst. Er kann mir gestohlen bleiben. Außerdem haben wir mit unseren Fällen sowieso genug um die Ohren.« Lisbeth trat zur Balkontür, schaute nach draußen und überlegte sich, eine Zigarette anzuzünden, entschied sich jedoch dagegen.

»Lass ihn zischen, dann gibts 'nen frischen, hat meine Oma immer gesagt.«

»Ja, ja. Das sagt sich so leicht.«

»Einer, der dich so behandelt, hat dich gar nicht verdient. Jetzt erzähl von den Fällen, habt ihr schon eine heiße Spur?«

Lisbeth berichtete in groben Zügen über die Mordserie.

»Ist das nicht ungewöhnlich, dass das dritte Opfer ein Mann ist?«

»Da hast du recht. Das passt nicht ins Schema. Vermutlich wurde der Täter bei irgendetwas gestört. Das war nicht geplant.«

»Ihr geht demnach von einem einzigen Täter aus?«

»Dienstgeheimnis.«

»So, genug über die Arbeit gequatscht. Wann sehen wir uns?«

Obwohl Lisbeth ihre beste Freundin sehr gerne um sich hatte, war ihr momentan nicht nach der Gesellschaft einer frisch verliebten Frau zumute.

»Puh, zeitlich ist das im Moment schwierig.« Stechende Kopfschmerzen machten sich bemerkbar. Lisbeth massierte sich mit Daumen und Zeigefingern die Schläfen.

»Ich kann dich doch besuchen.«

»Weiß ich, Sanne. Mir wäre es lieber, wenn wir den Zeitpunkt für unser Treffen ein wenig nach hinten schieben könnten.«

»Okay, dieses Mal lasse ich dich noch davonkommen. Aber diesen Monat sehen wir uns noch, ja?«

»Versprochen.«

Nachdem sie sich verabschiedet hatten, wollte Lisbeth nicht

mehr über den Berichten und Listen grübeln. Sie ging ins Bett, hoffte, der Schlaf könnte sie vor den Kopfschmerzen retten.

Kapitel 17

Lange hatte sich Paul dagegen gewehrt, seine Frau Wiebke über die Bedeutung des McFit für die Mordserie einzuweihen. Ihm missfiel der Gedanke, seiner Frau verbieten zu müssen, dort zu trainieren. Nach dem Auffinden von Wolf Dumke in der Sauna hatte er ihr gestern reinen Wein eingeschenkt.

»Im McFit in Nadorst? Also in meinem Fitnessstudio? Das ist ja furchtbar.« Wiebke hielt sich die Hand vor den Mund.

»Das Opfer wurde niedergeschlagen und in der finnischen Sauna eingesperrt.«

»Boah, in den Laden kriegen mich keine zehn Pferde mehr rein.«

Zum Glück traf sie die Entscheidung selbst.

»Womöglich ist der Mörder ein Mitarbeiter des Studios oder ein Mitglied.«

»Das wissen wir noch nicht. Die Tat könnte jedoch mit den beiden erstochenen Frauen zusammenhängen.«

»Das verstehe ich nicht. Das war doch jetzt ein Mann.«

»Das stimmt, aber wir überprüfen zurzeit alle Querverbindungen.« Dass die ersten beiden Opfer Mitglied des McFit waren, verschwieg er.

»Ich kann das immer noch nicht glauben. Ich habe die Sauna zwar nie benutzt, aber ich kenne die Räumlichkeiten. Wie kann man denn jemanden in der Sauna einsperren? Die ist doch gar nicht abzuschließen.«

»Der Täter hat Holzkeile verwendet.«

»Es war gut für mich, wieder mit dem Training zu beginnen. Ich komme mal wieder unter Leute und meiner Figur tut das auch gut.« Sie schlug sich lasziv auf den Hintern. Paul quittierte diese Geste mit einem wohlwollenden Lächeln.

Beide waren im Begriff, ins Bett zu gehen, hatten sich Pyjama und Nachthemd angezogen, als ein Schrei sie aufschreckte. Levke!

»Ich gehe schon«, sagte Wiebke und verließ das Schlafzimmer. Paul legte sich ins Bett und las einen Thriller von Stephen King. Schnell tauchte er ab in die Fantasiewelt des US-Bundesstaates Maine, der Heimat des Bestsellerautors.

»Levke hat schlecht geträumt. Ein großer Mann sei durch unseren Garten gelaufen und hinter ihr her.«

Paul zog mit geöffnetem Mund die Augenbrauen nach oben.

»Keine Sorge, es war wirklich nur ein Traum.«

»Woher willst du wissen, dass sie nicht wirklich am Fenster stand und jemanden gesehen hat?« Er schlug die Bettdecke zurück und wollte im Garten nachsehen, doch Wiebke legte eine Hand auf seine Schulter und hielt ihn zurück.

»Der Mann hatte leuchtend grüne Augen und ein Lichtschwert. Muss sie beim Star-Wars-Kram von Tom gesehen haben. Letzte Nacht stand derselbe Mann noch in ihrem Zimmer, allerdings mit einem großen Loch im Bauch.« Wiebke zeigte auf das Buch. »Nicht, dass du auch noch schlecht träumst von deinem Thriller.« Ehe Paul etwas antworten konnte, nahm sie ihm schelmisch lächelnd das Buch aus den Händen und schmiss es auf den Boden. »Du sollst lieber von mir träumen«, hauchte sie ihm ins Ohr.

***

Jetzt saßen Miriam und Karla zusammen im winzigen Pausenraum des Supermarktes. Maximal drei Personen konnten sich hier gleichzeitig aufhalten. Ein schlichter Tisch, zwei Holzstühle und eine Küchenzeile verliehen dem Raum nicht gerade eine Atmosphäre zum Wohlfühlen. Es befand sich kein Fenster in dem Raum und es roch nach abgestandener Luft. Zumindest schützte diese kleine Insel sie vor lästigen Kundenfragen. Miriam hatte eine Tasse grünen Tee vor sich stehen, während Karla ihren dampfenden Kaffee mit beiden Händen umfasste, als wollte sie ihre Finger daran wärmen.

Karla hatte sich riesig über den unangekündigten Besuch ihrer besten Freundin gefreut. Zunächst wunderte sie sich über den plötzlichen Besuch so spät am Abend. Miriam wohnte nicht weit von ihr entfernt und wollte ihr unbedingt persönlich die Neuigkeiten über ihren Supermarktverehrer mitteilen: »Er heißt Ben, ist aber total schüchtern.«

»Gott, ist das süß, dass es solche Männer noch gibt. Das erklärt, wieso er den Mund nie aufbekommen hat. Wie hat er nun den Kontakt hergestellt?«

»Er hat mich über WhatsApp angeschrieben. Der traut sich nicht mal, mit mir zu telefonieren.«

»Glaubst du, der zieht eine Masche ab?«

»Wie meinst du das?«

»Er macht auf schüchtern, lässt dich zappeln und hat eine feste Freundin zu Hause. Immerhin hat er es geschafft, dir deine Handynummer zu entlocken. So konnte er selbst entscheiden, wann und wie er dich kontaktiert.«

Miriam lachte laut los. Dabei erröteten ihre Wangen. Sie legte eine Hand auf die von Karla. »Was du immer hast. Ich glaube, du liest zu viele Liebesromane, bei denen böse Jungs die Hauptrolle spielen.«

Karla fühlte sich ertappt. Tatsächlich las sie momentan das E-Book *Bad Boys Agency*. Das behielt sie lieber für sich und hoffte, dass sie keinen roten Kopf bekommen hatte. Außerdem, was war schlimm daran, von Traumtypen zu schwärmen, wenn schon bei ihr weit und breit keiner in Sicht war?

»Ich kann ihn doch bisher nur von dem her beurteilen, was er geschrieben hat beziehungsweise wie er sich an der Kasse verhalten hat. Also, wenn er die Schüchternheit an der Kasse nur vorgespielt hat, dann ist der verdammt gut, dann sollte er zum Film.«

»Jetzt mach's nicht so spannend. Was schreibt er denn, dein schüchterner Ben?«

»Er ist doch noch gar nicht *mein* Ben.« Dabei betonte Miriam das Wort: *mein*.

»Ja, ja, jetzt erzähl schon.«

»Na, er freut sich jedes Mal, wenn er an meine Kasse kommen und bezahlen darf.«

»Püh, von meinen Kunden zahlt keiner gerne«, sagte Karla gespielt entrüstet.

»Er wollte nicht aufdringlich sein, schließlich könne ich ja nicht weglaufen, weil es mein Arbeitsplatz sei. Er freue sich auf jeden Tag, an dem er wieder einkaufen muss.«

»Wie romantisch.« Das meinte Karla ehrlich, wenn auch ein wenig neidvoll. »Wie seid ihr verblieben, wann wollt ihr euch treffen?«

»Wir haben noch nichts vereinbart. Aber wenn Ben nicht bald in die Pötte kommt, werde ich ein Treffen vorschlagen, in einem Café oder so.«

Vor ihnen lag die Nordwest-Zeitung, die Miriam aufschlug. In einem Artikel, der sich über die gesamte Seite erstreckte, wurde von dem Toten im Fitnessstudio berichtet. Ein pensionierter Kriminalbeamter, der Jahrzehnte in Oldenburg seinen Dienst verrichtet hatte, erklärte in einem Interview, man dürfe keine voreiligen Schlüsse ziehen. Gründliche Ermittlungsarbeit benötige ihre Zeit. Die Tötungsdelikte der vergangenen Tage seien nicht wie in einem Sonntagabend-Tatort in 90 Minuten zu lösen. Vielmehr käme es darauf an, jedem noch so kleinen Hinweis gewissenhaft nachzugehen. Ein Foto zeigte zwei Streifenwagen vor dem McFit. Es musste noch während der Tatnacht entstanden sein. Eifrig wurde darüber spekuliert, ob die beiden getöteten Frauen mit dem männlichen Opfer W. D. in Zusammenhang stünden.

»Das ist doch unser Studio, oder?«, fragte Miriam.

»Eindeutig, steht hier doch, in der Nadorster Straße. Da gibt es nur ein McFit.«

Miriam trank einen Schluck und behielt den Teebecher in der Hand. »Da wird mir ganz anders, wenn ich so etwas lese. Meinst du, wir haben den Mörder gesehen?«

Karla zuckte die Schultern. »Weiß ich nicht, kann schon sein. Hier steht, der Typ wurde in der finnischen Sauna eingesperrt.«

»Schrecklich, wer rechnet damit, dass die Saunatür von außen verriegelt wird?«

»Ich will mir das gar nicht vorstellen. Bei der Hitze, ausgerechnet in der Sauna, die wir auch benutzen, kommst du plötzlich nicht mehr raus. Was würdest du machen, wenn so etwas passiert?«

»Gegen die Tür hämmern, um Hilfe rufen. Irgendwie versuchen, die blöde Tür aufzukriegen.« Miriam las weiter in dem Bericht.

»Glaubst du, die schließen das Ding jetzt?«

»Davon steht hier nichts. Ehrlich gesagt, will ich da im Moment auch nicht mehr hin. Können wir nicht andere Filialen des McFit nutzen?«

»Ich glaube ja. Die Mitgliedschaft gilt bundesweit, wenn ich mich richtig erinnere.« Miriam zog sich ihren Haargummi ab, strich sich durch ihre glatten blonden Haare und befestigte es anschließend sorgfältig wieder.

»Wo ist denn das nächstgelegene?«

»Soweit ich weiß, gibt es in Wilhelmshaven und in Bremen eins.«

»Och nee, das ist mir aber zu weit. Dann lass uns lieber hier in Oldenburg ein anderes Fitnessstudio suchen.« Karla sah auf ihre Fossil-Armbanduhr. »Die Pause ist gleich um, wir müssen wieder nach vorne.«

***

»Du kannst jetzt im McFit nicht mehr verdeckt ermitteln.« Paul glaubte, in Lisbeths Gesicht Erleichterung zu erkennen.

»Ich habe mich bei der Aktion von Anfang an unwohl gefühlt. Ich schlage vor, wir knöpfen uns zunächst die gesamte Belegschaft des McFit vor.«

Der Geschäftsführer Sven Strobel hatte sich telefonisch bei Paul über den Rückgang der Besucher beschwert. Dafür sei die Schließung des Studios verantwortlich. Paul verstand zwar den Ärger, hatte sich jedoch nichts zuschulden kommen lassen. Unmittelbar nachdem die umfangreiche Spuren- und Beweissicherung abgeschlossen war, hatte er in Abstimmung mit der Staatsanwaltschaft das Studio freigegeben. Durch den Zeitungsartikel hatten die meisten Besucher offensichtlich Hemmungen bekommen, das Studio, in dem ein Mensch zu Tode gekommen war, wieder zu betreten. Wiebke war schließlich eine von ihnen. Auf die wirtschaftlichen Verhältnisse eines Fitnessklubs konnte Paul als Leiter der Ermittlungen keine Rücksicht nehmen.

»Guter Vorschlag. Wir fangen mit den Mitarbeitern an, die sich zur Tatzeit nachweislich im Studio aufgehalten haben. Danach erweitern wir den Kreis. Sven Strobel und den Hausmeister Herrn Thielebeule haben wir bereits befragt.

Schnappen wir uns die Fitnesstrainer, die hier auf der Liste stehen.« Demonstrativ hielt er sie hoch.

»Steht da ein Dennis drauf?«

Paul fuhr mit dem Finger über das Papier. »Ja, Dennis de Groth, wieso fragst du?«

»Das war mein Schnupperkurs-Trainer. Den sollten wir uns als erstes vornehmen.« Wortlos zogen die beiden Kommissare ihre Jacken über und verließen das Büro.

Dennis de Groth wohnte nicht in einem Studentenwohnheim, sondern in einem alten, vierstöckigen Mietshaus im Stadtteil Kreyenbrück. In dem engen Fahrstuhl, der höchstens drei Personen Platz bot, verriet ein Schild das Baujahr: 1973. Wie ein störrischer Esel ruckelte der Fahrstuhl, als Paul die Taste 4 gedrückt hatte. Lisbeths Augen weiteten sich, und mit einer Hand stützte sie sich an der Innenwand ab.

»Wie bekommen die Bewohner ihre Möbel nach oben in einem so engen Fahrstuhl, oder wird alles durch das Treppenhaus getragen?«

Lisbeth zeigte auf ein Schloss, das Paul gar nicht bemerkt hatte. »Mit dem entsprechenden Schlüssel kannst du die Schiebetür öffnen, dann hast du die doppelte Größe. Meine Freundin Sanne wohnt in einem Mietshaus in Hamburg, das einen ähnlich kleinen Fahrstuhl hat. Ich habe ihr damals beim Umzug geholfen.«

Eine Fußmatte mit der Aufschrift *Ahoi* lag vor der Eingangstür von Dennis de Groths Wohnung. Paul klingelt dreimal kurz hintereinander. In der Wohnung hörten sie zunächst gar nichts. Nach einer Weile vernahmen sie ein gedämpftes »Moment« aus der Wohnung. Ein sichtlich aus dem

Schlaf gerissener Fitnesstrainer in schwarzer Jogginghose und weißem, zerknittertem T-Shirt öffnete.

»Sieh an, sieh an, Kati Schrödter. Hat dir das Training etwa so gut gefallen?«

Paul sah überrascht zu Lisbeth. »Eicken ist mein richtiger Name, Kripo Oldenburg. Das ist mein Kollege Schweigert.« Das Gesicht de Groths wurde schlagartig aschfahl. Seine Selbstsicherheit schien von einem auf den anderen Moment verflogen.

»Können wir drinnen mit Ihnen reden?«

»Es geht um Wolf, oder?« Paul und Lisbeth nickten gleichzeitig.

Dennis de Groth bat sie zögerlich herein. Die Zweizimmerwohnung wirkte auf den ersten Blick ungemütlich. Die offene kleine Küche war durch eine großzügige Durchreiche mit dem Wohnzimmer verbunden. Ein abgenutzter blauer Teppich, eine aus der Mode geratene Schrankwand, eine Couch und ein schmuckloser Schreibtisch, der vor dem Fenster stand, erinnerten Paul an seine Wohnung in Frankfurt, die er als Single bewohnt hatte.

»Bitte, setzen Sie sich doch.«

Paul setzte sich auf den Sessel neben der Couch, während Lisbeth zum großen Wohnzimmerfenster schritt und nach draußen sah.

»Laut Aussage der Rezeptionistin haben Sie nur zehn Minuten, bevor der Notruf bei uns einging, das Studio verlassen. Ist das richtig?«

»Das ist gut möglich. Um 22 Uhr schließen wir. Nachdem ich aufgeräumt hatte, bin ich gegangen.«

»Haben Sie Wolf Dumke an diesem Tag gesprochen?«

»Am frühen Abend hat er mich begrüßt. Ich habe zurück gegrüßt, aber geredet haben wir darüber hinaus nicht.«

»Waren Sie an dem Tag im Saunabereich?«

Er schüttelte mit dem Kopf. »Den betrete ich so gut wie nie. Auch an dem Tag nicht.«

»Wie standen Sie zu Herrn Dumke?«

»Wir waren lediglich Kollegen, nicht mehr und nicht weniger. Er verbreitete, wo er auch hinkam, ansteckend gute Laune. Die meisten Leute mochten ihn. Mir ging seine Art auf den Keks. Für mich wirkte das affektiert. Rein dienstlich hatten wir nicht viele Schnittpunkte. Der plante diese ganzen Events und hat die auch durchgezogen. Ich arbeite nur als Teilzeitkraft. Mit dem Marketing habe ich nichts am Hut.«

Also doch nicht jedermanns Liebling, wie uns Herr Strobel weismachen wollte.

»Hatte Herr Dumke eine Freundin?«

»Das weiß ich nicht. Das müssen Sie andere Leute fragen, die ihn besser kannten.«

»Können Sie sich vorstellen, was Wolf Dumke dort gemacht hat?«

Er hielt die Hände nach vorne, sodass die Innenflächen zu sehen waren. »Das habe ich mich auch schon gefragt. Normalerweise hält er sich dort nur selten auf. Vielleicht hat er jemanden gesucht.«

»Haben Sie sich mit Herrn Dumke privat getroffen, außerhalb des Studios?«

»Warum sollte ich?«

»Beantworten Sie die Frage«, hakte Paul nach.

»Nein. Fragen Sie Strobel, der verstand sich sehr gut mit ihm.«

»Kannten Sie Tamara Renken?«

Die Augen des Trainers blitzten kurz auf und verengten sich. »Ja. Ich habe einmal den Yogates-Kurs für einen Kollegen übernommen. Dort war sie Teilnehmerin. Als das Bild in der Zeitung stand, habe ich sie gleich erkannt.«

»Was ist mit Gesa Wiemken?«

»Nein, die kannte ich nicht, obwohl sie bei uns Mitglied war.«

»Woher kennen Sie ihren Namen?«, wollte Lisbeth wissen.

»Na hören Sie mal. Spätestens seit Wolf Dumke spricht das ganze Studio über mögliche Zusammenhänge zwischen den drei Toten. Glauben Sie, der Täter arbeitet für das McFit?«

Paul ignorierte die Frage. Er fragte de Groth, wo er sich zu den Tatzeiträumen von Tamara Renken und Gesa Wiemken aufgehalten habe. Zum Zeitpunkt, als Tamara Wiemken starb, war er mit Freunden beim Bowlen. In dem Zeitraum, in dem das zweite Opfer starb, war er allein zu Hause. Sollten die Freunde den Termin beim Bowlen bestätigen, hatte Dennis de Groth ein wasserdichtes Alibi.

Paul drückte Dennis de Groth seine Visitenkarte in die Hand. »Falls Ihnen noch etwas einfällt, rufen Sie mich an.«

Sie verabschiedeten sich und verließen die Wohnung des Fitnesstrainers.

Kapitel 18

In der Nadorster Straße befanden sich neben dem McFit zwei andere Fitnessstudios in unmittelbarer Nachbarschaft. Keines dieser Studios wollte Karla besuchen, geschweige denn dort Mitglied werden. Zu beängstigend war der Gedanke an den Toten, der in der Sauna aufgefunden wurde. Auf der anderen Seite sollte ihr Trainingserfolg nicht umsonst gewesen sein. Immerhin hatte sie fünf Kilo Gewicht verloren, seit sie mit ihrer Freundin regelmäßig zum Fitness ging. Zu Beginn hatte sie sogar zwei Kilo zugelegt. *Man baue Muskelmasse auf und Muskeln seien schwerer als Fett,* betonte ihr Trainer.

Gemeinsam mit Miriam entschied sie sich für ein Studio in Bahnhofsnähe. Der wohlklingende Name *Kingdom of Sports* überzeugte die beiden Freundinnen auf Anhieb, ein kostenloses Probetraining in Anspruch zu nehmen.

Der Geräteraum des Studios lud durch den Nussbaumparkettboden und die helle Einrichtung zum Wohlfühlen ein. Mintgrüne Wände, die mit großzügigen Spiegeln versehen waren, erinnerten Karla an ein Wellnesshotel. Miriam und Karla verzichteten auf eine offizielle Einführung durch einen Trainer. Was bei den einzelnen Übungen zu beachten war, wussten sie noch aus dem McFit. Bis auf wenige Ausnahmen unterschieden sich die Geräte nicht von denen aus ihrem vorigen Studio.

»Ben hat sich endlich getraut und will dich tatsächlich treffen?« Karla hob, während sie fragte, die Kurzhanteln an.

»Sagen wir mal so, ich habe ihn dazu genötigt.« Bei dem Satz bekamen Miriams Wangen wieder diese gesunde Farbe.

»Wie hast du das angestellt?«

»Ich bin hartnäckig geblieben, habe ihm geschrieben, wir kennen uns doch bereits persönlich vom gemeinsamen Einkaufen.«

Karla fiel vor Lachen beinahe eine Hantel aus der Hand.

»Siehst du, er fand das auch lustig. Ich schlug das Rodizio vor und er stimmte zu, allerdings erst am Wochenende.«

»So, so, mit einem heißen Typen zum Brasilianer zum Essen. Anschließend wohl noch zum Sambatanzen, was?« Jetzt lachten beide Freundinnen so laut, dass sie die Blicke von anderen Besuchern des *Kingdom of Sports* auf sich zogen. »Ein Treffen im Restaurant finde ich gut. Da ist es nicht so laut und ihr könnt euch gut unterhalten.«

»Danke. Hoffentlich legt er seine Schüchternheit ein wenig ab und spricht mehr als an der Kasse.«

»Weniger geht ja wohl nicht.« Die beiden Freundinnen versuchten ihr Kichern zu unterdrücken, was nicht wirklich gelang.

»Hey, lass uns das Training beenden und in die Sauna gehen, sonst bekommen wir an unserem Probetrainingstag gleich Hausverbot.«

Karla gönnte Miriam das Flirten und wünschte ihr einen guten Typen an ihrer Seite. Bei ihr war die Beziehung viel zu lange her. Sie wünschte sich jemanden an ihrer Seite, der sich freute, wenn sie von der Arbeit nach Hause kam. Natürlich wartete ihr Kater auf Frauchen. Aber der kleine Verbrecher schielte unverfroren auf seinen Futternapf, kaum dass sie ihre Wohnung betreten hatte. Mafioso hatte seinen eigenen Kopf, kam immer dann an, wenn er etwas wollte, ging ansonsten seiner Wege. Ein möglicher Freund müsste ihren Kater akzeptieren. Leider war weit und breit keiner in Sicht. Karla wusste, so etwas konnte man nicht erzwingen.

»Was ist los, was guckst du so bedröppelt?«

»Ach Miriam, ich freue mich so für dich. Es ist nur …«

»Du würdest auch gerne einen Typen kennenlernen, stimmt's?«

Karla nickte, den Blick nach unten gerichtet.

»Das kriegen wir alles hin.« Miriam legte ihr die Hand auf die Schulter, während sie in Richtung Umkleideräume gingen. »Wer weiß? Vielleicht hat Ben Freunde, die solo sind.«

Anders als im McFit gab es in diesem Studio zwei Saunen, eine für Damen und eine für Herren. Diese Tatsache verbuchten die Freundinnen als weiteren Pluspunkt. Unter Frauen unterhielten sie sich anders, als wenn Männer anwesend waren.

Unter der Dusche bewunderte Karla die tadellose Figur ihrer Freundin. Durchtrainierte schlanke Beine, ein knackiger Hintern und feste Brüste: Welchem Mann gefiel so etwas nicht? Mit ihrer Größe von 1,75 Metern und dieser Traumfigur könnte sie sogar als Model arbeiten. Karla hatte sie einmal darauf angesprochen. Miriam hatte abgewunken und erklärt, so ein Leben in der Öffentlichkeit wäre am Anfang sicherlich interessant, auf Dauer könne sie sich das jedoch nicht vorstellen.

Wenn sie zusammen fortgingen, fühlte sie sich neben Miriam wohl. Sie zog die Männer an wie die Motten das Licht. Das hatte sie immer beeindruckt, bis zu dem Zeitpunkt, als sie in einem Buch gelesen hatte, das sei ein großer Fehler. Jemand, der auf Partnersuche sei, solle mit einer Freundin ausgehen, die etwas schlechter aussah als man selbst. Dieser Freundin sollte man diese Überlegung niemals offenbaren. Da die Menschen immer vergleichen und nur das Beste für sich wollten, hieß es in dem Buch, würden sie immer der optisch besseren Alternative den Vorzug geben. Klang logisch, wer will schon einen Trabbi, wenn er einen Ferrari bekommen kann? Bisher war sie davon ausgegangen, wenn sie mit einer solchen Top-Frau unterwegs war, fiele vielleicht auch einer für sie ab. Bisher war das jedoch nicht passiert.

»Wollen wir nicht mal wieder zusammen auf Tour gehen?«, fragte Miriam mit geschlossenen Augen, während sie sich Shampoo aus dem Gesicht wischte.

»Nee, du, lass mal. Ich bin froh, wenn ich abends meine Ruhe habe.«

Miriam blinzelte. »Zu Hause lernst du keine Männer kennen, das weißt du schon, oder?«

Wenn ich mit dir weggehe, interessieren sich die Typen sowieso nur für dich. Diesen Gedanken behielt sie lieber für sich. »Warte doch dein Treffen mit deinem Ben ab. Danach wirst du so oder so weniger Zeit für mich haben.«

»Hey, sei nicht immer so negativ. Typen spüren das, wenn du mies drauf bist. Also sollte er tatsächlich *mein* Ben werden, werde ich eine Party organisieren. Dazu soll er dann ein paar Kumpels mitbringen. Na, wie klingt das für dich?«

»Hört sich nach einem guten Plan an.« Karla trocknete sich mit ihrem grauen Handtuch ab. Vielleicht hatte ihre Freundin recht und sie sah die Welt zu negativ, grübelte zu viel. Andererseits hatte Miriam leicht reden, ihr fiel immer alles zu. *Falls es mit der Party nicht klappt, habe ich immerhin noch Mafioso und meine Liebesromane.*

Wortlos zogen sie sich um und verließen das neue Fitnessstudio. Es sollte nicht ihr letzter Besuch gewesen sein.

***

Inzwischen wusste er, wo sie wohnte. Es war gar nicht so einfach gewesen, an die Information zu gelangen. Er musste zunächst ihren Namen herausfinden. Auf einem der Filmchen aus der Umkleidekabine war ihr Schlüsselbund zu sehen, an dem ein Anhänger befestigt war. Auf diesem stand ein Name, der kaum zu entziffern war. *Karla* hatte er mit Vergrößerung und viel Mühe letztlich doch lesen können. Danach musste er nur noch Zugriff auf die Kundenkartei des McFit erhalten. Es dürfte nicht so viele Frauen in der Liste mit dem Vornamen geben. Mithilfe einer List war es ihm schließlich gelungen, Einsicht zu nehmen, und er hatte Glück, es gab nur eine Karla in der Kartei.

Er konnte gar nicht genau sagen, warum gerade sie ihn so faszinierte. Kein anderes Video hatte er sich so häufig angesehen wie ihres. Ihre Freundin, das Model, interessierte ihn nicht. Die meisten Männer hätten ihn für verrückt erklärt, wenn er offen der drallen Brünetten den Vorzug vor der blonden Schönheit gegeben hätte. »Eine besonders hübsche Frau wirst du niemals für dich alleine haben«, hatte sein Vater immer gesagt. Vielleicht hoffte er, eine Frau, die nicht in das gängige Schönheitsideal passte, würde sich eher für ihn interessieren.

Er war nicht wie andere Männer. Das hatte er bereits in seiner Jugend gemerkt. Große Rundungen standen für eine große

Weiblichkeit, jedenfalls für ihn. In seiner Klasse auf dem Gymnasium gab es ein Mädchen, Rebecca, dunkle Haare, hübsches Gesicht mit außergewöhnlich großem Hintern und nicht minder voluminösen Brüsten. Seine Klassenkameraden zogen sie wegen ihrer Figur oft genug auf. Atombusen und Brauereiarsch waren noch die harmlosesten Ausdrücke. Sie musste damals sehr darunter gelitten haben. Er beteiligte sich nicht an diesen Hänseleien. Den Mut, ihr zu sagen, dass er ihre Figur attraktiv fand, brachte er jedoch nicht auf. Einerseits fürchtete er, sie könnte denken, er wolle sie nur aufziehen, auf eine subtile Art und Weise. Andererseits schämte er sich dafür, sie als einziger Junge zu mögen. Er hätte gerne gewusst, was aus Rebecca geworden war. Heutzutage stand er zu seiner Vorliebe. Vielleicht war es leichter, weil er keine Freunde hatte. Er musste sich vor keinem Menschen rechtfertigen.

Er hatte nicht weit von ihrem Haus entfernt geparkt. Die nächste Laterne war weit genug entfernt, sodass sein Auto nicht beleuchtet wurde. Bereits über eine Stunde wartete er auf sie und biss in ein Schinken-Käse-Sandwich. Er kam sich vor wie in einem schlechten Krimi, bei dem ein unterbezahlter Polizeibeamter einen Verdächtigen observierte. Waren die im Fernsehen dabei nicht immer zu zweit, falls einer einschlief? Endlich sah er sie in ihrem Renault Clio. Er hatte den Sitz auf die niedrigste Position gestellt, rutschte schnell mit dem Körper herunter und legte den Kopf zur Seite, um nicht von ihr gesehen zu werden. Da sein Wagen kein auswärtiges Kennzeichen trug, würde es in dieser Gegend nicht auffallen.

Sie fuhr in die Garage. Er konnte nicht sehen, wie sie aus dem Auto ausstieg, nur wie sie aus der Garage herauskam und die Fernbedienung zum elektronischen Schließen betätigte. Sein Handy wollte er nicht zücken, um ein Video zu drehen, obwohl es ihn reizte. Es war zu dunkel, um eine brauchbare Aufnahme zu bekommen. Sie sah dem sich schließenden Garagentor zu, bevor sie zum Hauseingang ging. Dort schloss sie den

Briefkasten auf, um die Post herauszunehmen. Als sie im Haus verschwunden war, stieg er aus dem Auto. Er wollte sich das Grundstück von der Rückseite ansehen.

»Ey, hast du mal Feuer?«

Er erschrak, drehte den Kopf. Hinter ihm stand ein junger Typ, den er nicht älter als 18 Jahre schätzte. Er trug eine viel zu große, blaue Schirmmütze mit der Aufschrift *EWE Baskets Oldenburg* und machte ein dümmliches Gesicht mit seiner Zigarette im Mund. Er schüttelte demonstrativ sein Feuerzeug. »Das Ding ist leer. Hast du nun Feuer oder nicht?«

Er schüttelte den Kopf.

»Wäre ja auch zu schön gewesen. Was machst du überhaupt hier? Habe dich noch nie gesehen.«

»Ich bin mit einem Kumpel verabredet.«

»So, wie heißt denn der Kumpel? Vielleicht kenne ich ihn.«

Er sah auf seine Armbanduhr. »Wenn ich noch länger warte, komme ich zu spät. Hat er eben Pech gehabt.« Damit ließ er den Basketball-Anhänger stehen, stieg in sein Auto und fuhr davon.

Den Kommentar »Leute gibt's. Nee, oh, nee« hörte er nicht mehr.

***

Im Sommer luden Sonnenschirme zum Hamburger-Grillrestaurant *Hans im Glück* ein, die ebenso grün waren wie das Firmenlogo. Es lag zentral gelegen im Heiligengeistwall. Zur kalten Jahreszeit war nichts mehr zu sehen von der heiteren Biergartenatmosphäre dieses Treffpunkts für junge Leute. Paul hatte von dieser Kette noch nichts gehört, bis Lisbeth ihn einmal zur Mittagspause dorthin geschleppt hatte. Als die Arbeit sie zu erdrücken drohte und sie keinen Millimeter in ihren Ermittlungen weiterkamen, fragte Paul nur: »Hans im Glück?«

»Klasse Idee, ich bin dabei«, entgegnete Lisbeth. Keine zwei Minuten später hatten sie ihr Büro verlassen.

Innerhalb des Hamburger-Grills war neben dem Grün Braun die beherrschende Farbe: dunkelbraune Tische und Stühle, hellbrauner Parkettboden. Die Birken, die durch die Decke zu wachsen schienen, hatte Lisbeth in noch keinem anderen Restaurant gesehen. Selbst die Schalen, auf denen einige Speisen serviert wurden, sahen wie Baumrinden aus. Auf die Idee, Burger im Wald oder besser in so einer Naturatmosphäre zu essen, musste man erst einmal kommen.

»Ich blicke langsam nicht mehr durch«, sagte Lisbeth mit Blick auf die Menükarte.

»Wieso? Die Speisekarte finde ich recht übersichtlich.«

Lisbeth knallte die Karte auf den Tisch. »Ich nehme den Heumilchkäse-Burger mit dem Günstling Salat, wie immer. Ich spreche von unserem Serientäter. Er hat im Fitnessklub einen großen Fehler gemacht, mindestens. Das war nicht geplant. Trotzdem haben wir noch keine heiße Spur. Was machen wir falsch?«

Der junge Kellner kam an den Tisch und nahm ihre

Bestellung auf. Paul nahm einen Rindfleisch- Burger mit Käse und Speck, als Beilage Süßkartoffel-Fritten. Zum Trinken orderte Paul eine Cola, Lisbeth ein Mineralwasser.

»Bisher haben wir nur die Angestellten und einige Mitglieder befragt. Wir müssen den Kreis erweitern. Über Heinz Jensen habe ich zusätzliche Kollegen angefordert. Das ist eine Sisyphusarbeit bei so vielen männlichen Mitgliedern des Studios, die alle als mögliche Täter infrage kommen. Er hat sofort zugestimmt.«

»Okay, einige Mitarbeiter können wir ausschließen, weil sie ein Alibi haben. Trotzdem bleiben zu viele übrig.«

»Wir müssen das Motiv finden, und zwar für die ersten beiden Opfer.«

»Es könnte ein sexuelles Motiv sein. Tamara Renken wurde nicht vergewaltigt. Vielleicht aber nur, weil der Täter nicht mehr dazu kam, weil sie flüchten konnte. Gesa Wiemken musste wohl sterben, weil sie den Täter hätte wiedererkennen können, nachdem sie vergewaltigt worden war.«

»Wenn Wolf Dumke ihn bei irgendetwas erwischte, also einfach zum falschen Zeitpunkt am falschen Ort war, behaupte ich, unser Täter hat ein Problem mit Frauen.«

Lisbeth legte den Kopf auf die Seite.

»Überleg doch mal, üblicherweise werden Vergewaltigungen begangen, um Macht auszuüben. Der sexuelle Akt steht dabei im Hintergrund. Der Vergewaltiger könnte ja zu einer Prostituierten gehen, wenn es ihm nur um den Beischlaf geht. Er will sein Opfer beherrschen, Gewalt über sie haben, im wahrsten Sinne des Wortes.«

Der Kellner brachte die Getränke. »Wisst ihr schon, dass wir bald einen neuen Namen für unser Restaurant bekommen werden?« Durch das junge Publikum war es Usus, alle Gäste zu duzen.

»Nein.« Lisbeth zog verwundert das Wort in die Länge, sodass es wie eine Frage klang.

»Keine Sorge. Das meiste wird so bleiben, wie es ist. Wir steigen aus dem Franchise System aus und erweitern die Speisekarte. Es wird noch leckerer.«

»Wie wird der Laden in Zukunft heißen?«

»Das darf ich noch nicht verraten. Es betrifft auch andere Filialen wie zum Beispiel Bremen und Hamburg. Die Namensänderung wird im Frühjahr in Kraft treten. Das Essen kommt gleich.«

Solange die Burger hier weiter so geil schmecken, ist mir der Name doch egal, dachte Lisbeth. »Du meinst also, der Täter schnappt sich die Frauen, weil er Komplexe hat oder keine abkriegt?«

»So was in der Richtung, ja.«

»Dann sollte Axel das in seinem Täterprofil herausarbeiten.«

Paul grinste wissend. »Ich habe ihn bereits darum gebeten. Er sitzt schon dran.«

Als die Speisen serviert wurden, lief Lisbeth buchstäblich das Wasser im Mund zusammen. Es roch herrlich nach Käse und gebratenem Rindfleisch. Als sie den ersten großen Bissen im Mund hatte, stöhnte sie genussvoll auf. Paul lächelte anerkennend.

Kapitel 19

Mit Gelegenheitsjobs hielt er sich über Wasser. Eine Schande, wenn er sein abgeschlossenes Hochschulstudium bedachte. Wenn er nochmal von vorne beginnen könnte, würde er vieles anders machen. Er würde weniger lügen, sich ernsthaft um eine Arbeit bemühen, die seiner Qualifikation entsprach. Es hieß, die meisten Paare fanden sich an ihrer Arbeitsstätte. Wer weiß, vielleicht hätte er eine Frau in einem angesehenen Unternehmen gefunden. Dann hätte er sich nicht überlegen müssen, wie er sie ansprechen sollte. Sie hätten miteinander geredet, weil man mit Kolleginnen, mit denen man zusammenarbeitet, kommunizieren musste. Bei vertrauter Atmosphäre entwickeln Menschen Zuneigungen, gingen gemeinsam zum Mittagessen, man findet sich sympathisch, bis man sich außerhalb der Arbeitszeiten traf. Der ganz normale Weg, eine Frau kennenzulernen, der ihm verwehrt geblieben war. Er kannte einen ehemaligen Studienkollegen, dem es so ergangen war: gut bezahlter Job in einer Personalberatungsagentur. Dort hatte er seine jetzige Frau kennengelernt, inzwischen besaßen sie ein Häuschen, etwas außerhalb von Oldenburg, in Wüsting. Das erste Kind war unterwegs. Spießig, aber beneidenswert.

Und was machte er? Er schnüffelte Frauen hinterher, indem er kleine Kameras versteckt installierte und Frauen hinterher fuhr, bis er wusste, wo sie wohnten. Immerhin war er darin ziemlich gut. Die Polizei hatte bisher keine Ahnung, nach wem genau sie suchen sollten, weil er zu schlau für sie war. Sicherlich hatte er auch Glück gehabt. Das Glück des Tüchtigen. Wenn ihm schon niemand anderes Wertschätzung entgegen brachte, gab ihm sein Handeln, so schlimm es auch war, Bestätigung. War es nicht so, dass Jack the Ripper nie gefasst wurde? Über 100 Jahre später rankten sich Mythen um den Schlitzer von London. Die einen sagten, er sei ein angesehener Arzt gewesen, der Prostituierte umbrachte, weil er ein Problem mit Frauen hatte. Die anderen behaupteten, es sei ein psychisch kranker, polnischer Einwanderer gewesen. Wieder andere vermuteten den Täter in den allerhöchsten Kreisen von Politik und Hochadel, wie zum Beispiel den Thronfolger Prinz Albert Victor. Bis heute lebte die Legende Jack the Ripper. Er war unsterblich geworden.

Er durfte sich nicht zu sehr auf seine XXL-Brünette fixieren. Obgleich er sie nicht aus den Augen verlieren wollte, musste er vorsichtig sein. Nicht selten lieferten sich die Täter durch eigene Dummheit selbst ans Messer. Außerdem war Karla anders als alle anderen Frauen, das spürte er. Das McFit konnte er vergessen, zu viel Aufmerksamkeit durch die Kripo. Das wurde ihm zu heiß.

Mit seinem Kaffeevollautomat brühte er sich frischen Kaffee auf. Während das Wasser kochte, fuhr er seinen Rechner hoch, um sich im Verlierer-Forum einzuloggen. Ja, insgeheim nannte er den *No-Ma'am-Club* jetzt so. Er betrachtete sich selbst nicht mehr als einer von ihnen. Sie ertranken in ihrem Selbstmitleid, während er aktiv wurde.

»Hi, Spanner, schön dich auch mal wieder zu lesen.«

Er begrüßte artig die anwesenden User.

»Was glaubst du, welche arrogante Ziege als nächstes dran glauben wird?«

»Keine Ahnung.« Sein Kaffee war durchgelaufen und er goss sich eine Tasse ein. Nicht ohne Bewunderung las er die Zeilen, als er an den Computer zurückkehrte. Sie schrieben nicht mehr nur von einem Stecher, sondern vom *Stecher von Oldenburg*. Für ihn klang das wie ein offizieller Titel. Ein Preis für seine Mühen und seine Gerissenheit.

»Ich finde das gut, dass die Weiber endlich Angst haben«, kommentierte einer.

»Geschieht ihnen nur recht«, fügte ein andere hinzu.

Sie bewunderten ihn. Er nahm einen Schluck vom herrlich duftenden Kaffee. »Was wünscht ihr euch als nächstes von ihm?«, tippte er ein, überlegte kurz und löschte die Eingabe. ohne sie abgeschickt zu haben. Das wäre zu auffällig gewesen.

»Sind seine Taten noch zu steigern?«, schrieb er stattdessen.

»Es müsste eine hochrangige, eingebildete Tusse treffen.«

»Vielleicht so eine Business-Schlampe.«

»Oder eine, die reich geheiratet hat und sich mit der Kohle vom Alten ein feines Leben macht.«

Verdammt, diese kranken Spinner brachten ihn auf eine gute Idee.

***

Lisbeth telefonierte lange mit dem BKA in Wiesbaden. Der Spezialist für das Früherkennungssystem Precobs Homicide erklärte ihr, für eine belastbare Aussage sei der Datensatz noch nicht ausreichend. Per Definition sei ein Serienmord erst dann einer, wenn drei Menschen innerhalb von kurzer Zeit umgebracht und die Taten miteinander in Verbindung gebracht werden konnten. Wolf Dumke sei nicht geplant, somit als Zufall zu werten. Es klang in den Ohren von Lisbeth zynisch, als müssten zunächst weitere Frauen sterben, damit die blöde

Software Ergebnisse lieferte. Immerhin glich das Programm ihre Mordserie mit denen im gesamten Bundesgebiet ab. In jüngster Vergangenheit gab es keine vergleichbaren Fälle.

Vor dem Telefonat hatte Lisbeth Axel Meyerhoff gefragt, warum dieser Täter über 50 Jahre kategorisch ausschloss. Darauf dozierte der Fallanalytiker aus Hannover: »Gemäß Statistik sind vier von fünf Serienmörder deutsch, fast immer männlich, zwischen 19 und 39 Jahren alt, ledig oder geschieden und verfügen allenfalls über eine durchschnittliche Intelligenz.«

»Ich hätte jetzt vermutet, die seien besonders schlau und gebildet«, gab Lisbeth zu bedenken.

»Im Gegenteil, einige verfügen sogar nur über einen Sonder- und Hauptschulabschluss und sind oft arbeitslos und leben sozial isoliert.«

»Warum erwischen wir solche Leute dann nicht früher?«

»Weil sie in den meisten Fällen die Opfer nicht kannten. Sie werden zufällig zum Opfer oder zumindest zufällig ausgewählt. Bei Beziehungstaten haben wir Ermittler unmittelbare Ansatzpunkte.«

Lisbeth warf den Kugelschreiber auf den Schreibtisch, hob beide Arme hoch und legte den Kopf in den Nacken, in der Hoffnung, mit der Überdehnung ihre Verspannungen damit wenigstens ein bisschen zu lockern. Eine Nackenmassage wäre jetzt genau das Richtige. Ihr Ex-Freund Philip schlich sich in ihren Kopf. Sie versuchte diesen Gedanken zu verdrängen und stellte sich stattdessen mit geschlossenen Augen ein Wellnesshotel mit gedämpfter Musik von Enya vor.

»Ist das eine neue Form von Yoga?«

Sie hatte gar nicht gemerkt, wie Paul zurück ins Zimmer gekommen war.

»Schön wär's«, sie fasste sich in den Nacken, »ich bin total verspannt. Nach diesen Fällen brauche ich erst einmal Urlaub. Irgendwohin, wo es warm ist und einen Sandstrand gibt.«

»Wenn wir diese Fälle gelöst haben, bringe ich dich sogar höchstpersönlich zum Flughafen nach Bremen. Noch ist es nicht soweit. Was sagt das BKA?«

Mit einer abwinkenden Geste schaute Lisbeth zum Fenster. »Kannst du vergessen. Die brauchen mehr Daten. Wo warst du überhaupt so lange?«

»Bei Frank Albers. Er hat sämtliche männlichen Mitarbeiter des McFit und die männlichen Studiomitglieder zwischen 18 und 45 Jahren durch den Polizeicomputer laufen lassen.«

»Und?«

»Kannst du auch vergessen. Keine Vorstrafen, keine sonstigen Auffälligkeiten. Einer musste seinen Führerschein einen Monat abgeben. Das war's. So kommen wir nicht weiter. Was sagen die Kollegen von der Spurensicherung zu der Visitenkarte vom McFit, die wir bei Gesa Wiemken gefunden haben?«

Lisbeth schüttelte den Kopf. »Keine verwertbaren Spuren auf der Karte, weder ein Fingerabdruck noch DNA.«

Frustriert widmeten sich beide dem Aktenberg der Zeugenbefragungen innerhalb des McFit und der Nachbarschaft. Niemand sagte etwas. Lisbeth verspürte den Drang, sich eine Zigarette anzuzünden. Sie griff nach ihrer Handtasche und kramte darin, konnte jedoch keine Packung finden. *Ist vielleicht auch besser so.* Anstatt einer Zigarette nahm sie sich ein Kaugummi und steckte es in den Mund, als das Telefon klingelte. Paul hob den Hörer ab und meldete sich mit Namen. Lisbeth sah, wie sich Pauls Miene verfinsterte.

»Was? Wo genau ist das passiert?«

Der Gesprächspartner entgegnete etwas, das Lisbeth nicht verstehen konnte. Aber sie ahnte, dass es heute noch ein langer Abend werden konnte.

»Okay, danke. Ich verständige die Kollegen von der Spurensicherung und Dr. Janssen. Sie sperren inzwischen den Auffindeort ab. Wir sind in 20 Minuten da.« Paul beendete das Gespräch, stöhnte und rieb sich mit der rechten Hand über die Stirn. »Wieder eine Frauenleiche. Erstochen.«

Die beiden Kommissare verließen wortlos das Büro.

***

Die Szenerie wirkte unwirklich. Eine einsame Weide, etwas außerhalb des Ortes Jaderberg, eingehüllt im Nebel. Umherlaufende Streifenpolizisten, rot-weißes Absperrband, zwei Streifenwagen, emsige Kollegen der Spurensicherung bei der Arbeit. Einzig der abseits stehende Traktor schien hierher zu gehören. Die einsetzende Dämmerung verlieh dem ganzen Treiben etwas Mystisches. Paul lenkte den Dienstwagen auf die Weide. Als er am Flatterband ankam, erkannte ihn ein uniformierter Kollege, grüßte und hob das Band so weit an, dass Paul mit dem Audi drunter durch fahren konnte und wenige Meter später anhielt. Gleichzeitig stiegen Lisbeth und

Paul aus dem Fahrzeug.

»Moin, Herr Kollege«, begrüßte er seinen Polizeioberkommissar. »Wer hat die Tote gefunden?«

»Moin, Herr Schweigert. Der Bauer, dem das Land hier gehört, hat sie gefunden und uns alarmiert.«

Es sah aus, als wenn die beiden Sprechenden rauchten. Die unsichtbare Flüssigkeit aus dem Atem kondensierte durch die niedrige Außentemperatur.

»Dort hinten wartet er auf seinem Trecker auf Sie.«

»Er wartet auf mich?«

Lisbeth zog den Reißverschluss ihrer schlichten Lederjacke bis oben hin zu.

»Ja, er wollte nur mit dem leitenden Kommissar sprechen.«

Paul nickte und trat auf den korpulenten Landwirt zu. Fast wirkte er, als sei der auf dem Sitz seines blauen Traktors der Marke New Holland festgewachsen.

»Moin, ich bin Kriminalhauptkommissar Schweigert und leite die Ermittlungen.«

»Moin.«

»Und Sie sind?«

»Von hier.«

»Ja, das denke ich mir. Wie heißen Sie?«

»Egon Cordes.«

Der Mann erinnerte Paul an Tamme Hanken, den stämmigen Ostfriesen, über den er neulich einen Bericht im NDR 3 Fernsehen gesehen hatte. Herr Cordes hätte gut und gerne als dessen älterer Bruder durchgehen können.

»Mein Kollege sagte mir, Sie wollten mich unbedingt sprechen?«

»Jo.«

So wortkarg, wie er sich gab, vermutete Paul dessen Verwandtschaft in Ostfriesland.

»Also schön, hier bin ich, was wollen Sie mir sagen?«

»Ik hebb een Fahrtüüg stoon sehn. Nah bi de Weide.«

»Was war das für ein Fahrzeug?«

»So'n grässigen VW Golf, in blau. Ik hebb mi noch dacht, dat höört nich hier her.«

»Haben Sie sich das Kennzeichen gemerkt?«

»Jo.«

Paul schüttelte verzweifelt den Kopf. »Wie lautet es?«

Er nannte ihm das Kennzeichen mit den Anfangsbuchstaben BRA, das für Brake stand.

Paul gab das Kennzeichen an einen Kollegen durch - mit der Bitte, es zur Fahndung auszuschreiben.

»Haben Sie den Mann gesehen?«

»Nee. De Kerl saß im Auto und fuhr schnell wech. Danach

hab ik de arme Fru gefun'n.«

»Haarfarbe?«

»Wet ik nich. Hebb den bloß noch von achtern seen.«

»Ich danke Ihnen.«

»Munter bleiben.« Bauer Cordes winkte, schmiss den Traktor an und fuhr mit knatterndem Motor davon.

In etwa zehn Metern Entfernung lag das Opfer. Paul trat langsam darauf zu. Vor der Leiche knieten zur Linken der Leiter der Rechtsmedizin und Lisbeth zur rechten Seite. Beide hatten Einmalhandschuhe übergezogen. Die Frau lag auf der Seite, das blasse Gesicht war nur im Profil zu sehen. Ein Arm lag seltsam verdreht unter dem Rumpf, der andere Arm angewinkelt vor ihrem Kopf. Sie trug ein dunkelblaues Jackett, darunter eine weiße, mit Blut durchtränkte Bluse. Ihr Unterleib war unbekleidet. Nicht mal einen Slip hatte sie mehr an. Paul stellte sich vor, wie der Täter die zierliche Frau hierher getragen haben musste und sie dann wie lästigen Abfall auf die Weide geschmissen hatte. Paul schätzte die Frau auf Ende 20, Anfang 30.

»Moin, Herr Schweigert. Der Fundort ist nicht der Tatort.« Er zeigte in Richtung eines schmalen Weges. »Blutspuren führen zu dem Weg, dort, wo ein Fahrzeug stand.«

»Der blaue Golf, nach dem wir fahnden.«

Dr. Reinhard Janssen nickte.

»Wir haben keine Papiere gefunden. Sie wird sie in ihrer Handtasche haben, und die fehlt«, sagte Lisbeth.

Nachdem der Polizeifotograf seine Arbeit verrichtet hatte, drehte der Rechtsmediziner die Leiche auf den Rücken. Ihre schwarzen, lockigen Haare fielen zur Seite. Der Mund war leicht geöffnet, ihre Augen weit aufgerissen.

»Soweit ich das bisher beurteilen kann, mehr Messerstiche als bei den anderen Opfern.«

»Dieselbe Tatwaffe?«, fragte Paul.

»Kann ich mit Bestimmtheit erst nach der Obduktion sagen, aber ich vermute, ja.« Dr. Janssen sah sich das Gesicht der Toten näher an. »Moment mal, die kenne ich doch!«

»Sie kennen die Frau persönlich?«

»Nein.« Er wandte sich an einen Kollegen, der genau so einen weißen Schutzanzug trug wie er selbst. »Gib mir bitte das iPad.«

Der Angesprochene reichte es ihm.

»Die ist total bekannt, eine Berühmtheit auf Youtube. Sie nennt sich Top-Zicke, hat über eine Million Abonnenten für ihren Youtube-Kanal. Es wird gemunkelt, T. Z. wären ihre Initialen, nur weiß das keiner so genau.«

»Woher wissen Sie so etwas?«, wollte Lisbeth wissen.

»Meine Tochter schwärmt von ihr. Die gibt dauernd Tipps, wie man sich schminkt, wie man sich gegenüber Männern verhält. Also ehrlich gesagt hielt ich sie für ziemlich arrogant, nachdem ich mir ein Video von ihr angesehen hatte.« Dr. Janssen spielte ein Video ab. Es war eindeutig die Frau, die neben ihnen tot auf der Weide lag. In einem grauen, edlen Hosenanzug verkündete sie: »Hey Leute, ich habe einen tollen Job, ich sehe überragend aus, ich bin unsagbar beliebt. Warum sollte ich nicht arrogant sein?«

»Ach du meine Güte«, kommentierte Lisbeth und verdrehte die Augen.

»Je mehr Selbstbewusstsein ihr ausstrahlt, desto mehr wollen euch die Männer«, tönte es aus dem iPad. »Glaubt mir, ich weiß, wovon ich spreche. Behandelt die Typen von oben herab, und sie werden euch zu Füßen liegen ...«

»Das dürfte bei den Männern nicht so gut angekommen sein.«

»Ist mit Sicherheit auch nicht ihre Zielgruppe. 90 Prozent ihrer Abonnenten dürften weiblich sein.«

Von hinten rief ein uniformierte Kollege: »Der blaue Golf ist auf eine Tatjana Zoller zugelassen, wohnhaft in Jaderberg. Das Fahrzeug wurde nicht als gestohlen gemeldet.«

»T. Z. Der Dreckskerl hat sich das Auto des Opfers geschnappt, um ihre Leiche zu entsorgen«, murmelte Lisbeth so leise, dass sie kaum zu verstehen war.

Paul zückte sein Smartphone und rief in der Polizeiinspektion an.

»Ich bin's, Paul. Frank, sieh doch bitte mal nach, ob du eine Tatjana Zoller in der Mitgliederliste vom McFit findest?« Es dauerte einige Zeit, bis sein Kollege antwortete: »Nein.«

»Bist du sicher?«

»Ja. Eine Tatjana gibt es in der Liste, aber die heißt Volkers mit Nachnamen. Eine Frau Zoller gibt es gar nicht.«

»Auch nicht unter den Angestellten?«

»Moment, ich muss nachsehen.« Es dauerte einen Moment. Papier raschelte. »Nein, auch nicht.«

Er beendete das Gespräch und wandte sich an Lisbeth. »Es scheint so, als hätten wir das erste Opfer ohne unmittelbare Verbindung zum McFit.«

Zynismus schien zwar in der Situation nicht angebracht. Dennoch würde das vierte Opfer zusätzliche Hinweise auf den Täter liefern, auf seinen *Modus Operandi,* wie es Axel Meyerhoff nannte, auf die Art der Durchführung. Bis auf den ungeplanten Mord an Wolf Dumke schien der Täter sowohl die Tatwaffe als auch die Art zu töten beizubehalten. Paul war gespannt auf die neue Analyse des Fallanalytikers. Bevor er zum Dienstwagen ging, fotografierte Paul das Gesicht der Toten mit seiner Handykamera und ließ sich von dem Streifenbeamten die Adresse von Tatjana Zoller geben.

»Lisbeth, lass uns zur Wohnung von Tatjana Zoller fahren.«

»Ohne richterlichen Beschluss?«

»Wir müssen feststellen, ob die Tote wirklich Tatjana Zoller ist, beziehungsweise, ob sich unter dem Pseudonym Top-Zicke tatsächlich Tatjana Zoller verbirgt. Bisher drängt sich nur die Vermutung auf. Vielleicht können wir ihre Nachbarn befragen.«

Sie stiegen wortlos ins Auto und fuhren rückwärts von der Weide herunter. In der Mitte von Jaderberg musste Paul an einer Ampelkreuzung halten.

»Fahr da bitte auf den Parkplatz von Netto-Discount.«

»Wieso, willst du jetzt noch etwas einkaufen?«

Sie tippte mit dem Zeigefinger gegen das Fenster der

Beifahrertür. »Da auf dem Parkplatz steht ein alter blauer Golf. Den möchte ich zumindest überprüfen.«

Kaum hatte Paul neben dem VW gehalten, stieg Lisbeth aus und ging um das Fahrzeug herum. An der Beifahrerseite guckte sie ins Auto. Dabei hielt sie sich die Hände über die Augen, als müsse sie sich vor gleißendem Sonnenlicht schützen.

»Das ist der Wagen, den wir suchen. Auf dem Beifahrersitz klebt jede Menge Blut.« Lisbeth blickte zusätzlich noch auf das Kfz-Kennzeichen, als wenn es einer weiteren Bestätigung bedurft hätte und nickte Paul bestätigend zu. Dieser verständigte telefonisch die Kollegen der Spurensicherung.

Vom zentral gelegenen Parkplatz zur Wohnung von Tatjana Zoller in der Nähe des Jade-Gymnasiums in der Kastanien-Allee hätten sie zu Fuß gehen können, so nahe lagen die beiden Orte beieinander. Das Einfamilienhaus war ein für diese Gegend typischer Klinkerbau. Als sie an die Eingangstür kamen, schaltete ein Bewegungsmelder eine Lampe oberhalb der Tür ein. Am Briefkasten aus Edelstahl standen die Namen Zoller und Wegener. Lisbeth drückte auf die Klingel. Nicht lange nach dem Klingeln öffnete ein etwa 40jähriger Mann mit schwarzen Haaren, die an den Schläfen leicht angegraut waren, die Tür.

»Kripo Oldenburg. Ich bin Kriminalkommissarin Eicken. Das ist mein Kollege, Herr Schweigert.«

»Ja bitte?« Der Mann trug eine dunkle Anzughose, ein weißes Hemd und eine rot gemusterte Krawatte.

»Ist Tatjana Zoller Ihre Freundin?«

»Ja, richtig. Sie müsste eigentlich schon hier sein. Ich bin selbst gerade erst von der Arbeit nach Hause gekommen. Ich habe eine Versicherungsagentur.«

»Dürfen wir reinkommen?«

»Ja, selbstverständlich.« Er führte die beiden Beamten ins mit hellen Polstermöbeln versehene Wohnzimmer. In der Ecke stand ein Specksteinofen, dessen Glastür am unteren Rand vollständig mit Ruß bedeckt war. »Sie sagen, Sie sind von der Kripo. Ist was mit Tatjana passiert?« Mit einer Hand in der Hosentasche blickte er abwechselnd zu Paul und Lisbeth, als verfolge er ein Tennisspiel.

Paul ergriff das Wort: »Herr Wegener, ihre Freundin ist tot. Es tut uns sehr leid.«

»Unsinn. Das ist unmöglich.« Er machte eine wegwischende Geste und wirkte so bestimmend, als hätte er eine Falschmeldung im Internet gelesen. »Sie hat sich heute Morgen liebevoll von mir verabschiedet, wie jedes Mal. Sie müssen sie verwechseln.«

Paul zog sein Smartphone aus der Jacke, suchte das Foto der Toten und zeigte es ihm. »Ist das Ihre Freundin?«

»Oh, mein Gott«, hauchte Herr Wegener. Er bewegte sich nicht, stand da wie zu einer Säule erstarrt. Er atmete ein und aus, immer schneller, hechelte. »Das kann nicht sein. Oh, bitte. Nein!« Er wankte ein paar Schritte rückwärts. Fiel in den Sessel, als hätte ein Marionettenspieler alle Fäden der Puppe gleichzeitig durchtrennt. In seinen Augen sammelten sich Tränen. Er fing an zu schluchzen wie ein kleines Kind.

Lisbeth kramte in ihrer Lederjacke, zog eine Packung Tempotaschentücher heraus und hielt sie ihm hin. Dabei sah sie mit einem strafenden Blick zu Paul, als wollte sie ihm sagen: ‘Musstest du ihm das Foto so zeigen - wie mit der

Holzhammermethode?‘ Fast entschuldigend zeigte Paul die Innenflächen seiner Hände, öffnete seinen Mund, um mit den Lippen ein Wort zu formen, schloss ihn aber wieder.

Herr Wegener nahm weder die Taschentücher noch die beiden Kommissare wahr. Er versank in eine Welt des Schmerzes.

»Wissen Sie von dem Youtube-Kanal Ihrer Freundin?«, fragte Paul.

Die laute Ansprache schien ihn zurück in die Realität geholt zu haben. Seine Augenlider flatterten. Er fixierte Paul mit seinem Blick.

»Hat der Youtube-Kanal etwa was mit ihrem Tod zu tun?«

Paul antwortete nicht.

»Dieser ganze Zicken-Scheiß. Ich habe immer gesagt, sie soll das lassen. ‚Damit machst du dir nur Feinde.‘ Sie wollte nicht hören, teilte mir ihre täglich wachsenden Abonnentenzahlen mit. Man könne später viel Geld damit verdienen.«

»Was hat Ihre Freundin beruflich gemacht?«

»Sie arbeitet in einem Kosmetikstudio.«

Er spricht über sie in der Gegenwart, als lebte sie noch.

»Hat ihr keinen Spaß gemacht. Wenn dieser Youtube-Mist erfolgreich würde, könnte sie damit aufhören, hat sie gesagt. Dabei hätte sie gar nicht arbeiten müssen. Ich verdiene doch genug. Verstehen Sie das etwa?« Antwort suchend sah er Paul und Lisbeth an.

Als sie nichts sagten, sprach er weiter. »Sie faselte ständig etwas von wegen Unabhängigkeit, sie wolle auf eigenen Füßen stehen. Hier fiele ihr die Decke auf den Kopf. Wir wollten irgendwann heiraten. Ich habe ihr bloß noch keinen offiziellen Antrag gemacht. Es war nie der richtige Zeitpunkt. Verdammt, das ist so unfair.«

Wo oder wodurch hat der Mörder sie gesehen? Stand sie doch in irgendeiner Verbindung mit dem Studio?

»Hat Frau Zoller im Rahmen ihrer beruflichen Tätigkeit mit Fitnessstudios zu tun gehabt?«

»Nein, also wenn, dann weiß ich davon nichts.«

»Kennen Sie das McFit in der Nadorster Straße?«

»Ist das das Studio, das in der Zeitung stand?«

Paul nickte

»Ich fahre da manchmal dran vorbei. Von innen habe ich das noch nie gesehen. Tatjana auch nicht, glaube ich. Sie hat sich durch regelmäßiges Schwimmen fit gehalten. Herr Kommissar, wie musste Tatjana sterben? Ist sie … ist sie erstochen worden wie die beiden anderen Frauen?«

»Das müssen die weiteren Ermittlungen ergeben. Wir wissen bisher nur, dass sie eines gewaltsamen Todes gestorben ist.«

»Kann ich sie noch einmal sehen?«

Gott sei Dank fragte er nicht danach, ob sie vergewaltigt worden war. Durch die fehlende Kleidung am Unterleib ging Paul stark davon aus.

»Ein letztes Mal. Bitte, ich muss von ihr Abschied nehmen.«

»Selbstverständlich dürfen Sie ihre Freundin sehen. Übermorgen wird die Gerichtsmedizin soweit sein.«

»Hat sie sehr leiden müssen?« Bei der Frage riss er seine Augen weit auf.

»Sie ist schnell gestorben«, log Lisbeth.

»Gut. Das ist gut«, murmelte er mehr zu sich selbst als zu den Kommissaren. »Wenn Sie nichts dagegen habe, würde ich jetzt gerne alleine sein.«

»Natürlich. Wir finden den Weg zur Tür selbst.«

Im Auto fragte sich Paul, wie es zu den unterschiedlichen Wahrnehmungen der Menschen kam. Im Internet pflegte Tatjana Zoller das Image einer arroganten Zicke, gab anderen Frauen Ratschläge, sie sollten die Männer von oben herab behandeln. Zu Hause hingegen gab es ihren Freund, der sie über alles zu lieben schien. Der Versicherungsagent machte auf Paul nicht den Eindruck, als sei er devot veranlagt.

Am Parkplatz vor dem Discounter konnten sie die Kollegen von der Spurensicherung bei der Arbeit beobachten. Natürlich würde später im Labor festgestellt werden, dass es das Blut von Tatjana Zoller war, welches Lisbeth auf der Beifahrerseite gesehen hatte. Würden Sie die DNA vom Täter in dem Auto finden? Hatte er sie im Auto vergewaltigt oder sie bloß mit ihrem eigenen Wagen zur Weide transportiert?

Kapitel 20

Morgens gegen 9 Uhr klingelte es an Karlas Haustür. Sie hatte heute Spätschicht und saß gerade beim Frühstück und las die Tageszeitung. Vielleicht der Paketdienst? Sie wartete auf eine Sendung von Amazon. Für den Paketdienst war es eigentlich zu früh. Sie stellte das Radio in der Küche etwas leiser und ging zur Tür, begleitet von ihrem Kater Mafioso. Der kleine Angsthase hielt sich jedoch dezent hinter ihr. Durch das rautenförmige Milchglasfenster konnte sie eine Person in blauer Kleidung erkennen. Also schon mal nicht DHL oder UPS. Vorsichtig öffnete sie die Tür einen Spalt.

»Moin, Burrichter mein Name. Ich komme vom Landkreis.«

Karla erinnerte sich an die Karte, die sie gestern im Postkasten gefunden hatte. Sie wunderte sich darüber, dass die Rauchmelder, die sie pflichtbewusst hatte installieren lassen, nun kontrolliert werden mussten.

»Ja, richtig. Muss das denn sein? Ich habe erst vor einem Jahr ausreichend Rauchmelder von einem Fachhändler einbauen lassen.«

»Das glaube ich Ihnen gerne. Der Landkreis Wesermarsch verlangt diese Überprüfung. Dabei ist der Landkreis nicht einmal selbst schuld. Wir setzen nur die EU Norm DIN 834 um. Darin heißt es ...« Der unscheinbar aussehende Mann Mitte 30 sah auf ein Formular, das auf einem Klemmbrett befestigt war. Sein Blaumann zierte das vertraute Wappen des Landkreises, rechts eine grüne Kogge, den Hartwarder Friesen, und links drei gelbe und zwei rote Balken. »Alle Häuser und Wohnungen müssen gemäß EU-Richtlinie ...«

»Ja, ja, ist schon gut. Kommen Sie herein.«

»Danke. Wenn Ihre Rauchmelder der Norm entsprechen und ordnungsgemäß angebracht worden sind, bekommen Sie einen Stempel, und ich bin sofort wieder weg.« Der Handwerker nahm seinen Werkzeugkasten und wollte an Karla vorbeigehen.

»Wozu brauchen Sie den Werkzeugkasten? Ich denke, Sie wollen nur kontrollieren?«

»Das ist unser besonderer Service. Wenn die Rauchmelder nicht der Norm entsprechen, tausche ich Ihnen diese gleich aus.«

Karla überlegte.

»Kostenfrei natürlich.« Zielsicher erkannte er den ersten Rauchmelder im Flur. »Da haben wir ja schon den ersten Übeltäter.«

»Was soll das heißen?«

»Vor zwei Jahren war dieser«, er zeigte mit einem Phasenprüfer Richtung Decke, »auf dem neuesten Stand. Inzwischen sind sie überholt. Der Fachhandel hat leider noch die Lager voll von den alten Dingern. Daher verbauen sie die Teile noch, wo es nur geht.«

»Aber, es ist doch klar, dass so etwas auffliegt. Das kann der Fachhändler doch nicht machen.«

»Das ist denen egal. Profit, Profit und nochmal Profit. Das ist alles, was die interessiert. Jedenfalls liefern die veralteten Dinger zu viele Fehlalarme, weil sie die alten Sensoren drin haben.«

»Also bei mir sind die noch nie losgegangen.«

»Seien Sie froh. Bei manchen Haushalten gehen sie im Notfall manchmal gar nicht los. Das hatten wir erst letztens in Rodenkirchen. Ich sag's Ihnen, das Einfamilienhaus ist bis auf die Grundmauern niedergebrannt. Haben Sie im ganzen Haus identische Rauchmelder?«

»Ich denke schon, für mich sehen die alle gleich aus.«

»Also, wenn Sie eine halbe Stunde Zeit haben, wechsel ich Ihnen die sofort aus und Sie haben keinen Ärger mehr.«

Karla sah auf ihre Armbanduhr. »Zeit hätte ich schon noch. Und das kostet mich wirklich nichts?«

»Nein. Ich bin Angestellter vom Landkreis und wir arbeiten nicht gewinnorientiert.«

»Gut, dann fangen Sie bitte gleich an.« Karla lehnte sich an den Türrahmen der Küchentür und schaute ihm interessiert zu. Er schien sein Handwerk zu verstehen, schraubte den Rauchmelder gekonnt ab und legte ihn auf seine Werkzeugkiste, nahm einen neuen Rauchmelder heraus, um diesen an der Decke zu befestigen. Für Karla sah der neue fast genauso aus wie ihrer. Ebenso weiß, rund, vielleicht ein bisschen größer und dicker.

»Wo haben Sie Ihre anderen Rauchmelder?«

»Im Wohnzimmer. Oben im Flur, im Schlafzimmer und auf dem Dachboden.«

»Alles klar.«

»Ich frühstücke jetzt zu Ende. Wollen Sie einen Kaffee oder Tee?«

»Später vielleicht. Zuerst die Arbeit, dann das Vergnügen.«

»Melden Sie sich einfach, wenn Sie etwas brauchen.« Karla ging in die Küche, ließ die Küchentür jedoch offen stehen. Irgendwie kam ihr der Mann vertraut vor. Sie wurde das Gefühl nicht los, als hätte sie ihn schon einmal gesehen. Nur wo?

Sie blätterte in der Nordwest-Zeitung und biss in die mit Nutella beschmierte Brötchenhälfte. Im Radio spielten sie ein Lied von Helene Fischer, das sie schon nicht mehr hören konnte. Kein Grund, das Radio wieder lauter zu stellen. Sie fragte sich, wie es Miriam bei ihrem Treffen mit Ben ergangen war. Mit ihrer besten Freundin hatte sie heute gemeinsam Dienst. Sie würde nach jedem Detail fragen. Plötzlich fiel ihr ein, dass der Handwerker noch in ihr Schlafzimmer musste. Sie sollte ein paar Klamotten, die dort rumlagen, vorher wegräumen.

Sie fand den Mann vom Landkreis weder im Wohnzimmer noch im oberen Flur. Karla klopfte an die Tür des Badezimmers.

»Entschuldigen Sie bitte«, erklang es aus dem Badezimmer. »Ich musste ganz dringend auf die Toilette.«

»Ist schon gut, ich habe mich nur gewundert, wo Sie stecken.« Sie ging ins Schlafzimmer und richtete es so her, dass es ordentlich aussah. Sie beschloss, ihn im Schlafzimmer nicht alleine zu lassen, als sie die Spülung im Badezimmer hörte. Danach hörte sie das Wasser im Waschbecken rauschen und der Mann schloss die Tür auf.

»So, jetzt noch der im Schlafzimmer und auf dem Dachboden. Dann bin ich auch schon durch.« Er nahm die Leiter und stellte sie unter den Rauchmelder im Schlafzimmer. »Haben Sie jetzt vielleicht einen Kaffee für mich?«

»Gerne, mit Milch und Zucker?«

»Nein, schwarz, bitte.«

» Okay, ich bin gleich wieder da.«

Als sie mit der dampfenden Kaffeetasse zurückkehrte, war er im Schlafzimmer bereits fertig. Dankend nahm er den Kaffee entgegen und nahm einen Schluck, drückte ihr den Becher gleich wieder in die Hand.

»Danke, ich muss zusehen«, demonstrativ sah er auf seine Uhr, »habe gleich einen Anschlusstermin.«

Fünf Minuten später wünschte er ihr einen schönen Tag und verließ das Haus. Karla grübelte immer noch, wo sie ihn schon einmal gesehen haben könnte. Es wollte ihr einfach nicht einfallen.

***

Die inzwischen mit weiteren Beamten aufgestockte Sonderkommission *Tankstelle* ertrank förmlich in einer Flut von neuen Hinweisen. Aufgeschreckt durch die regionalen und überregionalen Medien meldeten sich besorgte Mütter, Rentner, Landwirte und jede Menge anderer Anwohner aus dem Raum Jaderberg. Viele wollten den bereits sichergestellten blauen Golf innerhalb und außerhalb des kleinen Ortes gesehen haben. Andere wussten, dass so etwas Schlimmes passieren würde oder fragten, warum die Polizei nichts unternimmt.

Der innere Kreis der Soko um Axel Meyerhoff, Paul, Lisbeth und Frank Albers versuchte die gestrige Tat zu rekonstruieren. Der letzte, der Tatjana Zoller lebend gesehen hatte, war ihr

Partner Jan Wegener, als er morgens das Haus verließ und zur Arbeit fuhr. Gegen Mittag schrieb sie ihm eine WhatsApp Nachricht: »Arbeite heute nicht so lange, ich freue mich auf dich.« Danach, so ergaben die bisherigen Ermittlungen, gab es kein weiteres Lebenszeichen. Nach dem vorläufigen Ergebnis der Obduktion wurde Tatjana Zoller in ihrem Auto vergewaltigt und getötet. Nachdem ihre Leiche auf der Weide abgelegt wurde, fuhr der Täter zum Parkplatz des Discounters und wechselte, so vermuteten die Ermittler bisher, das Fahrzeug.

»Wenn ich das zusammenfassen darf: Der Täter fährt mit seinem oder vielleicht einem gestohlenen Fahrzeug zum Netto-Parkplatz, um ihn dort abzustellen. Er marschiert seelenruhig zu ihrer Wohnung, um was zu tun? Sie zu einer Spritztour zu überreden?«, fragte Paul.

»Vielleicht hat er das zweite Fahrzeug in der Kastanienallee in der Nähe von Frau Zollers Haus abgestellt. Danach könnte er zu Fuß dorthin gelaufen sein«, gab Frank Albers zu bedenken.

Axel Meyerhoff stand auf, verschränkte die Arme vor der Brust, ging auf und ab. »Dieser Fußweg ergibt in meinen Augen wenig Sinn. Dann müsste er schon ein sehr auffälliges Auto fahren, wenn er Angst hatte, vor ihrem Haus erkannt zu werden.«

»Wie ist es deiner Meinung nach gewesen?«, fragte Lisbeth.

»Er wohnt in Jaderberg und ist gemütlich nach Hause gegangen. Das erste Opfer Tamara Renken arbeitete als Lehrerin im Jade-Gymnasium in diesem Ort. Sie wohnte zwar in Hahn-Lehmden, aber das liegt nur wenige Kilometer entfernt.« Axel Meyerhoff schritt auf die Landkarte mit den Fähnchen zu.

Paul atmete hörbar aus. »Kannten Opfer und Täter sich

etwa?«

»Wie viele Einwohner hat Jaderberg?«, fragte Axel und blickte in die Runde.

»Irgendwas zwischen drei- und viertausend. Da kennt jeder jeden. Also fast«, antwortete Lisbeth, die in diesem Ort aufgewachsen war und wo jetzt noch ihre Mutter lebte.

»Sie kannten sich. Oder würdest du einen fremden Mann in deinem Auto mitnehmen, Lisbeth?«

»Einen wildfremden? Natürlich nicht.« Lisbeth stellte sich vor, wie es abgelaufen sein könnte, wenn er sie nicht gekannt hatte. Fragte er sie nach dem Weg? Lauerte er ihr auf, um sie zu überwältigen, griff sich sofort ihren Autoschlüssel? Im vorläufigen Obduktionsbericht stand nichts von Betäubungsmitteln, und es war noch hell, als der Täter sich sein Opfer schnappte. Wie sie es auch drehte und wendete, sie kam wie der Fallanalytiker zu dem Schluss: Täter und Opfer mussten sich gekannt haben. »Gut, gehen wir davon aus, Frau Zoller kannte ihren Mörder. Er trifft sie zufällig oder sie sind sogar verabredet, wollen in ihrem Auto irgendwo hinfahren. Sie sitzt am Steuer. Wie bringt er sie dazu, anzuhalten oder abzubiegen?«

»Gute Frage«, bemerkte Axel und zwirbelte an seinem imposanten Schnauzbart, »ich sehe da drei Möglichkeiten: mit einer Waffe, mit einer List 'ich muss dir schnell was zeigen' oder mit einer Drohung.«

»Wenn er sie zu Hause aufgesucht hat, warum vergewaltigt er sie nicht zu Hause? Ihr Freund war nicht da?«, wollte Paul wissen.

»Vielleicht, weil er befürchtete, ihr Freund könnte überraschend von der Arbeit nach Hause kommen. Immerhin arbeitet Jan Wegener als selbständiger Versicherungsagent, da kann er sich Termine selbst einteilen oder absagen. Wenn der Täter Tatjana Zoller kannte, wusste er auch, was ihr Freund beruflich macht«, gab Axel zu bedenken.

»Was hat die Befragung der Nachbarn ergeben, Frank?«

»Läuft noch. Bisher hat niemand etwas Verdächtiges gesehen. Die Kollegen befragen gerade die anderen Anwohner in der Kastanienallee. Für den Netto-Parkplatz gilt dasselbe. Wenn wir wenigstens ansatzweise eine Täterbeschreibung hätten ...«, er hob in einer verzweifelten Geste die Hände, »aber so?«

Der Fallanalytiker ergriff das Wort: »Wir haben zwar keine Personenbeschreibung, dennoch wissen wir Folgendes: Der Täter ist ein Durchschnittstyp. Durchschnittlich groß, sieht durchschnittlich aus, fährt ein Durchschnittsauto. Er kennt Jaderberg und seine Leute sehr gut. Er taucht darin unter. Er bewegt sich, ohne aufzufallen. Vielleicht liegt gerade hier der Schlüssel zu seinen Taten.«

»Das verstehe ich nicht. Wie meinst du das?«, fragte Lisbeth.

»Er führt ein langweiliges, unscheinbares Leben. Er findet keinerlei Beachtung, insbesondere Frauen schauen durch ihn hindurch, als wäre er Luft. Er möchte auffallen, möchte endlich wahr- und ernstgenommen werden.«

»Na, die hat er jetzt, sogar in den Medien. Alle berichten über ihn.«

»Eben, sein Ego fühlt sich gestreichelt. 'Seht her, ich bin wer, ich kann etwas. Ich entscheide über Leben und Tod. Ich habe die Macht zu entscheiden, welche Frau als Nächstes dran ist.' Das treibt ihn an.«

»Warum hat er das erste Opfer nicht vergewaltigt?«

»Das war ein Unfall, von ihm nicht geplant. Da lief ihm etwas aus dem Ruder. Er wird besser und steigert sich. Sein letztes Opfer ist eine Youtube-Berühmtheit, die er zufällig persönlich kannte. Damit hebt er sich selbst noch weiter in den Himmel.«

»Das klingt alles plausibel. Wie hilft uns das weiter, ihn zu erwischen?«, schaltete sich Paul ein.

»Er fühlt sich stark, unbesiegbar. Daher geht er ein so großes Risiko ein, die Leiche am helllichten Tag loszuwerden. Er hatte großes Glück, dass der Bauer ihn nicht gut genug gesehen hat.« Axel Meyerhoff fuhr sich mit Zeigefinger und Daumen über das glatt rasierte Kinn. »Wir sollten die Mitglieder- und die Mitarbeiterliste des McFit bezüglich des Wohnorts Jaderberg abgleichen.«

Lisbeths Finger flogen über die Tastatur. »Bin dran.« In den Listen gab sie als Suchbegriff ihren Heimatort ein und erhielt insgesamt zwölf Übereinstimmungen, darunter sieben Frauen, diese vernachlässigte sie. »Ich finde fünf männliche Mitglieder und einen Mitarbeiter mit dem Wohnort Jaderberg.«

»Wie heißt der Mitarbeiter?«

Lisbeth starrte auf ihren Flachbildschirm. »Benedikt Thielebeule.« *Der Hausmeister, der Wolf Dumke in der Sauna gefunden hatte.*

Paul stand hastig von seinem Schreibtischstuhl auf. »Hast du ihn damals nach einem Alibi für die Morde an den ersten beiden Frauen gefragt?«

»Äh«, Lisbeth überlegte, »nein, warum auch?«

»Schreib dir seine Adresse auf, wir fahren nach Jaderberg.«

Kapitel 21

Die Wände in südländischem Flair, die gewölbte, aus Klinkern bestehende Decke und ein dunkelbrauner Holzfußboden verliehen dem Rodizio eine wohlige Atmosphäre. Selbst das WM-Halbfinale, das 7:1 für Deutschland ausgegangen war, hatte nicht dazu geführt, dass der Besitzer die deutschen und brasilianischen Flaggen in seinem Restaurant abgenommen hatte.

Miriam sah auf die Speisekarte, zumindest tat sie so, als ob. Zwischendurch konnte sie es sich nicht verkneifen, einen kurzen Blick auf den ihr gegenüber sitzenden Ben zu riskieren. Entweder las er sich die Menüs wirklich sorgfältig durch oder er simulierte ebenfalls. Als sie zum dritten Mal verstohlen aufsah, zuckte sie zusammen, weil er die Menümappe geräuschvoll zuklappte.

»Oh, entschuldige bitte, ich wollte dich nicht erschrecken.«

»Hast du nicht«, log sie und versuchte ihre Gedanken zu ordnen. An der Supermarktkasse hatte er stets einen verschüchterten Eindruck auf sie gemacht. Nun schienen sich die Vorzeichen gedreht zu haben. Während sie sich zurückhaltend verhielt, strahlte er ein Selbstbewusstsein aus, das sie ihm nicht zugetraut hätte. Ob das an ihrer chaotischen Gefühlswelt lag oder ob er tatsächlich sein Verhalten geändert hatte, wusste sie nicht. Miriam fühlte sich zu ihm hingezogen. Dieser Mann mit seinem spitzbübischen Lächeln war voller Geheimnisse.

»Weißt du schon, was du nimmst?«

Mist, kalt erwischt.

»Ähm«, hektisch überflog sie die Speisekarte, »was isst du denn?«

»Ich nehme die Rodiziopfanne. Du kannst ja noch überlegen. Soll ich derweil einen trockenen Rotwein bestellen?« Sie nickte und er winkte lässig den Kellner heran.

Nachdem sie sich für das Hähnchenbrustfilet 'Madagaskar' entschieden hatte, stießen sie gemeinsam auf einen schönen Abend an. Dabei verlor sie sich in seinen kristallblauen Augen. Während der Wein ihre Kehle hinablief, breitete sich in ihr eine wohlige Wärme aus. Ihr Herz hämmerte gegen ihren Brustkorb. Ben sah sie mit einer eigentümlichen Mischung aus Grinsen und Skepsis an.

»Was ist los? Habe ich etwa eine Suppennudel im Gesicht wie bei dem Loriotsketch?«

Er brach in ein gewinnendes Lachen aus. »Im Gegenteil, auf deinen Wangen hast du gerade rote Farbe bekommen. Nur ein bisschen, das gefällt mir.«

»Danke.« Mehr brachte sie nicht heraus. Ihre Kehle fühlte sich an wie zugeschnürt. Hatte er ihr an der Kasse nur etwas vorgespielt? Ihr kam es so vor, als sitze ein völlig anderer Mann vor ihr. Sie wollte mehr über ihn erfahren. »Darf ich dich etwas fragen?«

»Hast du doch gerade.«

»Bitte?«

»'Darf ich dich etwas fragen?' ist doch eine Frage, oder etwa nicht?«

Nun musste sie lachen, aus Verlegenheit. »Warum hast du

mich nie an der Kasse angesprochen? Nach einem Treffen gefragt? Du hast fast nie etwas gesagt. Nur so … so geguckt eben.«

»Ich finde, das gehört sich nicht.«

»Wieso das?«

»Stell dir vor, da baggert dich ein Kunde an der Kasse an, der dir überhaupt nicht gefällt. Du kannst dich nicht umdrehen und weglaufen, musst freundlich bleiben. Es ist schließlich dein Arbeitsplatz.«

Was er sagte, bestach durch erstaunliche Logik.

»Wenn dir unser Essen oder unser Abend nicht gefällt, verabschiedest du dich und jeder geht seiner Wege. Alles passiert aus freiem Willen.«

Als er sich entschuldigte, um die Toilette aufzusuchen, schrieb sie Karla eine kurze Nachricht, die sie so vereinbart hatten. Anschließend stellte sie das Smartphone auf *Vibrieren* und legte es auf den Tisch. Aus ihrer Handtasche fischte sie einen Handspiegel und kontrollierte ihr dezent aufgetragenes Make-up und ihre Frisur.

»Möchtest du einen Nachtisch oder einen Espresso?«, klang es warm und leise hinter ihr. Er legte ihr zart die Hand auf den Rücken, was ihr ein angenehmes Gefühl bereitete.

Sie drehte ihren Kopf. »Ein Cappuccino wäre toll.« Ihr Handy brummte, als er bestellte. Miriam sah kurz auf das Display, drückte den Anruf von Karla weg und legte es mit der Rückseite nach oben zurück auf den Tisch.

»Hast du heute noch einen Termin?«, scherzte Ben.

»Nein, nein. Nicht so wichtig.« Miriam wusste, dass ihre beste Freundin zu Hause war. Welchen Grund könnte Karla haben, ausgerechnet jetzt bei ihr anzurufen? Vielleicht hatte sie einfach nur den falschen Telefonkontakt ausgewählt. Das Smartphone vibrierte erneut. Sie drehte das Handy um. Karla!

»Entschuldigung, meine Freundin. Da muss ich jetzt kurz rangehen.«

Er nickte verständnisvoll.

Sie stand auf, nahm das Gespräch entgegen und flüsterte: »Karla, du weißt doch, mit wem ich gerade beim Essen bin, oder?«

»Ich habe Angst. Da schleicht jemand um mein Haus herum.«

»Vielleicht täuschst du dich?«

»Dachte ich am Anfang auch. Aber jetzt klingt es so, als wenn jemand das Fenster in der Küche aufbrechen will?«

»Hattest du es auf Kipp?«

»Ja, Miri, kannst du bitte kommen? Schnell!«

***

Paul war kurz davor, das mobile, magnetische Martinshorn auf das Dach seines Dienstwagens zu stellen. Dafür fehlte ihm jedoch das erforderliche Wegerecht, das nur angewendet werden durfte, um Menschenleben zu retten oder schwere gesundheitliche Schäden abzuwenden. Dazu müsste ein konkreter Hinweis auf eine unmittelbar drohende Gefahr vorliegen. Ein Tatverdächtiger, der möglicherweise wieder morden würde, reichte nicht aus.

Mitarbeiter der Soko fuhren zur gleichen Zeit zu den Mitgliedern des Fitnessstudios, die allesamt zwischen 25 und 40 waren und somit zu dem Alter ins Täterprofil passten, um nach Alibis für die Morde zu fragen. Nur für den Fall, dass Paul mit seiner Vermutung, Hausmeister Thielebeule sei der Täter, falsch lag.

Scharf bremsend kamen sie vor einem Mietshaus zum Stehen. Selbst nach mehrfachem Klingeln öffnete Herr Thielebeule nicht die Tür. Paul versuchte es bei einem Nachbarn im selben Haus. Zaghaft meldete sich eine Frau: »Ja?«

»Kripo Oldenburg, wir müssen dringend Herrn Thielebeule sprechen. Würden Sie uns bitte ins Haus lassen?« Ein Summer ertönte. Paul und Lisbeth gingen ins Haus. Im ersten Stock hörten sie, wie eine Tür aufgesperrt wurde. Eine schlanke Frau etwa Anfang 60 trat hervor. Sie trug eine dunkle Jogginghose und einen hellblauen Pullover.

»Wissen Sie, wo sich Herr Thielebeule aufhält?«, fragte Paul, während er ihr seinen Dienstausweis zeigte.

»Ich glaube, er hat heute Vormittag seine Wohnung verlassen. Wenn er nicht aufmacht, wird er noch nicht wieder zurück sein. Was wollen Sie von ihm?«

Paul ignorierte ihre Frage. »Wissen Sie, wo wir ihn finden können?«

»Das weiß ich nicht. Tut mir leid. Er spricht nicht so viel, ist eher für sich. Freunde hat er noch nie zu sich nach Hause eingeladen.«

»Wissen Sie, ob er Familie hat?«

»Sein Bruder lebt in Süddeutschland, seine Eltern in Schleswig-Holstein.« Die Nachbarin kratzte sich am Ellenbogen. »Eine Partnerin habe ich hier auch noch nie gesehen. Ist er etwa der Mann, den Sie wegen der Frauenmorde suchen? Das kann ich mir nicht vorstellen. Der grüßt immer so freundlich. Der würde doch keinem etwas antun, geht einer geregelten Arbeit nach …«

Paul drückte ihr seine Visitenkarte in die Hand. »Rufen Sie bitte diese Handynummer an, sobald er zurück kommt, okay?«

»Ja, wenn Sie meinen.«

Zurück im Auto telefonierte Paul und ließ Benedikt Thielebeule zur Fahndung ausschreiben. Die Kollegen gaben nach und nach Rückmeldungen. Alle in Jaderberg wohnenden Studiomitglieder konnten Alibis vorlegen, die noch überprüft werden mussten.

***

»Es tut mir schrecklich leid. Ich muss sofort zu meiner Freundin fahren. Sie scheint ernsthaft in Gefahr zu sein.«

Bens Augen verengten sich und er zog die Stirn in Falten.

»Was ist passiert?«, fragte er und klang dabei ernsthaft besorgt.

»Sie hat große Angst, da schleicht wohl ein Typ um ihr Haus herum. Wir werden unser Treffen ein anderes Mal fortsetzen, ja?«

»Komm, ich fahr dich«, bot er an.

»Nee, das brauchst du nicht, wirklich.«

Er schüttelte den Kopf. »Keine Widerrede, so wie deine Hände gerade zittern«, er zeigte darauf, »baust du mir noch einen Unfall auf dem Weg dorthin.«

Miriam hatte gar nicht bemerkt, wie fahrig sie geworden war. Wahrscheinlich hatte er recht.

»Und bei dem, was aktuell so in der Zeitung steht, wäre es ganz gut, wenn ein Mann auf euch aufpasst.«

»Na schön, aber wir nehmen mein Auto.«

Ben stimmte wortlos zu. Nachdem er zwei Geldscheine auf den Tisch gelegt und ihr in den Mantel geholfen hatte, verließen sie eilig das Lokal am Pferdemarkt.

Während sie ihm den Weg wies, steuerte er ihren Kleinwagen sicher in Richtung Jaderberg. Er sprach kein Wort, folgte nur ihrer Wegbeschreibung.

Seitdem Miriam ihre beste Freundin kannte, hatte sie noch nie einen solchen Anruf von ihr bekommen. Karla war weder der Typ, leicht hysterisch zu werden noch überängstlich zu reagieren. Selbst Spinnen erledigte sie mit einem Taschentuch in der Hand selbst. Sie würde auch nie versuchen, ihr erstes Treffen mit Ben zu torpedieren. In Karlas Stimme klang nackte Angst. Miriam konnte sich nicht erinnern, in den Zeitungsartikeln über die getöteten Frauen gelesen zu haben, dass der Täter in eine Wohnung eingebrochen war, um ein Opfer zu vergewaltigen und zu töten. Warum sollte er das jetzt plötzlich ändern?

Auf der Autobahn 29 Richtung Norden beschleunigte Ben auf 170 km/h. Durch heftige Seitenwinde musste er mehrere Male gegenlenken, um den Astra zu stabilisieren. Von der Autobahnabfahrt benötigten sie kaum fünf Minuten, ohne Rücksicht auf die Geschwindigkeit zu nehmen. Den Kreisverkehr am Ende der Spohler Straße nahm Ben, als wären es Curves bei der Formel 1. Für einen Moment befürchtete Miriam, sie würden umkippen. Ohne eine Miene zu verziehen, fing er das Auto ab, um hinter dem Kreisverkehr das Gaspedal voll durchzutreten.

»Ruf deine Freundin an.«

Miriam wischte über ihr Smartphone und drückte auf das grüne Telefonhörersymbol. Die Freizeichen schienen sich ewig fortzusetzen. Konnte sie nicht mehr ans Telefon gehen? Hatte er sie bereits in seiner Gewalt? Ein furchtbares Bild schoss durch ihren Kopf. Sie sah Karla auf ihrem Bett, gefesselt, mit einem Knebel im Mund, während ihr Peiniger ihr die Kleider vom Leib riss.

»Ja?«, flüsterte es aus dem Handy.

»Hier ist Miriam. Ist er schon im Haus?«

»Das weiß ich nicht genau«, ihre Stimme war nicht lauter geworden, »ich habe die Küchentür abgeschlossen und mich im Schlafzimmer eingeschlossen. Ich gehe da nicht mehr runter.«

»Hörst du noch Geräusche?«

»Im Moment nicht.«

»Okay, wir sind in zwei Minuten da und klingeln dann

viermal.«

Als Ben vor Karlas Haus quietschend zum Stehen kam, stiegen beide gleichzeitig aus und rannten zum Eingang. Wie angekündigt klingelte Miriam viermal kurz hintereinander. Es dauerte einen Moment, bis sie stampfende Schritte auf der Buchenholztreppe ihrer Freundin hörte.

»Ich bin so froh, dass du da bist.« Karla fiel ihr weinend um den Hals.

Sie gingen in den Hausflur. »Da habe ich die Geräusche gehört. Der muss Werkzeug dabei haben.« Karla zeigte auf die verschlossene Küchentür.

»Gut, ihr beide bleibt zusammen. Ich gehe da rein und sehe mir das an.« Ben drehte den Schlüssel um und öffnete vorsichtig die Küchentür. Danach schaltete er das Licht an und ging hinein. Die beiden Freundinnen spähten am Türrahmen Richtung Fenster.

»Hattest du nicht gesagt, du hättest das Fenster offen gelassen?«, fragte Miriam.

»Habe ich auch, hundertprozentig.«

Ben strich über den Fenstergriff, der nach oben zeigte. »Das Fenster wird ein Windzug zugedrückt haben. Es ist nicht verschlossen.« Er drückte den Fenstergriff nach unten, um es zu verschließen.

»Ich weiß, wie sich Fenster anhören, die durch Wind zufallen. Die Geräusche hörten sich ganz anders an, so als wollte jemand etwas aufhebeln.«

Ben drehte sich zu den Frauen um. »Hast du eine

Taschenlampe? Ich sehe mir das Ganze von draußen an.«

Karla nahm eine schwere Taschenlampe aus der Küchenschublade und gab sie Ben.

»Ihr bleibt im Haus, verschließt die Haustür von innen und öffnet erst wieder, wenn ich dreimal an die Haustür klopfe, verstanden?« Die beiden Freundinnen nickten einhellig.

Ben machte sich auf den Weg und Karla verschloss wie vereinbart die Haustür von innen.

Miriam nahm ihre schluchzende Freundin in den Arm und streichelte ihr über den Rücken. »Ich bin so froh, dass dir nichts passiert ist. Jetzt wird alles gut.« Mafioso schlich an Karlas Bein entlang. Plötzlich blieb er stehen und blickte aufmerksam Richtung Küche. Miriam schaltete die Küchenbeleuchtung aus. Am Fenster drangen unregelmäßig Lichtstrahlen von außen in die Küche. Offenbar untersuchte Ben mit der Taschenlampe das Fenster. Schließlich erkannten sie die Umrisse von Ben draußen am Küchenfenster. Als Karla im Begriff war, das Fenster zu öffnen, sackte Ben mit einem lauten Schrei zusammen.

***

Trotz des Samstagabends war an Feierabend nicht zu denken. Bisher fehlte ein Beweis für die Schuld vom Hausmeister des McFit. Lisbeth bezweifelte jedoch, dass er wasserdichte Alibis für die drei Frauenmorde vorweisen könnte. Ein Lichtbild, versehen mit den Personendaten von Benedikt Thielebeule, wurde an jede Polizeidienststelle in Oldenburg, im Ammerland, in der Wesermarsch und in Friesland gesandt. Entsprechend achtete jede Streifenwagenbesatzung aus diesen Landkreisen auf ihre Umgebung.

Lisbeth und Paul hängten gerade ihre Jacken an den Garderobenständer in ihrem Büro, als die Meldung sie erreichte, eine Streife habe Herrn Thielebeule am ZOB hinter dem Oldenburger Hauptbahnhof aufgegriffen. Keine zehn Minuten später saß er im schlichten Vernehmungsraum der Polizeiinspektion. Ausgestattet mit einem Tisch, vier Stühlen, einem Festnetztelefon und einem Aufnahmegerät bewirkte der Raum nichts Behagliches. Keine Dekorationsartikel, keine Pflanze, kein Bild, kein Aktenschrank, nicht mal ein Fenster oder ein venezianischer Spiegel, den man sonst nur aus Agententhrillern kannte, sorgten für Ablenkung.

»Herr Thielebeule, was wollten Sie am Busbahnhof?«, begann Paul das Gespräch.

»Ich habe in einer Sportkneipe Fußball geguckt und wollte mit dem Bus nach Hause nach Jaderberg fahren. Warum sitze ich jetzt hier? Was werfen Sie mir überhaupt vor?«

»Zunächst werfen wir Ihnen gar nichts vor. Das Gespräch hat rein informativen Charakter.«

»Aha, und was heißt bei Ihnen *zunächst*?«

»Je nachdem, was Sie uns erzählen, sind wir hier ganz schnell fertig. Sie haben Wolf Dumke tot in der Sauna gefunden.« Paul legte ihm die Bilder von Tamara Renken und Gesa Wiemken vor, die vom Polizeifotografen geschossen worden waren. »Kennen Sie die beiden Frauen?«

Benedikt Thielebeule verzog angewidert das Gesicht und fuhr sich über sein unrasiertes Kinn. »Die sind ja übel zugerichtet.

Kennen ist vielleicht zu viel gesagt. Ich habe sie mal gesehen, bei uns im Fitnessstudio.«

Paul legte ein drittes Foto, das von der toten Tatjana Zoller, hinzu. Sämtliche Farbe wich aus seinem Gesicht. Er stammelte: »Das ist doch … oh, mein Gott, Tatjana.«

»Woher kennen Sie Tatjana Zoller?«

»Kann ich bitte etwas zu trinken bekommen?«

Lisbeth stand auf, verließ den Raum und kehrte mit einer Flasche Wasser und einem Glas zurück. Sie goss ihm ein. Während er trank, konnte er seinen Blick nicht von dem Foto der toten Frau Zoller abwenden. »Sie wohnte bei uns in der Straße. Wir sind, wenn Sie so wollen, zusammen aufgewachsen. Ich hörte von einer Toten in Jaderberg, aber ich dachte doch nicht an Tatjana.« Er machte eine Faust, hielt sie sich vor den Mund und schien mit den Tränen zu kämpfen. »Wir haben uns erst aus den Augen verloren, als sie mit ihrem Versicherungsheini zusammengezogen ist. Komischer Typ.«

Auch wenn Reaktionen eines Menschen niemals einen Beweis für die Schuld oder Unschuld eines Menschen darstellten, gab es Hinweise. Für Lisbeth wirkte die heftige Reaktion echt und nicht geschauspielert. Der Tod der ersten beiden Opfer berührte ihn kaum. Selbst als sie Benedikt Thielebeule nach dem Auffinden von Wolf Dumke gesprochen hatte, wirkte er gefasster als jetzt.

Paul nannte die Tatzeiträume für die Morde an den drei Frauen. Nach längerem Überlegen gab er an, jeweils allein zu Hause gewesen zu sein. Paul unterbrach die Befragung und gab Lisbeth ein Zeichen, sie solle mit vor die Tür kommen.

»Wir haben nichts, Lisbeth, rein gar nichts gegen ihn in der

Hand.«

Lisbeth verschränkte die Arme vor der Brust. »Wir haben das Haar, also die DNA, die wir beim ersten Opfer gefunden haben ...«

»Von dem wir nicht einmal wissen, ob es vom Täter stammt.«

»Im Auto von Tatjana Zoller haben wir ebenfalls DNA-Träger gefunden.«

»Die nicht zwingend vom Täter stammen müssen. Bei den Vergewaltigungen benutzte er ein Kondom. Unter ihren Fingernägeln haben die Kollegen der Spurensicherung nichts gefunden. Die Tatsache, dass er alle Opfer kannte und Wolf Dumke sogar selbst gefunden hat, beweist nicht seine Schuld.«

Lisbeth wusste, ihr Chef hatte recht. Sie müssten ihm schon eine Verbindung zu Tamara Renken und Gesa Wiemken außerhalb des Fitnessstudios nachweisen – Telefonate, E-Mails, WhatsApp-Kontakte. Hatte er sie wirklich vom Sehen gekannt? Ohne dringenden Hinweis auf eine solche Verbindung zu einem der Opfer würde ihnen kein Richter einen Durchsuchungsbeschluss geschweige denn einen Haftbefehl unterschreiben. Das wusste Lisbeth genauso gut wie Paul. Vielleicht war Thielebeule nicht der Täter. Sie mussten alles neu überdenken.

Kapitel 22

Ben bot ein erschreckendes Bild, als die beiden Frauen ihn vor dem Küchenfenster fanden. Er lag regungslos auf dem Rücken.

»Hey, Ben, kannst du mich hören?« Miriam kniete sich hin, schob eine Hand unter seinen Kopf, um ihn anzuheben. Sie fühlte eine warme Flüssigkeit. Daraufhin legte sie den Kopf in die linke und sah auf ihre blutverschmierte rechte Hand.

Karla schrie hinter ihr schrill auf und hielt sich die flache Hand vor den Mund.

»Hallo, Ben, wach auf!«, sagte sie mantraartig und schlug ihm abwechselnd auf die rechte und linke Wange.

Er stöhnte, kam langsam zu sich. »Was … was ist passiert?«

»Du bist am Kopf verletzt. Kannst du aufstehen?«

»Ja, ich denke schon.« Während er sich aufrappelte, stöhnte er erneut. »Verdammt, mir brummt der Schädel.« Ben stützte sich bei Miriam ab. Noch wackelig auf den Beinen, gingen sie gemeinsam ins Haus.

Karla verschwand, um in der Hausapotheke die Erste-Hilfe-Utensilien zu holen.

»Hast du jemanden gesehen?«

»Nein. Karla hatte recht, da sind Einbruchspuren. Es hat tatsächlich einer versucht, das Fenster aufzuhebeln. Dann spürte ich einen starken Schmerz und es wurde dunkel.«

Fachmännisch säuberte Karla zunächst die Platzwunde am

Hinterkopf, desinfizierte sie und legte ihm anschließend einen Kopfverband um. Als sie fertig war, konnte sich Miriam ein Lachen nicht verkneifen.

»Ich sehe toll aus, oder?«

Miriam beantwortete die Frage nicht, sondern grinste nur. »Ich fahre dich ins Krankenhaus. Das sollte sich ein Arzt ansehen.«

»Kommt gar nicht infrage, deine Freundin hat mich schließlich schon bestens versorgt. Da kann ein Arzt auch nicht mehr machen.«

»Dann fahre ich dich wenigstens nach Hause. Und dieses Mal dulde *ich* keine Widerrede.«

Ben fügte sich und nickte.

»Wo wohnst du überhaupt?«

»In Oldenburg, gar nicht weit vom Famila-Markt entfernt.«

Natürlich, deswegen kam er regelmäßig zum Einkaufen. Obwohl er öfter einkaufen ging als die meisten Stammkunden. Weil er sie sehen wollte. Ein wohliges Gefühl breitete sich in ihrer Magengegend aus.

An ihre Freundin gewandt sagte sie: »Sobald ich ihn abgeliefert habe, komme ich hierher zurück. Bis dahin verriegelst du hier alles. Ist das okay für dich?«

Über den Kopfverband ihres Retters auf dem Beifahrersitz amüsierte sie sich immer noch. Irgendwie passte sein Bild vom romantischen Essen nicht zu seinem jetzigen Aussehen. Dennoch fühlte sie sich neben ihm wohl. Wer weiß, was der

Einbrecher mit Karla alles angestellt hätte, wenn Ben nicht dort gewesen wäre. Plötzlich kam ihr ein schrecklicher Gedanke in den Sinn. Was wäre, wenn der Typ sich immer noch in der Nähe des Hauses aufhielt? *Ach was, vielleicht war das ein gewöhnlicher Einbrecher, der es nur auf die Wertgegenstände im Haus abgesehen hatte,* versuchte sie sich zu beruhigen. *Dann ist er über alle Berge, weil er gestört wurde. Einbrecher wollen immer nur eins, schnell und unbemerkt in ein Haus und ganz schnell wieder verschwinden. Und was wäre, wenn nicht? Was, wenn es kein gewöhnlicher Einbrecher, sondern der Vergewaltiger und Frauenmörder war?* Ohne es zu merken, fuhr sie immer schneller.

Vor seiner Haustür hielt sie an. »Kommst du jetzt alleine klar? Ich will so schnell wie möglich zurück zu Karla.«

»Ja sicher. Ich nehme gleich eine Kopfschmerztablette und lege mich hin. Danke für das Fahren und Grüße an Karla.«

Auf der Rückfahrt zu ihrer besten Freundin machte Miriam sich schreckliche Vorwürfe. Wieso hatte sie Ben nicht angeboten, bei Karla zu übernachten? Das Haus war groß genug. Miriam würde es sich nie verzeihen, wenn ihr jetzt, allein zu Hause, etwas zustoßen würde. Ihr Magen krampfte sich schmerzhaft zusammen. Sie drückte das Gaspedal bis zum Anschlag durch und fühlte sich mit den 180 km/h, die ihr Kleinwagen auf der Autobahn hergab, immer noch viel zu langsam.

»Dir ist etwas passiert, ich spüre das!«, hörte sie sich selbst schreien.

Miriam hatte ein Déjà-vu, als sie mit etwa derselben, viel zu hohen Geschwindigkeit durch den Kreisverkehr fuhr wie Ben eine Stunde zuvor. Allerdings hatte sie jetzt wesentlich mehr Mühe, das Fahrzeug wieder unter Kontrolle zu bekommen. In der Ausfahrt des Kreisverkehrs erwischte sie mit einem

Hinterrad den Grünstreifen, wodurch das Heck gefährlich zu schlingern anfing. *Ganz ruhig, du bist gleich da, bau jetzt nicht auf den letzten Metern einen Unfall. Damit wäre Karla auch nicht geholfen,* versuchte sie sich zu beruhigen.

Als sie endlich vor dem Haus zum Stehen kam, merkte sie sofort, dass etwas nicht stimmte. Die Haustür stand offen. *Sobald ich ihn abgeliefert habe, komme ich hierher zurück. Bis dahin verriegelst du hier alles,* erinnerte sie sich an ihre eigenen Worte. Eine zweite Sache stimmte hier nicht. Karlas Auto stand nicht in der Garage, die offen stand. *Selbst wenn sie weggefahren ist, warum steht dann die Haustür offen? Mafioso ließ sie nie raus, wenn es bereits dunkel war. Hatte sie ihn vielleicht mitgenommen?*

Sie stieg aus dem Auto aus und ging zur Haustür. Der schwarz-weiß gescheckte Kater streckte seinen Kopf aus der Tür heraus und miaute, als er Miriam sah. Sie nahm ihn auf den Arm.

»Na, Dicker, wo ist dein Frauchen, hm? Die hat dich doch wohl nicht alleine gelassen?« Sie ging in den Hausflur, schloss mit ihrer freien Hand die Tür.

»Karla?«

Keine Antwort.

»Karla!« Das zweite Mal schrie sie ganz laut.

Keine Reaktion. Sie setzte Mafioso auf dem Boden ab.

»Wo zur Hölle steckst du?«

In der Küche befand sich niemand. Das Fenster war geschlossen und unversehrt. Sie trat ins Wohnzimmer. Die Rollläden waren allesamt heruntergelassen. Hier war niemand gewaltsam eingedrungen. Sie lief hastig die Holztreppe hinauf in den ersten Stock. Weder im Schlafzimmer noch im Badezimmer oder im Gästezimmer konnte sie Karla finden. Nachdem sie in jedem verdammten Zimmer im Haus nachgesehen hatte, fand sie die Handtasche und das Handy ihrer Freundin. Ohne diese beiden Sachen ging sie nie aus dem Haus. Sie beschloss, die Notrufnummer der Polizei zu wählen.

»Meine Freundin ist verschwunden, entführt worden.«

»Wie heißen Sie?«

Sie nannte ihren Namen und erklärte, wo sie sich gerade aufhielt. Sie fasste die Geschehnisse der letzten Stunde zusammen. Als sie geendet hatte, fragte der Polizist: »Hat sie eine Nachricht hinterlassen?«

»Nein, nichts. Ich habe hier ihre Handtasche und ihr Handy. Wenn sie das Haus verlässt, hat sie beides immer dabei. Außerdem sollte sie alles verriegeln und auf mich warten. Sie hätte mich mit Sicherheit verständigt, wenn sie irgendwo hingefahren wäre.«

»Bleiben Sie, wo Sie sind, ich schicke die Kollegen zu Ihnen.«

***

Vorsichtshalber hatte Paul die entsprechenden Polizeistationen und Reviere angewiesen, alle besonderen Vorkommnisse zu jeder Tages- und Nachtzeit direkt der Soko *Tankstelle* zu melden. Dort wurden die eingehenden Meldungen dahingehend überprüft, ob sie mit den Serienmorden in

Zusammenhang stehen könnten. Eine verschwundene Frau gehörte mit Sicherheit dazu. So verständigte der Beamte aus der Notrufzentrale die Soko. Paul und Lisbeth fuhren unverzüglich zu der angegebenen Adresse. Auf dem Weg dorthin ließ Paul ein Mobiles Einsatz-Kommando in erhöhte Alarmbereitschaft versetzen. Gleichzeitig nahmen Kollegen, unter ihnen der IT-Experte Arne Claaßen, die Wohnung von Benedikt Thielebeule auf Grundlage des inzwischen vom Amtsrichter unterzeichneten Durchsuchungsbeschluss auseinander.

Vor Karlas Haus stand bereits ein Streifenwagen. Die uniformierten Beamten hielten sich am Hauseingang auf und sprachen mit einer Frau.

»Moin, Kollegen. Ich bin Paul Schweigert und leite die Sonderkommission. Das ist meine Kollegin Eicken. Was können Sie uns sagen?«

Der angesprochene Kollege kam gar nicht dazu, zu antworten.

»Meine Freundin Karla Bechthold wohnt hier. Ihr Auto ist weg, die Haustür stand offen.« Sie plapperte aufgeregt weiter und erzählte nun schon zum dritten Mal, was sich zugetragen hatte.

»Was für ein Auto fährt Ihre Freundin und wie lautet das Kennzeichen?« Nach Nennung des Fahrzeugtyps, der Farbe und des amtlichen Kennzeichens leitete Lisbeth telefonisch eine Fahndung nach dem Auto ein.

»Suchen Sie die Frau, die hier wohnt?« Paul, Lisbeth und die beiden Polizisten drehten sich fast gleichzeitig in Richtung Straße um. Dort stand ein Jugendlicher mit einer auffälligen blauen Schirmmütze. Die Hände hatte er in seinen Hosentaschen stecken. Es sah fast so aus, als sollten die Hände die Funktion eines Gürtels übernehmen. Seine weite Jeans drohte ihm runterzurutschen.

»Weißt du, wo sie ist?«

»Nein, aber Karla, also Frau Bechthold, hatte eine laute Auseinandersetzung mit so einem Typen, direkt an ihrem Auto. So, als wenn sie nicht mit ihm mit wollte. Er hat sie am Ende sogar ins Auto gezerrt und ist mit einem Affenzahn weggefahren, wie im Krimi.«

Paul trat auf den jungen Mann zu. »Wer bist du überhaupt?«

»Ich heiße Julian Kaiser, wohne hier in der Straße.«

»Kennst du diesen Typen?«

»Nein, also doch.«

»Was soll das heißen?«

»Ich kenne ihn nicht, aber einmal habe ich ihn gesehen. Es sah fast so aus, als beobachtete er ihr Haus. Ich sprach ihn an und dann hat er sich gleich verdrückt.«

»Könntest du ihn beschreiben?«

»Für ein Phantombild reicht das auf alle Fälle.« Paul sah erstaunt zu Lisbeth. »Ich kann mir Gesichter sehr gut merken. Ich zeichne ziemlich gut. Habe eine Eins in Kunst auf dem Jade-Gymnasium.«

»Solche Zeugen wünschte ich mir häufiger«, kommentierte Lisbeth und wandte sich an einen der beiden Streifenbeamten. »Fahren Sie diesen jungen Mann bitte direkt zur Polizeiinspektion nach Oldenburg. Dort soll sich der Phantomzeichner der Soko um ihn kümmern und sofort ein

Bild erstellen.«

Bevor die Kollegen der Spurensicherung eintrafen, zogen sich Paul und Lisbeth Einmalhandschuhe an und sahen sich gründlich im Haus und auf dem Grundstück von Karla Bechthold um. Dabei achteten sie sorgsam darauf, keine Spuren zu zerstören. Sie fanden keinerlei Hinweise für einen Einbruch, außer denen am Küchenfenster. Wie war der Entführer ins Haus gelangt?

Paul wandte sich an Miriam: »Was haben Sie genau zu Ihrer Freundin gesagt, als Sie das Haus verließen?«

»Ich sagte ihr, ich fahre Ben nach Hause, sie solle alles verriegeln, bis ich wieder da bin. Und fragte sie, ob sie damit einverstanden wäre. Oh, Mann, wie konnte ich sie nur alleine lassen?«

Lisbeth sprach aus, was Paul dachte: »Der Eindringling, der Ben niederschlug, ist nicht verschwunden, sondern beobachtete das Haus weiter. Als Frau Bechthold dann alleine zu Hause war, wartete er noch einen Moment und klingelte.«

»Sie öffnet arg- und gedankenlos die Tür, weil sie glaubt, ihre Freundin hätte vielleicht etwas vergessen«, komplettierte Paul die Aussage von Lisbeth.

Kurze Zeit später erhielt Paul eine Bildnachricht auf sein Smartphone. Die Nachricht kam von dem Phantomzeichner, der schnell gearbeitet hatte. Er kannte diesen Mann nicht und zeigte das Bild Lisbeth. Sie deutete mit dem Zeigefinger auf das Bild.

»Den habe ich irgendwo schon mal gesehen. Da bin ich mir ganz sicher. Wenn ich nur wüsste, wo?«

Kapitel 23

Er wusste nicht, ob sie geblufft hatte, als sie ihn angeschrien hatte: »Lass mich los, meine Freundin kommt auf jeden Fall wieder zurück.« In diesem Fall ging er lieber auf Nummer sicher und wollte seine XXL-Brünette, seine Karla, aus ihrem Haus schaffen. Hätte ihm dieser komische Typ nicht dazwischen gefunkt, hätte sein Plan funktioniert. Wahrscheinlich war er der Freund von Blondchen. Normalerweise brauchte er keine 30 Sekunden, um ein auf Kipp stehendes Fenster aufzuhebeln. Aus irgendeinem Grund leistete Karlas Küchenfenster außergewöhnlich starken Widerstand. Dann ging ihm sein Werkzeug kaputt. Er hatte es nicht weit, um neues Werkzeug zu holen. Anstatt einfach ein anderes Fenster zu nehmen oder es an einem anderen Tag zu probieren, kehrte er zurück und versuchte es erneut am Küchenfenster. Das war dumm, ein großer Fehler. Einen zweiten Fehler würde er sich nicht erlauben dürfen. Wenn Karla nicht gelogen hatte, würde ihre Freundin inzwischen zurück sein, das fehlende Auto bemerkt und die Polizei angerufen haben. Die Bullen würden es sofort zur Fahndung ausschreiben. Jaderberg war ihm ohnehin zu heiß geworden. Er musste möglichst weit weg und schnell Karlas Auto loswerden.

Sie saß, mit einem Kabelbinder am Türinnengriff gefesselt, auf dem Beifahrersitz. Im Schutz der Dunkelheit würde das nicht auffallen. Wenn er das Fluchtfahrzeug in der Nähe seines Zielortes einfach abstellte, würden sie es früher oder später finden und genau dort nach ihm suchen. Er überlegte fieberhaft, wo er unbemerkt ein anderes Fahrzeug kurzschließen könnte.

»Bitte, lassen Sie mich raus.«

Er beachtete sie gar nicht.

»Sie haben doch bei mir die neuen Rauchmelder installiert, oder? Sie sind ein guter Mensch. Bitte, halten Sie an, lassen Sie mich gehen, und ich verrate Sie auch nicht.«

Du hast ja keine Ahnung, Mädchen.

Karla fing an zu schluchzen, bis sie weinte. Herrgott, wie sollte er bei dem Geflenne nachdenken?

»Was wollen Sie von mir?« Sie schniefte, holte Luft. »Was haben Sie vor?«

Das wusste er selbst nicht. Zunächst wollte er sie beide aus der Gefahrenzone bringen. Alles andere würde er sich dann überlegen. Er beschleunigte den Renault Clio auf der Autobahn.

***

»Es hat etwas mit dem Fitnessstudio zu tun. Ich schwöre es dir.«

Die Visitenkarte des McFit-Geschäftsführers fand Paul in seiner Brieftasche. Er gab die Mobilfunknummer ein und schickte ihm die Phantomzeichnung. Anschließend rief er Sven Strobel an. Nach dreimaligem Ertönen des Freizeichens meldete er sich.

»Strobel.«

»Schweigert, Kripo Oldenburg. Herr Strobel, ich habe Ihnen gerade ein Bild geschickt. Wer ist dieser Mann auf der Phantomzeichnung?«

»Warten Sie einen Augenblick. Ich sehe mir das an.« Im Nachhinein konnte Paul nicht sagen, wie lange er keine Antwort von Sven Strobel bekommen hatte. Es war ihm wie eine Ewigkeit vorgekommen. »Ja, den kenne ich. Wir haben zwar einen Vertrag mit einer Reinigungsfirma aus Oldenburg, aber die hatten in den letzten Wochen keine Kapazitäten, sodass der Mann von der Firma *Blitz & Blank* kurzfristig einspringen konnte. Ich glaube, der arbeitet als Selbständiger.«

Die Erkenntnis durchfuhr Paul mit voller Wucht. Die Worte von Axel Meyerhoff kamen ihm in den Sinn: *Es ist ein unauffälliger Mann, ein Durchschnittstyp. Durch äußere Merkmale können wir ihn nicht identifizieren.* Natürlich, sie hatten ihn gesehen, als sie durch die Umkleidekabine gingen, um zur Sauna zu gelangen. Die Aufschrift *Blitz & Blank* hatte sich Paul gemerkt, nicht jedoch das Gesicht des Mannes. In dem Moment war es für ihn unwichtig, unbedeutend, unauffällig, ein Durchschnittsgesicht eben.

Eine Aushilfe! Weil er nicht regelmäßig im McFit putzte, stand er auf keiner der angeforderten Listen. »Wir brauchen seine Adresse und sein Geburtsdatum.«

»Die habe ich gar nicht. Warten Sie, irgendwo liegt eine Visitenkarte von dem Typen herum.«

Dort wird weder sein richtiger Name noch seine richtige Adresse draufstehen.

»Ich habe diese Daten nie benötigt, der kam immer pünktlich.«

»Ja, genau, in der Umkleidekabine habe ich ihn gesehen, als wir zur Sauna wollten, um den Toten ...«

»Ich weiß!«, brüllte er nun auch Lisbeth an. Im selben Moment wurde Paul bewusst, dass er mit seinem Geschrei weder Sven Strobel noch Lisbeth angreifen wollte, sondern wütend auf seinen eigenen Fehler war.

***

Mit deutlich reduziertem Tempo fuhr Malte Ostermeier bis zum nördlichen Ende der A 29 in Wilhelmshaven, im Stadtteil Vosslap. Dort verließ er die Autobahn. Den Kreisverkehr verließ er in Richtung Jade-Weser-Port, als hinter ihm eine Polizeisirene erklang. Einen Blick in den Rückspiegel hätte es gar nicht bedurft, um zu sehen, wem der herannahende Streifenwagen galt. Zum Glück konnte er bisher nur ein einziges Polizeifahrzeug ausmachen. Er gab Gas, während er fieberhaft überlegte, wie er seinen Verfolgern entkommen konnte. Instinktiv spürte er, dass er aus dieser Lage nie unbeschadet herauskommen würde. Trotzdem versuchte er, sie abzuhängen. Ins Gefängnis würde er niemals gehen!

Nur für einen Moment dachte er darüber nach, gegen einen Brückenpfeiler zu fahren. Karla war ganz anders als diese anderen Schlampen, die er erledigt hatte. Er hatte sie so oft heimlich beobachtet, dass er es nicht mehr zählen konnte. Ihr stand er nahe wie nie einer Frau zuvor. Die Bilder aus den Kameras in ihrem Haus waren noch intimer als die aus dem Fitnessstudio. Beim Betrachten der Bilder fühlte er sich, als wäre er tatsächlich bei ihr zu Hause. Sie und er, ein gemeinsames Paar, eine kleine Familie, die er nie hatte. Er wusste so vieles über sie. Sie wusste zwar nichts über ihn, aber das ließe sich schließlich ändern. Deswegen musste er irgendwann zu ihr kommen. Das Verlangen wurde zu groß. Er wollte nur in Ruhe mit ihr reden. Es würde nichts bringen, ihr die Sache mit den Kameras zu erklären. Dafür benötigte er Zeit, die er nicht mehr hatte.

So sehr er sich bemühte, der Einsatzwagen kam ihm immer näher. Da fasste er einen Entschluss. Er bremste und stoppte den Clio direkt vor dem Deich.

Karla sah ihn mit großen, angsterfüllten Augen an, als er sein Messer zückte.

»Bitte nicht«, flüsterte Karla.

Er durchtrennte den Kabelbinder mit der scharfen Edelstahlklinge. »Du kannst gehen.«

»Was?«

»Hau ab!«, brüllte er und merkte, wie ihm Speichel über die Wange lief. »Bevor ich es mir anders überlege.«

Sie öffnete die Beifahrertür und lief in Richtung Streifenwagen, der etwa fünf Meter hinter ihnen zum Stehen gekommen war. Dort half ihr einer der beiden Beamten auf den Rücksitz, während sein Kollege mit seiner Heckler & Koch auf Malte Ostermeier zielte.

Er stieg aus und hielt sein Messer in der Hand.

»Legen Sie das Messer auf den Boden und knien Sie sich hin!«

Er trat auf den Polizisten zu.

»Halt, stehen bleiben und das Messer weg!«, schrie der Beamte lauter als das erste Mal.

In dem Moment rannte Malte Ostermeier mit ausgestrecktem

Arm los, das Messer auf den Polizisten gerichtet, und brüllte wie am Spieß. Nach drei Schüssen fiel er zu Boden und verlor das Bewusstsein.

Epilog

Auf der Intensivstation des Reinhard-Nieter-Krankenhauses in Wilhelmshaven rangen die Ärzte um das Leben von Malte Ostermeier. Die Schüsse der Streifenbeamten hatten ihn im Bauch und im Oberschenkel getroffen. Nach zwei Notoperationen hielt sich der Chefarzt mit einer Prognose bedeckt. Er konstatierte nur, die nächsten zwei Tage seien entscheidend.

Über die Schuld an den vier Morden bestand weder für die Staatsanwaltschaft noch für die Sonderkommission *Tankstelle* Zweifel. Noch in der Nacht fanden die Beamten das Handy von Tamara Renken in der Wohnung von Malte Ostermeier in Jaderberg. Bevor Malte Ostermeier sein erstes Opfer von zu Hause abgeholt hatte, hatten sie über vier Stunden miteinander telefoniert.

Der Leiter der Rechtsmedizin bestätigte, dass die Größe und Beschaffenheit des Springmessers zu den Wunden der Opfer passe.

Als Arne Claaßen die Computerdaten des Beschuldigten auswertete, rief er Paul in sein Büro.

»Das musst du dir selbst ansehen.«

Ungläubig starrte Paul auf die Videoaufnahmen aus dem McFit und aus dem Haus von Karla Bechthold.

»Unfassbar!« Paul fuhr sich über seinen Dreitagebart. »Wieso haben wir die Kameras im Fitnessstudio nicht entdeckt?«

»Tja, weil wir nicht danach gesucht haben.« Arne nahm einen Stift und deutete auf eine Aufnahme in der Umkleidekabine. »Wir müssen uns das vor Ort noch genau ansehen, aber ich wette, diese Kamera wurde in einem Rauchmelder an der Decke installiert. Diese Kameras sind heutzutage so klein, die kann man überall verstecken.« Er rief ein weiteres Video auf, welches Bilder aus der finnischen Sauna zeigte. »Diese Kamera liefert keine aktuellen Bilder mehr. Wahrscheinlich ist sie durch die Hitze kaputt gegangen. Beim Versuch, die Kamera auszutauschen, wurde er von Wolf Dumke gestört.«

»Sein Todesurteil.«

Arne Claaßen nickte.

Den Aushilfsjob als Reinigungskraft hatte Malte Ostermeier nur angenommen, um unauffällig die Kameras installieren zu können. Die Firma *Blitz & Blank* gab es gar nicht. Das gelbe T-Shirt hatte er sich im Internet drucken lassen, dazu eine Visitenkarte mit Fantasiedaten. Einzig die angegebene Handynummer führte zu ihm. Malte Ostermeier arbeitete zwar als Selbstständiger, aber er installierte für Firmen und Privatpersonen Rauchmelder in der Wesermarsch und in Oldenburg und übernahm die Wartung der Geräte. Bei dieser Tätigkeit musste ihm die Idee gekommen sein, Mini-Kameras in einem Fitnessstudio versteckt einzubauen. Für die Rauchmelder des McFit war eine andere Firma zuständig. Somit brauchte er eine andere Tarnung, um in dieses Studio zu gelangen.

Lisbeth bekam von der Aufarbeitung der Fälle gar nichts mit. Nach einem Anruf von Philips Schwester hatte sie sich bei Paul abgemeldet, war ins Auto gestiegen und nach Hamburg gefahren. Paul brachte großes Verständnis für ihre überstürzte Reise auf und gab ihr eine Woche frei. Nach einer verschleppten Herzmuskelentzündung war Philip Bartels in seiner Wohnung zusammengebrochen. Als er im Krankenhaus zu sich kam, tippte er benebelt eine Nachricht an Lisbeth, bis ihm das Smartphone von einer Krankenschwester abgenommen wurde. Vorsorglich versetzten ihn die Ärzte in ein künstliches Koma. Seine Eltern standen ihm während dieser kritischen Zeit im Universitätsklinikum Hamburg-Eppendorf bei. Sie hatten keine Ahnung von der Existenz seiner Freundin in Oldenburg. Erst als Philips Schwester aus Köln nach Hamburg gereist war und sich durch das Smartphone ihres Bruders klickte, meldete sie sich umgehend bei Lisbeth. Zuerst wollte Lisbeth die Geschichte nicht glauben. Philips Schwester bekniete sie jedoch am Telefon, schnell nach Hamburg zu fahren, weil die Ärzte vor einigen Stunden die Aufwachphase eingeleitet hätten. In dieser Phase des Erwachens würde er verwirrt sein und seine ihm vertrauten Menschen um sich herum brauchen.

Auf der Autobahn nach Hamburg machte sich Lisbeth Vorwürfe, dass sie nicht selbst seine Schwester in Köln angerufen hatte, um zu erfragen, ob sie eine Erklärung für sein merkwürdiges Verhalten hätte. Sie wusste um das enge Verhältnis ihres Freundes zu seiner Schwester. Doch wer hätte so etwas ahnen können? Philip war kerngesund, sportlich topfit.

Was hätte sie auch fragen sollen? »Hey, weißt du etwas von anderen Frauen in Philips Leben? Kennst du eine Liane?«

Als Lisbeth vorsichtig die Tür zum Krankenzimmer von Philip öffnete, kam ihr die Situation surreal vor. Seine Eltern sah Lisbeth zum ersten Mal. Gemeinsam mit seiner Schwester saßen sie am Krankenbett. Lisbeth trat auf ihren Freund zu. Der Beatmungsschlauch hing nicht mehr in seinem Mund und er murmelte mit geschlossenen Augen unverständliches Zeug. Ohne die Eltern oder seine Schwester zu begrüßen, nahm sie seine Hand und drückte sie fest.

Philips Augenlider flackerten, bis er sie schließlich ganz öffnete. Er sah sie an, als müsse er sich zuerst an sie gewöhnen.

»Lissi, was ist passiert?«

Danksagung

Mein Dank gilt meinen beiden Lektorinnen Kati Schrödter und Elke Krüßmann, die das Buch auf ein höheres Niveau gehoben haben.

Was wäre ein Autor ohne seine Leser? Vielen Dank an Sie, liebe Leserin und lieber Leser, die das E-Book oder das Buch gekauft und bis hierhin gelesen haben.

Nicht vergessen darf ich den Dank an meine Freundin, die mich während der Entstehung dieses Werkes geduldig ertragen und mich unterstützt hat.

Die Software Precobs (Pre Crime Observation System) gibt es tatsächlich. Allerdings wird sie von der Polizei in Zürich, inzwischen auch in Pilotprojekten in Deutschland erfolgreich eingesetzt, um Wohnungseinbrüche zu prognostizieren. Dabei setzen die Entwickler auf wiederkehrende Muster, die in Algorithmen festgehalten werden. Für eine Vorhersage zukünftiger Morde eines Serientäters gibt es eine solche Software noch nicht. Das entspringt allein meiner Fantasie. Doch wir Menschen denken und handeln in Mustern, leben in vertrauter Umgebung, wiederholen Dinge, lieben Sachen, die wir kennen. Es liegt in der menschlichen Natur, sich nur sehr schwer von eingefahrenen Verhaltensweisen zu trennen.

Das deutsche Pärchen, das in Kalifornien durch versteckt installierte Kameras tagelang beobachtet wurde, ist keine Fiktion: http://www.stern.de/panorama/stern-crime/airbnb--deutsche-touristin-entdeckt-versteckte-kamera-in-ferienhaus-6614440.html

Wenn Ihnen mein Buch gefallen hat, schreiben Sie mir bitte eine Rezension. Falls es Ihnen nicht gefallen habe, schreiben Sie mir bitte eine Mail: andreas.adlon@gmail.com

Wollen Sie frühzeitig über weitere Bücher informiert werden?

www.facebook.com/ThrillerAutor

oder folgen Sie mir auf Twitter:

AndreasAdlon@ausgehandelt

Band 1 der Nordsee-Krimi Reihe

http://www.amazon.de/dp/B00F1YC1P2

Tod im Netz

Du hast 378 Facebook-Freunde. Einer davon ist dein Feind!

Der erfolgreiche Ermittler Paul Schweigert lässt sich ins beschauliche Oldenburg versetzen; doch als im Wald eine Studentin erdrosselt aufgefunden wird, hat die Beschaulichkeit ein Ende. Während der Ermittlungen stößt er gemeinsam mit seiner charmanten und smarten Kollegin Lisbeth Eicken auf einen geheimen Club und gut situierte Geschäftsleute, die es auf junge, blonde Studentinnen bei Facebook abgesehen haben ...

ANDREAS
ADLON
KRIMINALROMAN
Tod im Netz

Band 2 der Nordsee-Krimi Reihe

http://www.amazon.de/dp/B00O6ZUM5S

Wahre Lügen

Julia Wilken trennt sich von ihrem langjährigen Freund. Die Folge: ständige Anrufe, andauernd neue Kurznachrichten, offene Drohungen, bis er tot aufgefunden wird. Julia glaubt an ein Ende des Stalkings, ein fataler Irrtum …
Die Oldenburger Ermittler Paul Schweigert und Lisbeth Eicken stellen bald fest, dass noch viel mehr dahinter steckt …

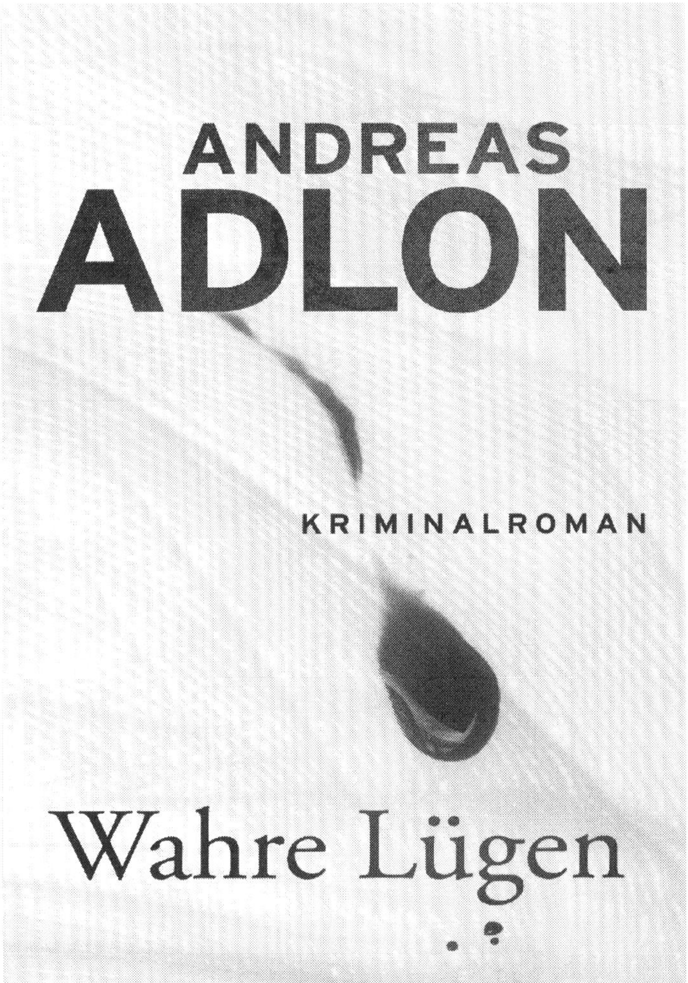
ANDREAS
ADLON
KRIMINALROMAN
Wahre Lügen

Thriller von Andreas Adlon

http://www.amazon.de/dp/B00A6AESDE

Ausradiert - Nicht ohne meine Tochter

Mark Bornke möchte seine 16jährige Tochter nach ihrem Austauschjahr in Seattle abholen. Sie taucht nicht wie vereinbart am Flughafen auf. Die Gastfamilie will nie eine Austauschschülerin aus Deutschland aufgenommen haben und der Sheriff glaubt ihm nicht.

Hat sich die ganze Welt gegen ihn verschworen oder ist er tatsächlich verrückt geworden?

ANDREAS
ADLON
Ausradiert
Nicht ohne meine Tochter
THRILLER

Fortsetzung der Ausradiert-Reihe

http://www.amazon.de/dp/B0141EVE0A

Ausradiert - Die Abrechnung

Die 18jährige Jana ist begeistert: Ihr Vater fliegt mit ihr nach New York! Doch was wie ein Traumurlaub beginnt, entwickelt sich zu einem Alptraum. Nachdem sie eine mysteriöse SMS von einem längst vergessenen Freund erhalten hat, verschwindet auch noch ihr Vater spurlos. Allein in New York muss Jana nicht nur ihren Vater suchen, sondern gerät selbst ins Visier eines skrupellosen...

ANDREAS
ADLON
Ausradiert
Die Abrechnung
THRILLER

27745872R00143

Printed in Poland
by Amazon Fulfillment
Poland Sp. z o.o., Wrocław